闲情偶寄译注

（清）李渔 著

辛雅敏 译注

北京联合出版公司
Beijing United Publishing Co.,Ltd.

目 录

声容部

居室部

器玩部

颐养部

前 言

李渔（1611—1680），初名仙侣，字谪凡，号笠翁、又号湖上笠翁，明末清初著名的文学家、戏曲家。李渔幼年家境殷实，但是不久后家道日衰，后来又经历了科举落榜和改朝换代，从此他便无意仕途，逐渐走上了一条卖文为生的道路。明王朝灭亡以后，李渔迁居杭州，进入了一个创作上比较多产的时期，在创作了《奈何天》《比目鱼》《风筝误》《凰求凤》《玉搔头》等戏剧作品之后，他把自己的十个剧本结集为《笠翁十种曲》刊印发行，产生了很大的影响。除了戏剧创作，李渔还创作了《肉蒲团》《觉世名言十二楼》《无声戏》《连城璧》等小说。

1662 年前后，李渔离开杭州，寓居金陵，他在金陵购置宅院后取名为“芥子园”。这一时期的李渔在进行文学创作的同时，还组织家庭戏班进行戏剧的演出实践活动，并先后得到了乔姬和王姬两位台柱演员。创作和实践的结合使李渔在演剧方面得心应手。他的戏班影响很大，以至于许多达官贵人也专门请他演戏，其足迹遍布大江南北。与此同时，李渔为了防止自己的作品被人盗印，还进行了一系列的出版活动，他专门在金陵成立了芥子园书铺，刊印并销售自己的作品。后来芥子园书铺几经易主，竟然持续经营了二百余年，成为中国出版史上一段值得书写的往事。

戏剧和出版上的成功为李渔带来了巨大的名誉，同时也给他的生活境况带来了不小的改善。他广交朋友、游山玩水、买姬纳妾，甚至在 50 岁的时候老来得子，终于免去了无嗣之忧，并且还陆陆续续地生了七个儿子。此时的李渔对自己的生活状态也颇为满意，甚至自称“年虽迈而筋力未衰，涉水登山，少年场往往追予弗及；貌虽癯而精血未耗，寻花觅柳，儿女事犹然自觉情长。”这种风流潇洒的生活实在是令人羡慕，难怪有人会认为，李渔晚年的生活就是中国古代男人的理想生活。

从这些经历我们不难看出，李渔是一个极富生活情趣的文人。1671 年，当李渔 60 岁时，《闲情偶寄》一书问世，这本书可以说是他一生生活和艺术智慧的总结，并被认为是中国古代的生活艺术大全和休闲百科全书。《闲情偶寄》共分为词曲、演习、声容、居室、器玩、饮馔、种植、颐养八部，其中词曲部探讨戏曲的创作方法；演习部专注于戏曲的演出技巧；声容部讨论对女子的欣赏和挑选，并涉及女子的装饰打扮和琴棋书画、诗词歌舞；居室部和器玩部体现了李渔对园林建造和器玩古董的兴趣；饮馔部和种植部则论及饮食烹调、花卉种植等方方面面；最后的颐养部主要展示了李渔对于养生和医疗问题的一些思考。

从学术研究的角度来看，词曲、演习两部以及声容部的个别章节由于讨论了戏曲的创作、演出以及欣赏方面的方法及原则，在许多问题上达到了对艺术规律进行总结的高度，因此具有很高的理论意义和学术研究价值。另一方面，正如李渔自己所说："尝怪天地之间有一种文字，即有一种文字之法脉准绳，载之于书者，不异耳提面命，独于填词制曲之事，非但略而未详，亦且置之不道。"正是因为古往今来的文人对戏曲理论的问题都闭口不谈，才使得《闲情偶寄》当之无愧地成为中国古代戏曲理论的代表性著作。正因如此，后人甚至曾把词曲和演习两部从整部书中抽离出来，独立印成一书，并取名叫《李笠翁曲话》。

然而，理论问题毕竟有些枯燥，从休闲性和可读性的角度来看，后面的六部才真正深入地体现了本书题目中的"闲情"两个字。据说《闲情偶寄》刚出版的时候，李渔的一位友人将书拿去阅读，只读了前面关于戏曲理论的部分，觉得十分无趣，便把书退回，但他却不知道有趣的内容全在后面。声容、居室、器玩、饮馔、种植、颐养这六部从丰富的人生阅历出发，反映了李渔对文人生活情调的追求，可以说是中国古代文人雅趣的集中体现，读者读起来也会觉得十分轻松、愉悦。

最后需要说明的是，本书的原文是以上海古籍出版社出版的江巨荣、卢寿荣二位先生的校注本为底本，同时参考了《闲情偶寄》最早的刻印本——康熙翼圣堂本，并对照了国内业已出版的其他众多版本，充分保证了原文的权威性。在内容上，本书为选译本，为了能够在有限的篇幅内尽量完整地展现《闲情偶寄》的独特魅力，我们特意选取了词曲、声容、居室、器玩、颐养五部中最具代表性的章节。这些章节既涵盖了《闲情偶寄》中最具学术价值的戏曲理论精华，又集中体现了李渔在生活态度上的闲情逸致，目的是方便读者根据自己的兴趣和需要进行阅读。另外，由于学识有限，疏漏、谬误在所难免，还望读者雅量并批评指正。

辛雅敏

2014 年 1 月

词曲部

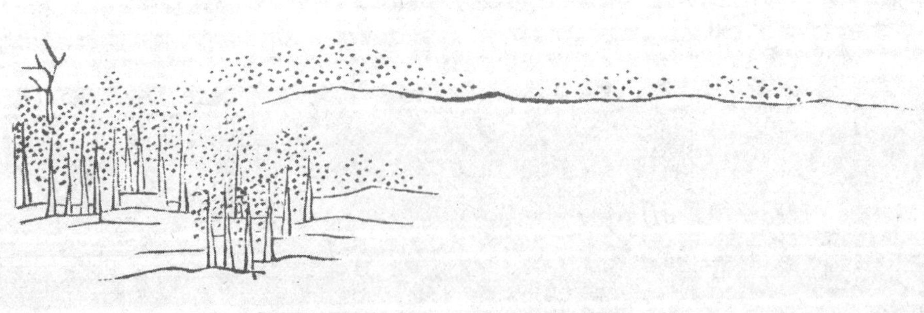

结构第一

填词一道，文人之末技也。然能抑而为此，犹觉愈于驰马试剑，纵酒呼卢[①]。孔子有言："不有博弈者乎？为之犹贤乎已。"博弈虽戏具，犹贤于"饱食终日，无所用心"；填词虽小道，不又贤于博弈乎？吾谓技无大小，贵在能精；才乏纤洪，利于善用。能精善用，虽寸长尺短，亦可成名。否则才夸八斗，胸号五车，为文仅称点鬼之谈[②]，著书惟供覆瓿之用[③]，虽多亦奚以为？填词一道，非特文人工此者足以成名，即前代帝王，亦有以本朝词曲擅长，遂能不泯其国事者。请历言之。高则诚、王实甫诸人[④]，元之名士也，舍填词一无表见。使两人不撰《琵琶》《西厢》，则沿至今日，谁复知其姓字？是则诚、实甫之传，《琵琶》《西厢》传之也。汤若士[⑤]，明之才人也，诗文尺牍，尽有可观，而其脍炙人口者，不在尺牍诗文，而在《还魂》一剧。使若士不草《还魂》，则当日之若士，已虽有而若无，况后代乎？是若士之传，《还魂》传之也。此人以填词而得名者也。历朝文字之盛，其名各有所归，"汉史""唐诗”“宋文”“元曲”，此世人口头语也。《汉书》《史记》，千古不磨，尚矣。唐则诗人济济，宋有文士跄跄，宜其鼎足文坛，为三代后之三代也[⑥]。元有天下，非特政刑礼乐一无可宗，即语言文学之末，图书翰墨之微，亦少概见。使非崇尚词曲，得《琵琶》《西厢》以及《元人百种》诸书传于后代[⑦]，则当日之元，亦与五代、金、辽同其泯灭，焉能附三朝骥尾，而挂学士文人之齿颊哉？此帝王国事，以填词而得名者也。由是观之，填词非末技，乃与史传诗文同源而异派者也。

近日雅慕此道，刻欲追踪元人、配飨若士者尽多，而究竟作者寥寥，未闻绝唱。其故维何？止因词曲一道，但有前书堪读，并无成法可宗。暗室无灯，有眼皆同瞽目，无怪乎觅途不得，问津无人，半途而废者居多，差毫厘而谬千里者，亦复不少也。尝怪天地之间有一种文字，即有一种文字之法脉准绳，载之于书者，不异耳提面命，独于填词制曲之事，非但略而未详，亦且置之不道。揣摩其故，殆有三焉：一则为此理甚难，非可言传，止堪意会。想入云霄之际，作者神魂飞越，如在梦中，不至终篇，不能返魂收魄。谈真则易，说梦为难，非不欲传，不能传也。若是，则诚异诚难，诚为不可道矣。

吾谓此等至理，皆言最上一乘，非填词之学节节皆如是也，岂可为精者难言，而粗者亦置弗道乎？一则为填词之理变幻不常，言当如是，又有不当如是者。如填生旦之词，贵于庄雅，制净丑之曲，务带诙谐：此理之常也。乃忽遇风流放佚之生旦，反觉庄雅为非，作迂腐不情之净丑，转以诙谐为忌。诸如此类者，悉难胶柱。恐以一定之陈言，误泥古拘方之作者，是以宁为阙疑，不生蛇足。若是，则此种变幻之理，不独词曲为然，帖括诗文皆若是也。岂有执死法为文，而能见赏于人，相传于后者乎？一则为从来名士以诗赋见重者十之九，以词曲相传者犹不及什一，盖千百人一见者也。凡有能此者，悉皆剖腹藏珠，务求自秘，谓此法无人授我，我岂独肯传人。使家家制曲，户户填词，则无论《白雪》盈车，《阳春》遍世，淘金选玉者未必不使后来居上，而觉糠秕在前。且使周郎渐出，顾曲者多，攻出瑕疵，令前人无可藏拙，是自为后羿而教出无数逢蒙[8]，环执干戈而害我也，不如仍仿前人，缄口不提之为是。吾揣摩不传之故，虽三者并列，窃恐此意居多。以我论之：文章者，天下之公器，非我之所能私；是非者，千古之定评，岂人之所能倒？不若出我所有，公之于人，收天下后世之名贤，悉为同调。胜我者，我师之，仍不失为起予之高足；类我者，我友之，亦不愧为攻玉之他山。持此为心，遂不觉以生平底里，和盘托出，并前人已传之书，亦为取长弃短，别出瑕瑜，使人知所从违，而不为诵读所误。知我，罪我，怜我，杀我，悉听世人，不复能顾其后矣。但恐我所言者，自以为是而未必果是；人所趋者，我以为非而未必尽非。但矢一字之公，可谢千秋之罚。噫，元人可作[9]，当必贯予。

填词首重音律，而予独先结构者，以音律有书可考，其理彰明较著。自《中原音韵》一出[10]，则阴阳平仄画有塍区，如舟行水中，车推岸上，稍知率由者，虽欲故犯而不能矣。《啸余》《九宫》二谱一出，则葫芦有样，粉本昭然。前人呼制曲为填词，填者，布也，犹棋枰之中画有定格，见一格，布一子，止有黑白之分，从无出入之弊，彼用韵而我叶之，彼不用韵而我纵横流荡之。至于引商刻羽，戛玉敲金，虽曰神而明之，匪可言喻，亦由勉强而臻自然，盖遵守成法之化境也。至于结构二字，则在引商刻羽之先，拈韵抽毫之始。如造物之赋形，当其精血初凝，胞胎未就，先为制定全形，使点血而具五官百骸之势。倘先无成局，而由顶及踵，逐段滋生，则人之一身，当有无数断续之痕，而血气为之中阻矣。工师之建宅亦然。基址初平，间架未立，先筹何处建厅，何方开户，栋需何木，梁用何材，必俟成局了然，始可挥斤运斧。倘造成一架而后再筹一架，则便于前者，不便于后，势必改而就之，未成先毁，犹之筑舍道旁⑪，兼数宅之匠资，不足供一厅一堂之用矣。故作传奇者，不宜卒急拈毫，袖手于前，始能疾书于后。有奇事，方有奇文，未有命题不佳，而能出其锦心，扬为绣口者也。尝读时髦所撰，惜其惨淡经营，用心良苦，而不得被管弦、副优孟者，非审音协律之难，而结构全部规模之未善也。词采似属可缓，而亦置音律之前者，以有才技之分也。文词稍胜者，即号才人；音律极精者，终为艺士。师旷止能审乐⑫，不能作乐；龟年但能度词⑬，不能制词。使与作乐制词者同堂，吾知必居末席矣。事有极细而亦不可不严者，此类是也。

注释

①呼卢：古时一种赌博游戏。

②点鬼之谈：据唐代张鷟《朝野佥载》记载，杨炯写文章喜欢堆砌古人姓名，被人戏称为“点鬼簿”。后用“点鬼簿”讽刺文章堆砌典故。

③覆瓿 bù：即“覆酱瓿”，语出《汉书·扬雄传下》，

意指用书页来盖酱坛，后比喻著作毫无价值或不被理解。瓿，古代一种盛酒或水的容器。

④高则诚、王实甫：高明（1305—？），字则诚，号菜根道人，元代剧作家，代表作为《琵琶记》。王实甫（1260—1316），元代剧作家，代表作为《西厢记》。

⑤汤若士：即汤显祖（1550—1616），字义仍，号若士，明代文学家、戏曲家，代表作为《牡丹亭》，又名《还魂记》。

⑥三代：夏、商、周三个朝代的合称。

⑦《元人百种》：即《元曲选》，明代戏曲家臧懋循选编的元代戏剧集，收录元人作品九十四部，明初作品六部，合计一百部。

⑧逢蒙：相传为后羿的学生，后因嫉妒而加害后羿。

⑨可作：复生，起死回生。

⑩《中原音韵》：元代周德清撰写的北曲曲韵专著，是我国最早的一部北曲曲韵和北曲音乐论著。

⑪筑舍道旁：出自《诗经·小雅·小旻》："如彼筑室于道谋，是用不溃于成。"

⑫师旷：字子野，山西洪洞人，春秋时著名乐师。

⑬龟年：即李龟年，唐代开元初著名乐师。

译文

填词在文人技艺中列于末位。然而，若能屈尊去做此事，仍会觉得胜过骑马比剑、纵酒赌博。孔子说过："不是有掷色子下棋的游戏么？做做这类事也比无所事事要好。"赌博、下棋虽是游戏，但仍胜过"饱食终日，无所用心"；填词虽然是小技艺，不是又比赌博、下棋好吗？我认为技能不管大小，贵在能够精通；才华不论巨细，善于利用才有好处。虽然是雕虫小技，如果能够精通并熟练运用，仍然可以成名。否则，虽然自夸才高八斗，学富五车，但写出的文章却只会堆砌古人名，写出的书也毫无价值，这样的才能虽多又有何用？填词这门技艺，并不只是精于此道的文人可以借以成名，即便是以前的帝王，也有因为当时词曲盛行而使国事得以流传的。请允许我一一道来。高则诚、王实甫等人是元代的名士，但除了填词之外并无其他表现。如果这两人没有写出《琵琶记》《西厢记》，那么时至今日，又有谁知道他们的姓名？因此则诚、实甫的名字为人所知，是因为《琵琶记》和《西厢记》的流传。汤显祖是明代的才子，他的诗文和书信都有值得观赏之处，但最脍炙人口的不是这些，而是《牡丹亭》这一戏剧。如果汤显祖不写《牡丹亭》，那么他的名字当时就会被埋没，更何况后世？故而汤显祖的名字被人称颂，是因为《牡丹亭》

的流传。这便是文人因为填词而成名的例子。历朝文字的兴盛，各有各的名号。“汉史”“唐诗”“宋文”“元曲”，这些都已经成为世人的口头语。《汉书》《史记》千古流传，由来已久；唐代诗人济济；宋代文士云集。这三个朝代在文坛三足鼎立，是夏、商、周之后的又一个三代盛世。而到了元代，不但政治、刑法、礼乐方面没有任何值得推崇的地方，就连语言文学方面的末流作品、书籍文章方面的细微之处，都少有成就。如果不是崇尚词曲，使得《琵琶记》《西厢记》以及《元人百种》等书能够流传后世，那么当时的元朝也会和五代、金、辽等朝代一起湮没在历史中，又怎么可能紧跟在汉、唐、宋的后面，被文人们常挂在嘴边呢？这就是帝王国事中因为填词而成名的例子。由此看来，填词并不是末流的技艺，而是与史传诗文有相同的起源，只不过门类不同而已。

近日来仰慕这项技能，刻意效仿元代词曲作家和明代汤显祖的人很多，而写出作品的却不多，可称得上绝唱的更是闻所未闻。原因是什么呢？这是因为学习词曲这门技艺，虽有前人的作品可以读，却没有现成的技巧方法可以遵循。就像在没有灯光的黑暗房间里，即便有眼睛却派不上用场。由于大家都找不到方法，结果不是无人问津半途而废，就是差之毫厘谬以千里。我曾经感到奇怪的是，天地间只要有一种文字，必有一种与之相关的作文之法记录在书中，这就相当于耳提面命的教导，但唯独关于填词作曲的方法，不仅从来没有人详谈，甚至干脆置之不论。我推测这其中有三个原因：一是要讲清楚填词之法所蕴含的道理很难，以至于只可意会，不可言传。在灵感直冲云霄的时候，作者魂魄出窍，如在梦中，不到通篇完成不能收回魂魄。谈真事容易，说梦境就比较难了，这就不是不想传授，而是不能传授。这样的话，就实在是太奇异、太困难，完全不能表达出来。我所说的这些道理，指的是填词创作中最上乘的经验，并非填词创作的所有环节都像这样，但也不能因为精深的道理难以言传，就把粗浅的道理也置之不论啊。二是填词的方法变幻无常，有时应该这样做，但有时又不应该。比如给生角、旦角填词，贵在端庄文雅；给净角、丑角制曲，务必要诙谐幽默，这都是常理。可是如果遇到了风流放浪、无拘无束的生角或旦角，反而觉得端庄文雅不对；扮演迂腐、不近人情的净角或丑角，就应该转而忌讳诙谐幽默。诸如此类的，很难一概而论。我恐怕用一定的陈词滥调，耽误了恪守成规的作者，所以宁可不妄加评论，也不能画蛇添足。这种变幻不定的道理，不只存在于词曲创作中，科举应试、诗歌散文都是如此。哪有用固定死板的方法作文，却还能被人欣赏，流传于后世的？三是自古以来文人名士看重的都是诗歌，能够凭借词曲流传后世的还不到十分之一，千百个人中也只有一个而已。凡是擅长作词曲的，全都剖腹藏珠，把这个秘密埋在心底，认为作词曲之法又没人教我，我怎么能传给别人。如果家家户户都能制曲填词，那么就算遍地都是好作品，欣赏者恐怕也会让后来者居上，认为前人的作品粗陋。况且，如果内行人越来越多，挑出的瑕疵也就越多，让前人没有办法藏拙，就像后羿教出了无数谋害自己的逢蒙，都拿着武器来攻击自己一样。与其这样，还不如仍然效仿前人的做法，对这个问题缄口不言为好。我揣摩填词创作方法不能流传的原因，虽然这三者都有，但恐怕最后这点是主要原因。而在我看来，文章是天下所共有的东西，不是我自己能够私藏起来的；文章的是非成败是千古以来的定论，怎么是某人所能够推翻的？所以不如倾我所有，公之于众，让天下后世的贤士成为我的知音。胜过我的，我拜他为师，但我仍然是能够启发别人的好学生；和我类似的，我把他当朋友，也是我可以借鉴的对象。有这种心态，不知不觉便会把自己的平生所学和盘托出，并和前人流传下来的书做比较，取长补短，辨别瑕瑜，让人知道何去何从，不受自己所诵读的书的误导。理解我也好、怪罪我也好、同情我也好、伤害我也好，都随世人，我是不能再顾及身后之事了。只是恐怕我所说的这些道理，我自己以为对的却未必对；大家都追求的，我认为不对的却也未必完全不对。不过只要有一个字说得公允有益，我便可以推脱掉千秋万代的惩罚了。唉，如果元代的作者可以复生，也会原谅我的。

填词最为推崇音律，而我却把结构放在前面，因为音律有书可以参考，道理也比较明了。自从《中原音韵》这本书问世，阴阳平仄就界限分明，好像水中行舟，岸上走车，只要稍懂规矩，就算故意想犯错也不是那么容易。《啸余》《九宫》两个曲谱问世之后，更是有本可依、有章可循。前人把制曲称作“填词”，“填”就是布局的意思，就像棋盘上划定了格式，一格配一子，只有黑色和白色的区别，却不能把棋子放出格外，他用韵的时候我就对之以韵，他不用韵时我就随意发挥。至于如何推敲音律使其悦耳动听，虽可说是神灵相助，不可言传，却也可以通过努力来达到自然完美的状态，而这也就是遵守固定规则所能达到的最高境界。然而，在推敲音律之前，首先要考虑的却是“结构”二字。就像造化赋予万物以形体，当精与血刚开始凝结、胞胎还未出现的时候，就要定出个形态。即便是一点血，也要有五官骨架的趋势。如果事先没有总体布局，而是从头到脚一段一段地生长，那么人的身上就会有无数断裂的痕迹，血气也会被阻碍其中。工匠建造房屋也是一样的道理。在刚打好地基、房屋梁桁结构都还未建造的时候，就要筹划在何处建厅房，在何处开大门，用什么样的木材做栋梁，这些布局都明确以后才可以开始施工。如果选好了一架再准备另一架，这样做有利于前者而不利于后者，势必要改造后者来适应前者，那么房屋还没有建成就要毁坏。“筑舍道旁，无时可成”，虽然花了数间屋宅的施工费用，却不足以盖好一厅一堂。所以说，写作传奇的人不应该急于提笔，先有前面的构思，才能有后面的奋笔疾书。有奇事才能写成奇文，连命题都没有想好怎么可能会思如泉涌、出口成章？我曾读过时下的才子英贤所写的作品，可惜他们惨淡经营，用心良苦写出来的东西，却不能拿来配乐演出，这不是因为协调音律上的困难所致，而是因为谋篇布局上安排得不好。

词采可以排在结构的后面，但仍然要比音律重要些，因为这涉及才能与技艺的区别。文采方面稍有特长的人便可以被称为才子；而极为精通音律的人却也只能说是掌握了一门技艺而已。师旷只能辨音识乐，却不能创作音乐；李龟年只能演唱别人作好的曲词，却不能自己作词。如果让他们和制乐作词的人共聚一堂，我想他们一定会坐在末席。有的事情虽然微小却要严肃对待，这便是个很好的例子。

戒讽刺

武人之刀，文士之笔，皆杀人之具也。刀能杀人，人尽知之；笔能杀人，人则未尽知也。然笔能杀人，犹有或知之者；至笔之杀人较刀之杀人，其快其凶更加百倍，则未有能知之而明言以戒世者。予请深言其故。何以知之？知之于刑人之际。杀之与剐，同是一死，而轻重别焉者。以杀止一刀，为时不久，头落而事毕矣；剐必数十百刀，为时必经数刻，死而不死，痛而复痛，求为头落事毕而不可得者，只在久与暂之分耳。然则笔之杀人，其为痛也，岂止数刻而已哉！窃怪传奇一书[1]，昔人以代木铎[2]，因愚夫愚妇识字知书者少，劝使为善，诫使勿恶，其道无由，故设此种文词，借优人说法，与大众齐听。谓善者如此收场，不善者如此结果，使人知所趋避，是药人寿世之方，救苦弭灾之具也。后世刻薄之流，以此意倒行逆施，借此文报仇泄怨。心之所喜者，处以生旦之位，意之所怒者，变以净丑之形，且举千百年未闻之丑行，幻设而加于一人之身，使梨园习而传之，几为定案，虽有孝子慈孙，不能改也。噫，岂千古文章，止为杀人而设？一生诵读，徒备行凶造孽之需乎？苍颉造字而鬼夜哭[③]，造物之心，未必非逆料至此也。凡作传奇者，先要涤去此种肺肠，务存忠厚之心，勿为残毒之事。以之报恩则可，以之报怨则不可；以之劝善惩恶则可，以之欺善作恶则不可。人谓《琵琶》一书，为讥王四而设。因其不孝于亲，故加以入赘豪门，致亲饿死之事。何以知之？因“琵琶”二字，有四“王”字冒于其上，则其寓意可知也。噫，此非君子之言，齐东野人之语也。凡作传世之文者，必先有可以传世之心，而后鬼神效灵，予以生花之笔，撰为倒峡之词，使人人赞美，百世流芬。传非文字之传，一念之正气使传也。《五经》《四书》《左》《国》《史》《汉》诸书，与大地山河同其不朽，试问当年作者有一不肖之人、轻薄之子厕于其间乎？但观《琵琶》得传至今，则高则诚之为人，必有善行可予，是以天寿其名，使不与身俱没，岂残忍刻薄之徒哉！即使当日与王四有隙，故以不孝加之，然则彼与蔡邕未必有隙，何以有隙之人，止暗寓其姓，不明叱其名，而以未必有隙之人，反蒙李代桃僵之实乎[④]？此显而易见之事，从无一人辩之。创为是说者，其不学无术可知矣。予向梓传奇，尝埒誓词于首，其略云：加生旦以美名，原非市恩于有托；抹净丑以花面，亦属调笑于无心；凡以点缀词场，使不岑寂而已。但虑七情以内，无境不生，六合之中，何所不有。幻设一事，即有一事之偶同；乔命一名，即有一名之巧合。焉知不以无基之楼阁，认为有样之葫芦？是用沥血鸣神，剖心告世，倘有一毫所指，甘为三世之喑，即漏显诛，难逋阴罚。此种血忱，业已沁入梨枣，印政寰中久矣。而好事之家，犹有不尽相谅者，每观一剧，必问所指何人。噫，如其尽有所指，则誓词之设，已经二十余年，上帝有赫，实式临之[⑤]，胡不降之以罚？兹以身后之事，且置勿论，论其现在者：年将六十，即旦夕就木，不为夭矣。向忧伯道之忧，今且五其男，二其女，孕而未诞、诞而待孕者，尚不一其人，虽尽属景升豚犬，然得此以慰桑榆，不忧穷民之无告矣。年虽迈而筋力未衰，涉水登山，少年场往往追予弗及；貌虽癯而精血未耗，寻花觅柳，儿女事犹然自觉情长。所患在贫，贫也，非病也；所少在贵，贵岂人人可幸致乎？是造物之悯予，亦云至矣。非悯其才，非悯其德，悯其方寸之无他也。生平所著之书，虽无裨于人心世道，若止论等身，几与曹交食粟之躯等其高下[⑥]。使其间稍伏机心，略藏匕首，造物且诛之夺之不暇，肯容自作孽者老而不死，犹得徉狂自肆于笔墨之林哉？吾于发端之始，即以讽刺戒人，且若嚣嚣自鸣得意者，非敢故作夜郎，窃恐词人不究立言初意，谬信“琵琶王四”之说，因谬成真。谁无恩怨？谁乏牢骚？悉以填词泄愤，是此一书者，非阐明词学之书，乃教人行险播恶之书也。上帝讨无礼，予其首诛乎？现身说法，盖为此耳。

注释

①传奇：最早特指唐代的短篇文言小说，元末明初时也有人将元杂剧称为“传奇”，自从宋元南戏在明代规范化、典雅化、声腔化和全国化之后，传奇就成为不包括杂剧在内的明清中长篇戏曲剧本的总称。

②木铎：以木为舌的大铃，铜质。古代宣布政教法令时，进行振鸣以引起众人注意，后引申为宣扬教化的意思。

③苍颉：也称仓颉，传说为黄帝的史官，汉字的创造者。《淮南子·本经训》中记载：“昔者仓颉作书，而天雨粟，鬼夜哭”。李渔在本书中多次引用这一典故。

④李代桃僵：李树代替桃树而死。原比喻兄弟互相爱护、互相帮助，后转用来比喻互相顶替或代人

受过。出自南宋郭茂倩《乐府诗集·鸡鸣》："桃在露井上，李树在桃旁，虫来啮桃根，李树代桃僵。树木身相代，兄弟还相忘！"僵，枯死。

⑤上帝有赫，实式临之：出自《诗经·大雅·皇矣》："皇矣上帝，临下有赫。"赫，威严。

⑥曹交：战国时曹国人，记载于《孟子·告子下》，曹交问孟子："交闻文王十尺，汤九尺，今交九尺四寸以长，食粟而已，如何则可？"

译文

武士之刀和文人之笔都是杀人的工具。人人都知道刀能杀人，却不一定知道笔也能杀人。然而，即便有人知道笔能杀人，也未必知道用笔杀人实际上比用刀杀人要迅速凶猛百倍之多，更不用说以此来警诫世人了。请允许我详细说明这其中的缘由。怎么知道这一点的呢？看犯人行刑的时候可以知道。砍头与剐刑都是死罪，但轻重却不同。砍头只用一刀，眨眼间人头落地；剐刑则一定要几十乃至上百刀，个把小时也结束不了，求生不能，求死不得，这就是时间长短的区别。然而，用笔杀人所带来的痛苦，又岂是个把小时所能结束的！我私下感到奇怪的是，传奇这类书是古人用来宣扬教化的，因为知书识字的人少，没有劝人向善的办法，便设立了这种文词，借演员把道理说给大众听，告诉他们善有善报恶有恶报，使他们知道趋善避恶。这是劝人济世、救苦消灾的工具。但是后世的刻薄之人却倒行逆施，借用这种文词来报仇泄怨。心中喜欢的人就让他们成为生角和旦角，心中怨恨的人则变成了净角和丑角。不仅如此，他们还把千百年来都闻所未闻的丑行虚幻地设定在一个人身上，再让戏班子练习传唱，于是这些丑行就成了历史定论。即便此人有孝子慈孙想要为其翻案，也很难做到。唉，流传千古的作文之道，难道就是用来杀人的吗？一辈子读书难道就是为了准备行凶造孽的吗？传说仓颉造字的时候有鬼神在夜里哭泣，可见造物主未必没有预料到文字的危害。所以，凡是写作传奇的人，一定要先去除掉这种邪念，务必要存有忠厚的心肠，不去做残忍歹毒的事情。用传奇来报恩可以，用来报怨就不行了；用传奇来劝善惩恶可以，用来欺善作恶就不行了。人们都说《琵琶记》这本书是为了讥讽王四才写的，因为他对双亲不孝，所以才让他入赘成富人家的女婿，结果导致双亲饿死。这个说法从哪里来的呢？因为“琵琶”二字有四个“王”字在上面，于是就可以揣测出其中的寓意。唉，这种解释不是君子的言论，而是乡野村夫的无稽之谈。凡是能够写作传世之作的人，必先有一颗传世之心，然后鬼神才会显灵，赐予他一支生花妙笔，让他才思泉涌，继而写出流芳百世的好文章。所以，文章的流传并不是因为文字的优美，而是文中的一腔正气使其流传。《五经》《四书》《左传》《国语》《史记》《汉书》，这些书和大地山川一样不朽，试问当年这些作者中有哪一个是不肖之人，哪一个是轻薄之子？只要看一看《琵琶记》能够流传至今这个事实，就知道高则诚的为人必有善行值得称赞，所以老天才让他名垂千古，流芳百世，又怎么会是残忍刻薄之人呢？再说，即便高则诚当年写不孝之事是因为和王四有矛盾，他和蔡邕之间却未必有矛盾，那么为什么对有矛盾的人只是暗示其姓名，而对未必有矛盾的蔡邕，反而让其代人受过呢？这么显而易见的事实，却从没有人拿来为高则诚辩解。可见提出讥讽王四说法的人是一个不学无术之徒。我以前将自己的传奇作品付梓出版的时候，曾在开篇写下这样的誓词，大概意思是：给生角和旦角加以美名，并非是为了讨好别人；给净角和丑角抹上花脸，也仅仅是无心的调笑；这都是给戏曲加上的点缀，为了让气氛不至于冷清而已。但是要知道，人处在七情六欲之中，什么事都可能发生，天地六合之间无奇不有。虚构出一件事，便会有一件事和它雷同；编造出一个名字，就会有一个名字和它巧合。谁知道会不会有人把完全虚构的空中楼阁当成是有模有样的真实投影呢？所以我在这里对天起誓，并向天下人告白，我李渔所写的传奇如果有一丝一毫影射他人的地方，甘愿三世轮回都变成哑巴，就算在阳间逃过了现世报，到了阴曹地府也照样受罚！这样的誓言我早已白纸黑字出版成书，为天下所见证。但是，仍有好事之人不能理解，每次观看一个剧作便问剧中角色所指何人。唉，如果真的影射别人，那么我发此毒誓已有二十余年，苍天在上，临视人间，为何不降罪于我？死后如何暂且不论，就说我现在的状况：我年近六十，就算现在立刻离世，也算逃过了夭折的厄运。以前我还曾担心自己没有后人，可如今已经有了五个儿子和两个女儿，如果加上怀孕了还未出生的和生了以后还会怀上的，则又多出两个孩子以上。这些孩子虽然不争气，但也可以告慰余生，使我不用有穷苦人家的鳏寡孤独之忧。另外，我虽然年迈，但体力仍不减当年，游山玩水的时候年轻人也往往赶不上我；我相貌虽然消瘦，但精力却依然旺盛，寻花问柳、男欢女爱的事也依然见长。我忧虑的是贫穷，但贫穷并不是毛病；我缺少的是富贵，但富贵又怎么是人人都能得到的呢？可见造物主对我的怜悯已经是仁至义尽了。上天不是怜悯我的才华，也不是怜悯我的德行，而是怜悯我内心中没有杂念。我生平所著之书，虽然对于人心世道不一定有所裨益，但也算得上著作等身。如果这些书中稍有害人之心的话，造物主杀我抢我还来不及，怎么会让自作孽的人老而不死，还继续装疯卖傻地舞文弄墨？我在此书一开始就告诫人们不要讽刺，如果这样做显得有些自鸣得意的话，不是因为我故意夜郎自大，而是害怕词人不考虑著书立言的初衷，错误地相信“琵琶王四”的说法，结果因谬成真。谁没有恩怨？谁不发牢骚？如果用填词来发泄愤恨，那么这本书就不是阐明词学的书，而是教人作恶的书。上天要是讨伐不合礼法的人的话，我不就首当其冲了吗？我自己之所以现身说法，也就是为了这个目的。

立主脑

古人作文一篇，定有一篇之主脑。主脑非他，即作者立言之本意也。传奇亦然。一本戏中，有无数人名，究竟俱属陪宾，原其初心，止为一人而设。即此一人之身，自始至终，离合悲欢，中具无限情由，无穷关目，究竟俱属衍文，原其初心，又止为一事而设；此一人一事，即作传奇之主脑也。然必此一人一事果然奇特，实在可传而后传之，则不愧传奇之目，而其人其事与作者姓名皆千古矣。如一部《琵琶》，止为蔡伯喈一人，而蔡伯喈一人又止为“重婚牛府”一事，其余技节皆从此一事而生。二亲之遭凶，五娘之尽孝，拐儿之骗财匿书，张大公之疏财仗义，皆由于此。是“重婚牛府”四字，即作《琵琶记》之主脑也。一部《西厢》，止为张君瑞一人，而张君瑞一人，又止为“白马解围”一事，其余枝节皆从此一事而生。夫人之许婚，张生之望配，红娘之勇于作合，莺莺之敢于失身，与郑恒之力争原配而不得，皆由于此。是“白马解围”四字，即作《西厢记》之主脑也。余剧皆然，不能悉指。后人作传奇，但知为一人而作，不知为一事而作。尽此一人所行之事，逐节铺陈，有如散金碎玉，以作零出则可，谓之全本，则为断线之珠，无梁之屋。作者茫然无绪，观者寂然无声，无怪乎有识梨园，望之而却走也。此语未经提破，故犯者孔多，而今而后，吾知鲜矣。

译文

古人写一篇文章，一定会有一篇的主脑。主脑不是别的，就是作者立言的本意。传奇也是一样。一部戏中有无数的人名，但毕竟都是陪衬，因为作者的本意只是为了一个主人公而作；这一个主人公自始至终的悲欢离合，虽有无限情由，无穷关目，但都是衍生出的事件，因为作者的初衷只是为了一件事而设；这一人一事，就是写作传奇的主脑。然而这一人一事必须是确实奇特，实在是可以记下来流传于后世，那么才不愧对传奇的名目，而这个人和这件事的名字就都名垂千古了。比如一部《琵琶记》，只为蔡伯喈一个人而作，而蔡伯喈又只有“重婚牛府”这一件事，其余的细枝末节都是从这一件事衍生而来。蔡伯喈双亲遇到不幸，赵五娘尽孝，骗子骗取家财、藏匿家书，张大公仗义疏财，都是起源于这件事。所以“重婚牛府”这四个字，就是创作《琵琶记》的主脑。一部《西厢记》，只为张君瑞一个人而作，而张君瑞只有“白马解围”这一件事，其余的细枝末节都是从这一件事衍生而来。老夫人许婚，张生希望和莺莺配婚，红娘勇于从中牵线，莺莺又敢于失身，郑恒之力争原配而不得，都是由这件事引起的。所以“白马解围”这四个字，就是创作《西厢记》的主脑。其他的剧作都是这样，不能一一列举。后人创作传奇，只知道为一个人而作，却不知道为一件事而作。对于这一个人的所作所为逐个展开，大量铺陈，就像散金碎玉一样，单独拿出来还可以，但是当作一个整体的话，就成了断线的珠子，无梁的房屋。作者自己茫然没有头绪，观众看着默不作声，难怪梨园中的有识之士看了剧本也不会去演。这一点一直没有人提起过，所以犯错的人很多，现在我说破以后，应该就会少了。

脱窠臼

"人惟求旧，物惟求新[1]。"新也者，天下事物之美称也。而文章一道，较之他物，尤加倍焉。戛戛乎陈言务去[2]，求新之谓也。至于填词一道，较之诗赋古文，又加倍焉。非特前人所作，于今为旧，即出我一人之手，今之视昨，亦有间焉。昨已见而今未见也，知未见之为新，即知已见之为旧矣。古人呼剧本为"传奇"者，因其事甚奇特，未经人见而传之，是以得名，可见非奇不传。"新"即"奇"之别名也。若此等情节业已见之戏场，则千人共见，万人共见，绝无奇矣，焉用传之？是以填词之家，务解"传奇"二字。欲为此剧，先问古今院本中，曾有此等情节与否，如其未有，则急急传之，否则枉费辛勤，徒作效颦之妇。东施之貌未必丑于西施，止为效颦于人，遂蒙千古之诮。使当日逆料至此，即劝之捧心，知不屑矣。吾谓填词之难，莫难于洗涤窠臼，而填词之陋，亦莫陋于盗袭窠臼。吾观近日之新剧，非新剧也，皆老僧碎补之衲衣，医士合成之汤药。取众剧之所有，彼割一段，此割一段，合而成之，即是一种"传奇"。但有耳所未闻之姓名，从无目不经见之事实。语云“千金之裘，非一狐之腋”[③]，以此赞时人新剧，可谓定评。但不知前人所作，又从何处集来？岂《西厢》以前，别有跳墙之张珙？《琵琶》以上，另有剪发之赵五娘乎？若是，则何以原本不传，而传其抄本也？窠臼不脱，难语填词，凡我同心，急宜参酌。

注释

① 人惟求旧，物惟求新：出自《尚书·盘庚上》："人惟求旧，器非求旧，惟新。"

② 戛 jiá 戛乎陈言务去：出自唐代诗人韩愈《与李翊书》："惟陈言之务去，戛戛乎其难哉！"

③ 千金之裘，非一狐之腋：价值千金的皮衣，决非一只狐狸的腋下皮毛所能做成。出自《史记·刘敬叔孙通列传》："太史公曰：语曰'千金之裘，非一狐之腋也；台榭之榱，非一木之枝也；三代之际，非一代之智也。'"

译文

“人惟求旧，物惟求新。”新是对天下事物的美好称呼。而写作文章与其他事物相比，更应该追求新颖。“戛戛乎陈言务去”，这就是说写文章要追求新颖。至于填词，和诗文歌赋相比则还要更加追求新颖。不但前人的作品现在看起来老套，即便是我自己以前的作品，现在看来也感到有距离。昨天的东西已经见过，今天的却没有见过，没有见过的觉得新鲜，于是见过的就感觉陈旧了。古人把剧本称作“传奇”，因为戏曲所描述的事情非常奇特，人们没有见过的奇事始可得到流传，所以称作“传奇”。可见不奇特的事是不会流传的。“新”就是“奇”的别名。如果说故事情节已经在戏场里上演过，那么千万人已经耳闻目睹，毫无新奇可言，怎么能够拿来流传呢？所以填词的人务必要先理解“传奇”二字的意思。要想进行戏曲创作，先要看看自古以来的剧本中是否有同样的情节，如果没有，那就赶紧写出来，不然的话写出来也是枉费工夫，成为东施效颦。其实东施的容貌未必比西施丑陋，但是因为拙劣的模仿却成了千古笑柄。如果当时东施知道会有这样的结果，就算别人劝她学西施捧心，她也不会那么做。我认为填词最难的地方就在于情节不落俗套，而填词的陋习也在于陈词滥调。在我看来，近来写作的新剧根本就不是新剧，而是老僧的百衲衣和医生的合成药。这些作品从其他剧作中东拉一段、西扯一段，合而为一，便拼凑成一部“传奇”。虽然姓名闻所未闻，但是情节却似曾相识。有个说法叫“千金之裘，非一狐之腋”，用这话来形容现在的所谓“新剧”真是再恰当不过了。那么，以前的作家创作戏曲，情节又是从何而来？难道《西厢记》之前，也有跳墙的张珙？《琵琶记》之前，也有剪发的五娘？如果真有的话，那么为什么原来的剧本没有流传，抄袭的剧本却流传至今？所以，不打破原有的成规就很难谈论填词。凡是和我观点相同的，还请参考斟酌。

密针线

编戏有如缝衣，其初则以完全者剪碎，其后又以剪碎者凑成。剪碎易，凑成难，凑成之工，全在针线紧密。一节偶疏，全篇之破绽出矣。每编一折，必须前顾数折，后顾数折。顾前者，欲其照映，顾后者，便于埋伏。照映埋伏，不止照映一人、埋伏一事，凡是此剧中有名之人、关涉之事，与前此后此所说之话，节节俱要想到，宁使想到而不用，勿使有用而忽之。吾观今日之传奇，事事皆逊元人，独于埋伏照映处，胜彼一筹。非今人之太工，以元人所长全不在此也。若以针线论，元曲之最疏者，莫过于《琵琶》。无论大关节目背谬甚多，如子中状元三载，而家人不知；身赘相府，享尽荣华，不能自遣一仆，而附家报于路人；赵五娘千里寻夫，只身无伴，未审果能全节与否，其谁证之？诸如此类，皆背理妨伦之甚者。再取小节论之，如五娘之剪发，乃作者自为之，当日必无其事。以有疏财仗义之张大公在，受人之托，必能终人之事，未有坐视不顾，而致其剪发者也。然不剪发，不足以见五娘之孝。以我作《琵琶》，《剪发》一折亦必不能少，但须回护张大公，使之自留地步。吾读《剪发》之曲，并无一字照管大公，且若有心讥刺者。据五娘云“前日婆婆没了，亏大公周济。如今公公又死，无钱资送，不好再去求他，只得剪发”云云。若是，则剪发一事乃自愿为之，非时势迫之使然也，奈何曲中云：“非奴苦要孝名传，只为上山擒虎易，开口告人难。”此二语虽属恒言，人人可道，独不宜出五娘之口。彼自不肯告人，何以言其难也？观此二语，不似怼怨大公之词乎？然此犹属背后私言，或可免于照顾。迨其哭倒在地，大公见之，许送钱米相资，以备衣衾棺椁，则感之颂之，当有不啻口出者矣，奈何曲中又云：“只恐奴身死也，兀自没人埋，谁还你恩债？”试问公死而埋者何人？姑死而埋者何人？对埋殓公姑之人而自言暴露，将置大公于何地乎？且大公之相资，尚义也，非图利也，“谁还恩债”一语，不几抹倒大公，将一片热肠付之冷水乎？此等词曲，幸而出自元人，若出我辈，则群口讪之，不识置身何地矣。予非敢于仇古，既为词曲立言，必使人知取法，若扭于世俗之见，谓事事当法元人，吾恐未得其瑜，先有其瑕。人或非之，即举元人借口，乌知圣人千虑，必有一失；圣人之事，犹有不可尽法者，况其他乎？《琵琶》之可法者原多，请举所长以盖短。如《中秋赏月》一折，同一月也，出于牛氏之口者，言言欢悦；出于伯喈之口者，字字凄凉。一座两情，两情一事，此其针线之最密者。瑕不掩瑜，何妨并举其略。然传奇一事也，其中义理分为三项：曲也，白也，穿插联络之关目也。元人所长者止居其一，曲是也，白与关目皆其所短。吾于元人，但守其词中绳墨而已矣。

译文

编戏就像缝衣服，开始时要将完整的布剪碎，然后又将剪碎的布拼凑成型。剪碎容易，拼凑困难，拼凑的功夫全在针线的紧密。有一节出现疏忽，那么全篇就会有破绽。每编一折戏，必须顾及它和前后数折的关系，看前面的是否与其照应，看后面的是否埋下伏笔。照应和埋伏笔，不是只照应一个人，为一件事埋伏笔，而是这部剧中有名有姓的所有人，涉及的所有事，以及前后所说过的话，都要有所顾及。宁可想到之后而没有采纳，也不能忽视有用的线索。我看现在的传奇作品，其他方面都不如元代作品，但只有埋伏笔和照应的地方能够胜出一筹。这不是因为如今的作品太精巧，而是因为元代作品并不擅长于此。如果论及细节线索，元代作品中最疏忽的就数《琵琶记》了。不论大小关目，有悖常理的错误很多，比如儿子中状元三年，家人却不知道；入赘到相府当女婿，享尽荣华富贵，却不能派遣一个仆人，而是让一个路人给家中报信；赵五娘千里寻夫，只身一人，也不知道能否保全贞洁，也没有人能够证明，诸如此类，都是十分违背人之常情的。再看小的细节，比如赵五娘剪发，一定是作者自己虚构的情节，当时不可能有这样的事。因为有仗义疏财的张大公，张大公这样的人受人之托，必能终人之事，他不会对赵五娘坐视不顾，以至于剪发以买葬具。然而，不剪发不足以体现赵五娘的孝心，如果让我来写《琵琶记》的话，《剪发》这一折也是必不可少的，但同时也应该回头照顾一下张大公这个人物，让他不至于前后矛盾。我读《剪发》的曲词时，并没有发现一个字考虑到张大公，并且还像故意讥讽他一样。据五娘说“前日婆婆没了，亏大公周济。如今公公又死，无钱资送，不好再去求他，只得剪发”等等，如果真是这样，那么剪发一事就是五娘自愿的行为，而不是时势所迫。可是曲词中还说道:“非奴苦要孝名传,只为上山擒虎易,开口告人难。”这两句虽然是常理,但是别人可以讲,唯独赵五娘不能讲,因为是她自己不肯开口求人,怎么能说求人难呢?看了这两句,不是像在责怪张大公吗?不过这些还算是背地里的话,也许不用强求照应。但是当赵五娘哭倒在地,张大公见了之后允诺以钱米相赠,并为五娘的公公准备寿衣和棺材时,五娘本该将感恩戴德的话脱口而出,但曲词中却道:“只恐奴身死也,兀自没人埋,谁还你恩债?”试问五娘的公公是谁安葬的?婆婆又是谁安葬的?对安葬自己公婆的人说自己死后无人埋葬,这话把张大公置于何地?而且大公出钱资助五娘是因为崇尚义气,而非贪图回报,“谁还恩债”这样的话,等于抹杀了大公的恩情,无异于往热心肠上浇冷水。这样的曲文幸亏是出自元代作者之手,如果是我们这些人写出来的,早就被众人说得无地自容了。我不是敢于挑战古人,但是要为词曲著书立说,就要让人知道应该从何处学习词曲。如果妥协于世俗成见,认为一切都要学习元代作者,恐怕还没有学到优点,倒先学到了缺点。有的人一遇到批评,就拿出元代的例子当借口,却不知道圣人千虑,必有一失的道理。连圣人的言行都不能完全效仿,更何况其他人呢?《琵琶记》中可以效法的地方有很多,我举出一些长处来弥补前面提到的短处：比如《中秋赏月》一折，同是一轮明月，从牛氏的口中说出来就充满喜悦之情，从蔡伯喈口中说出来则满是凄凉之语。两人同坐一处，却是两种心情，而两种心情却又面对同一件事，这就是编织线索最为紧密的地方。瑕不掩瑜，举出几处短处又有何妨？然而创作传奇，其中的义理有三项，即词曲、宾白以及穿插其中的关目。元代作品所擅长的是其中一项，即词曲，宾白和关目都是其短处。我对待元代作者的态度只是遵守他们词曲创作的规则罢了。

减头绪

头绪繁多，传奇之大病也。《荆》《刘》《拜》《杀》(《荆钗记》《刘知远》《拜月亭》《杀狗记》)之得传于后[①]，止为一线到底，并无旁见侧出之情。三尺童子观演此剧，皆能了了于心，便便于口，以其始终无二事，贯串只一人也。后来作者不讲根源，单筹枝节，谓多一人可增一人之事。事多则关目亦多，令观场者如入山阴道中，人人应接不暇。殊不知戏场脚色，止此数人，便换千百个姓名，也只此数人装扮，止在上场之勤不勤，不在姓名之换不换。与其忽张忽李，令人莫识从来，何如只扮数人，使之频上频下，易其事而不易其人，使观者各畅怀来，如逢故物之为愈乎？作传奇者，能以“头绪忌繁”四字，刻刻关心，则思路不分，文情专一，其为词也，如孤桐劲竹，直上无枝，虽难保其必传，然已有《荆》《刘》《拜》《杀》之势矣。

注释

①《荆》《刘》《拜》《杀》：《荆钗记》《刘知远白兔记》《拜月亭》《杀狗记》，并称“四大南戏”，但作者都有待考证。

译文

头绪繁多是传奇创作最忌讳的。《荆钗记》《刘知远》《拜月亭》《杀狗记》之所以能够流传于后世，是因为它们都只有一条主线贯穿到底，而没有脱离主线的情节。三尺高的孩子观看这些戏，也能了然于心，念诵于口，因为这些剧作只有一个主要情节和一个主要人物。后来的作者不讲究情节上追根溯源，却追求细枝末节，以为多一个人物便能多一个故事。结果故事多了，关目也就增多，看戏的人好像进了山阴道，人人应接不暇。殊不知在舞台上演戏的演员只有几个人而已，即便换了千百个角色，也只是这几个人来扮演，只是在于上场勤不勤，不在于姓名换不换。与其一会儿说张三，一会儿说李四，让人摸不着他们的来历，不如让演员只演几个人，而上台的次数频繁一些，改变情节而不改变人物，让观众各自满足自己的期待，好像遇到了熟悉的事物一样。这样不是更好吗？创作传奇的人，如果能把“头绪忌繁”四个字常记心头，就会做到思路集中，文情专一，所创作的作品也会像孤桐劲竹一样挺拔向上，没有斜枝，虽然不能确保流传于后世，也会有《荆》《刘》《拜》《杀》那样的气势。

戒荒唐

昔人云:“画鬼魅易，画狗马难。”以鬼魅无形，画之不似，难于稽考。狗马为人所习见，一笔稍乖，是人得以指摘。可见事涉荒唐，即文人藏拙之具也。而近日传奇，独工于为此。噫，活人见鬼，其兆不祥，矧有吉事之家，动出魑魅魍魉为寿乎？移风易俗，当自此始。吾谓剧本非他，即三代以后之《韶》《濩》也[1]。殷俗尚鬼，犹不闻以怪诞不经之事被诸声乐，奏于庙堂，矧辟谬崇真之盛世乎？王道本乎人情，凡作传奇，只当求于耳目之前，不当索诸闻见之外。无论词曲，古今文字皆然。凡说人情物理者，千古相传；凡涉荒唐怪异者，当日即朽。《五经》《四书》《左》《国》《史》《汉》，以及唐宋诸大家，何一不说人情？何一不关物理？及今家传户颂，有怪其平易而废之者乎？《齐谐》，志怪之书也，当日仅存其名，后世未见其实。此非平易可久、怪诞不传之明验欤？人谓家常日用之事，已被前人做尽，究微极隐，纤芥无遗，非好奇也，求为平而不可得也。予曰：不然。世间奇事无多，常事为多，物理易尽，人情难尽。有一日之君臣父子，即有一日之忠孝节义。性之所发，愈出愈奇，尽有前人未作之事，留之以待后人，后人猛发之心，较之胜于先辈者。即就妇人女子言之，女德莫过于贞，妇愆无甚于妒。古来贞女守节之事，自剪发、断臂、刺面、毁身，以至刎颈而止矣。近日失贞之妇，竟有刲肠剖腹，自涂肝脑于贵人之庭以鸣不屈者；又有不持利器，谈笑而终其身，若老衲高僧之坐化者。岂非五伦以内，自有变化不穷之事乎？古来妒妇制夫之条，自罚跪、戒眠、捧灯、戴水，以至扑臀而止矣。近日妒悍之流，竟有锁门绝食，迁怒于人，使族党避祸难前，坐视其死而莫之救者；又有鞭扑不加，囹圄不设，宽仁大度，若有刑措之风，而其夫慑于不怒之威，自遣其妾而归化者。岂非闺阃以内，便有日异月新之事乎？此类繁多，不能枚举。此言前人未见之事，后人见之，可备填词制曲之用者也。即前人已见之事，尽有摹写未尽之情，描画不全之态。若能设身处地，伐隐攻微，彼泉下之人，自能效灵于我，授以生花之笔，假以蕴绣之肠，制为杂剧，使人但赏极新极艳之词，而竟忘其为极腐极陈之事者。此为最上一乘，予有志焉，而未之逮也。

注释

①《韶》《濩》：相传为舜禹、商汤时期的音乐名，后用以指庙堂、宫廷之乐，或泛指雅正的古乐。

译文

以前的人说："画鬼魅容易，画狗马难"。因为鬼魅没有特定的形态，就算画得不像，也难以考证；而狗马是人们常常见到的事物，只要一笔画得不像，就会被人指摘。可见荒唐的事情可以是文人隐藏自己缺点的工具。而近年来的传奇创作尤其擅长做这样的事情。唉！活人见鬼是不祥的兆头。哪有办喜事的人家拿魑魅魍魉这些鬼怪来做寿的？改造社会风气就应该从这里开始。我认为剧本不是别的，正是夏商周三代之后的礼乐经典。殷商的时候崇尚鬼神，但并没有怪诞荒唐的事情进入当时的音乐，并在庙堂这种地方演奏，更何况我们这个摒弃谬误、崇尚真理的太平盛世呢？圣贤之道是建立在人情的基础上的，凡是创作传奇的人，应该以自己耳闻目睹的事实为根据，不应该脱离自己的所见所闻。不仅是词曲，从古至今的所有文字都是这样的道理。凡是讲述人情事理的作品都会世代流传；凡是涉及荒唐怪异的作品，创作出来的同时就已经腐朽了。《五经》《四书》《左传》《国语》《史记》《汉书》，以及唐宋的各位大家，有哪一个不是描写人情，哪一个不是有关事理？一直到今天，家家户户都在传颂这些作品，有谁会因为近乎人情而责怪并废弃这些经典呢？《齐谐》是一本关于神仙鬼怪的书，但是现在已经失传了，只留下一个书名而已，后世再也没见过此书。这不是描写人情事理能够长久，讲述荒唐怪诞不能传世的明证吗？有人说日常生活中的事情已经被前人说尽，连细小微妙的地方也没有遗漏，所以现在的人不是因为喜欢写奇闻异事，而是没有办法继续写身边的事。我认为不是这样。人世间奇事怪事并不多，但日常生活却丰富多彩；事理容易写完，但人情却很难穷尽。只要君臣、父子的关系还存在一天，忠孝节义的故事就也会发生一天。人的七情六欲所引发的事情只会越来越新奇，到处都有前人没有做过的事情留给后人去书写，而后人情感之盛，又会超过前人。就拿女子妇人的故事来说，女子的德行没有比贞节更重要的，而罪过也没有比嫉妒更严重的。自古以来，女子守贞节的故事无非就是剪发、断臂、刺面、毁身乃至自刎这些内容，但近来竟有失贞的女子在富贵人家门前剖腹割肠、肝脑涂地，以此来表明自己的坚贞不屈；还有的女子虽然手无寸铁，却在谈笑风生中自绝性命，好像得道高僧的坐化圆寂一样。这难道不是说明了人与人的道德关系变化无穷吗？古往今来，嫉妒的悍妇管制丈夫的方法不外乎罚跪、不许睡觉、用手捧灯、头上顶水，至于打屁股就算是最厉害的了。而近来的悍妇中居然有人将丈夫锁入屋中不准吃饭，并且还迁怒于人，让亲戚族人都避之不及，结果任凭自己的丈夫活活饿死在家里；还有的虽然没有鞭打和囚禁丈夫，表面上宽宏大量，好像施仁政并置刑法而不用，然而丈夫却被这种不怒之威所震慑，自己遣散了姬妾并归顺妻子。这难道不是说明小小的卧房之内，便有日新月异的故事吗？这种例子还有许多，不胜枚举。这都是前人没有见过的事，后人见了都可以拿来填词作曲。即便是前人已经见过的事，也会有许多描写未尽的情景，如果能够设身处地，深入发掘，这些九泉之下的亡人也能够对我显灵，授予我生花的妙笔和芬芳的才情，将其制成杂剧，便会使人欣赏到极其新奇艳丽的曲文，以至于忘记了剧中讲述的是极其陈旧的故事。这才是最上等的作品。我虽然有志于创作这样的作品，但是还没有达到这个境界。

审虚实

传奇所用之事，或古或今，有虚有实，随人拈取。古者，书籍所载，古人现成之事也；今者，耳目传闻，当时仅见之事也；实者，就事敷陈，不假造作，有根有据之谓也；虚者，空中楼阁，随意构成，无影无形之谓也。人谓古事多实，近事多虚。予曰：不然。传奇无实，大半皆寓言耳。欲劝人为孝，则举一孝子出名，但有一行可纪，则不必尽有其事。凡属孝亲所应有者，悉取而加之。亦犹纣之不善，不如是之甚也，一居下流，天下之恶皆归焉。其余表忠表节，与种种劝人为善之剧，率同于此。若谓古事皆实，则《西厢》《琵琶》推为曲中之祖，莺莺果嫁君瑞乎？蔡邕之饿莩其亲，五娘之干蛊其夫[①]，见于何书？果有实据乎？孟子云："尽信书，不如无书。"盖指《武成》而言也。经史且然，矧杂剧乎？凡阅传奇而必考其事从何来、人居何地者，皆说梦之痴人，可以不答者也。然作者秉笔，又不宜尽作是观。若纪目前之事，无所考究，则非特事迹可以幻生，并其人之姓名亦可以凭空捏造，是谓虚则虚到底也。若用往事为题，以一古人出名，则满场脚色皆用古人，捏一姓名不得；其人所行之事，又必本于载籍，班班可考，创一事实不得。非用古人姓字为难，使与满场脚色同时共事之为难也；非查古人事实为难，使与本等情由贯串合一之为难也。予既谓传奇无实，大半寓言，何以又云姓名事实必须有本？要知古人填古事易，今人填古事难。古人填古事，犹之今人填今事，非其不虑人考，无可考也。传至于今，则其人其事，观者烂熟于胸中，欺之不得，罔之不能，所以必求可据，是谓实则实到底也。若用一二古人作主，因无陪客，幻设姓名以代之，则虚不似虚，实不成实，词家之丑态也，切忌犯之。

注释

①干蛊：出自《周易·蛊》："干父之蛊，有子，考无咎，厉终吉。"指儿子继承并能胜任父亲曾从事的事业，这里指赵五娘代替丈夫行孝。

译文

传奇所采用的故事，或古或今，有虚有实，任由作者拈取。古代的故事是书中所记载的古人现成之事；今天的故事是作者耳闻目睹的当时发生的事；真实的事是根据事实进行陈述，有根有据，不虚构不造作；虚构的事则像是空中楼阁，随意编造，无影无形。有人说古代的事多真实，当代的事多虚构，我却认为不是这样。传奇没有什么真实，大半都是寓言而已。如果想要劝人行孝道，就举出一位有名的孝子，这位孝子只要有一件事值得记述，就不用写他其他的事，而是把孝敬双亲的所有事迹都拿来加在他一个人身上。就像纣王作恶，其实并没有那么严重，但是一旦被归为恶人的代表，那么天下的坏事就都被归到他的头上。其他种种表现忠诚、气节以及劝人向善的剧作，也是同样的道理。如果说古代的事都是真事的话，那么《西厢记》和《琵琶记》被认为是曲中鼻祖，《西厢记》里崔莺莺真的就嫁给张君瑞了吗？《琵琶记》里蔡邕让双亲饿死，赵五娘替夫尽孝的事又是哪本书里记载的？这些事真的有实际根据吗？孟子说“尽信书，不如无书”，这话是针对《尚书》中的《武成》而说的。那么，连经史尚且这样，更何况戏曲呢？凡是看到传奇就一定要考证故事从何而来，人物住在何处的，都是说梦的痴人，可以不用答复他们。然而，写作传奇的时候又不能完全抱着这样的观点。如果写的是眼前的事，没有什么可考证的，那么不仅事迹可以虚构，连人物的姓名也可以凭空捏造，这就是要虚构就虚构到底。如果用古代的故事做题材，只要有一个古人登场，那么整场戏所有的角色都要用古人，不能捏造任何姓名，戏里人物的所作所为，也必须根据书中的记载，每件事都可以考证，虚构一件也不可以。所以，不是说用古人姓名创作戏曲困难，困难的是要把满场的古人同时放入一个情节之中；不是说考证古人的事迹困难，困难的是要把历史事实和戏中情由贯穿合一。我既然说传奇没有真实，大半都是寓言，为何又说写古人时姓名、事实必须有根有据？要知道古人写古事容易，今人写古事就困难了。古人写古事，就像今人写今事，不是他不担心别人考证真假，而是别人无从考证。但是古事流传至今，其人其事观众已经烂熟于胸，根本没办法欺骗观众，所以必须做到有根有据。这就是真实要真实到底。如果用了一两个古人当主要人物，因为没有配角，就虚构出姓名来代替，那么虚不虚、实不实，写作剧本的人未免当众出丑。切记不要犯这样的错误。

词采第二

曲与诗余，同是一种文字。古今刻本中，诗余能佳而曲不能尽佳者，诗余可选而曲不可选也。诗余最短，每篇不过数十字，作者虽多，入选者不多，弃短取长，是以但见其美。曲文最长，每折必须数曲，每部必须数十折，非八斗长才，不能始终如一。微疵偶见者有之，瑕瑜并陈者有之，尚有踊跃于前，懈弛于后，不得已而为狗尾貂续者亦有之。演者观者既存此曲，只得取其所长，恕其所短，首尾并录。无一部而删去数折，止存数折，一出而抹去数曲，止存数曲之理。此戏曲不能尽佳，有为数折可取而挈带全篇，一曲可取而挈带全折，使瓦缶与金石齐鸣者①，职是故也。予谓既工此道，当如画士之传真，闺女之刺绣，一笔稍差，便虑神情不似，一针偶缺，即防花鸟变形。使全部传奇之曲，得似诗余选本如《花间》《草堂》诸集，首首有可珍之句，句句有可宝之字，则不愧填词之名，无论必传，即传之千万年，亦非侥幸而得者矣。吾于古曲之中，取其全本不懈、多瑜鲜瑕者，惟《西厢》能之。《琵琶》

则如汉高用兵，胜败不一，其得一胜而王者，命也，非战之力也。《荆》《刘》《拜》《杀》之传，则全赖音律。文章一道，置之不论可矣。

注释

①瓦缶：大腹小口的瓦器，比喻不值钱的东西。《楚辞·卜居》中有“黄钟毁弃，瓦缶雷鸣”。

译文

曲和词都是一种文字。古往今来的刻本之中，往往能够选取好的词作，却不都能选取好的曲文，因为词可以选而曲不能选。词的篇幅最短，每篇不过几十个字，作者虽然多，但是入选者却不多，这样便能取其精华，去其糟粕，选取最精彩的词作。曲文篇幅最长，每折都有数曲，每部又有数十折，如果不是才高八斗，很难始终如一地保持最高水平。有的偶见瑕疵，有的瑕瑜并陈，有的虎头蛇尾，甚至还有的狗尾续貂。然而，不论是演员还是观众，既然保存了这个曲文，也只能取其优点，容忍缺点，从头到尾全部收录，并没有节选几折几曲的道理。这就是为什么戏曲不可能自始至终全是佳作，只要其中几折有可取之处，就可以统领全篇，只要一曲有可取之处，就可以使全折增彩。曲文之中之所以良莠并存，好坏参半，就是这个道理。我认为既然想精于此道，就应该像画家临摹，女子刺绣，只要有一笔失误，便有可能神情失真；有一针缺漏，便会使花鸟变形。如果传奇的所有曲文都能像《花间集》和《草堂诗余》这样的词集一样，每首词中都有巧妙的句子，每句中都有出彩的文字，那么也不愧对填词这个名字了。这样的作品不要说一定会流传，即便流传千万年之久，也是意料之中的事。我在古代曲文中进行挑选，能够做到从头到尾都保持高水平，优点很多而缺点极少的，只有《西厢记》一本。《琵琶记》就像汉高祖刘邦用兵打仗，有胜有负，但一次决定性的胜利便可以成王败寇，这就是命里注定的运气，而不是运筹帷幄的能力。而《荆》《刘》《拜》《杀》四大名曲能够得以流传，则全是因为音律的原因，至于文笔如何，完全可以置之不论。

贵显浅

曲文之词采，与诗文之词采非但不同，且要判然相反。何也？诗文之词采，贵典雅而贱粗俗，宜蕴藉而忌分明。词曲不然，话则本之街谈巷议，事则取其直说明言。凡读传奇而有令人费解，或初阅不见其佳，深思而后得其意之所在者，便非绝妙好词，不问而知为今曲，非元曲也。元人非不读书，而所制之曲，绝无一毫书本气，以其有书而不用，非当用而无书也，后人之曲则满纸皆书矣。元人非不深心，而所填之词，皆觉过于浅近，以其深而出之以浅，非借浅以文其不深也，后人之词则心口皆深矣。无论其他，即汤若士《还魂》一剧，世以配飨元人，宜也。问其精华所在，则以《惊梦》《寻梦》二折对。予谓二折虽佳，犹是今曲，非元曲也。《惊梦》首句云："袅晴丝，吹来闲庭院，摇漾春如线。"以游丝一缕，逗起情丝，发端一语，即费如许深心，可谓惨淡经营矣。然听歌《牡丹亭》者，百人之中有一二人解出此意否？若谓制曲初心并不在此，不过因所见以起兴，则瞥见游丝，不妨直说，何须曲而又曲，由晴丝而说及春，由春与晴丝而悟其如线也？若云作此原有深心，则恐索解人不易得矣。索解人既不易得，又何必奏之歌筵，俾雅人俗子同闻而共见乎？其余"停半晌，整花钿，没揣菱花，偷人半面"及"良辰美景奈何天，赏心乐事谁家院"，"遍青山，啼红了杜鹃"等语，字字俱费经营，字字皆欠明爽。此等妙语，止可作文字观，不得作传奇观。至如末幅"似虫儿般蠢动，把风情扇"，与"恨不得肉儿般团成片也，逗的个日下胭脂雨上鲜”,《寻梦》曲云:“明放着白日青天,猛教人抓不到梦魂前”,“是这答儿压黄金钏匾”,此等曲,则去元人不远矣。而予最赏心者,不专在《惊梦》《寻梦》二折,谓其心花笔蕊,散见于前后各折之中。《诊祟》曲云:“看你春归何处归,春睡何曾睡,气丝儿,怎度的长天日。”“梦去知他实实谁,病来只送得个虚虚的你。做行云,先渴倒在巫阳会。”“又不得困人天气,中酒心期,魆魆的常如醉。”“承尊觑,何时何日,来看这女颜回?”《忆女》曲云:“地老天昏,没处把老娘安顿。”“你怎撇得下万里无儿白发亲。”“赏春香还是你旧罗裙。”《玩真》曲云:“如愁欲语,只少口气儿呵。”“叫的你喷嚏似天花唾。动凌波,盈盈欲下,不见影儿那。”此等曲,则纯乎元人,置之“百种”前后,几不能辨,以其意深词浅,全无一毫书本气也。若论填词家宜用之书,则无论经传子史以及诗赋古文,无一不当熟读,即道家佛氏、九流百工之书,下至孩童所习《千字文》《百家姓》,无一不在所用之中。至于形之笔端,落于纸上,则宜洗濯殆尽。亦偶有用着成语之处,点出旧事之时,妙在信手拈来,无心巧合,竟似古人寻我,并非我觅古人。此等造诣,非可言传,只宜多购元曲,寝食其中,自能为其所化。而元曲之最佳者,不单在《西厢》《琵琶》二剧，而在《元人百种》之中。“百种”亦不能尽佳，十有一二可列高、王之上，其不致家弦户诵，出与二剧争雄者，以其是杂剧而非全本，多北曲而少南音，又止可被诸管弦，不便奏之场上。今时所重，皆在彼而不在此，即欲不为纨扇之捐[①]，其可得乎？

注释

① 纨扇之捐：秋凉以后，扇子就被抛在一边不用了。比喻旧时妇女遭丈夫遗弃。捐，弃。

译文

曲文的词采和诗文的词采非但不同，而且还截然相反。为什么这样说？诗文的词采，贵在典雅而不宜粗俗，适合含蓄而忌讳分明。词曲则不然，其中的语言取自于街谈巷议，里面的事也要讲述明白。凡是让人读了不解其意，或是初读时看不到妙处，反思之后才能明白的，都不是绝妙的好词。这种词曲不用问就知道是当代的作品，而不是元曲。元代的作者并不是不读书，但其作品并没有丝毫的书卷气，因为他们有书却不用书，而不是该用的时候没有书，后世作者写的作品，则全是掉书袋的话。元代作者并不是肤浅，他们所填的词让人觉得浅显，是深入而浅出，而不是用文辞的浅显来掩饰自己的肤浅，而后世作者则是内容与形式上都故作深奥。

不用说别的，就说汤显祖的《还魂记》，世人认为这部作品可以和元代作品媲美，确实如此。但若问《还魂记》的精华在何处，就会有人用《惊梦》《寻梦》二折来回答。我认为这二折虽然精彩，但仍然是现代作品，而非元曲。《惊梦》第一句说到:“袅晴丝，吹来闲庭院，摇漾春如线。”用一缕游丝引发人物的情思，开始的这句话就如此用心良苦，可以说是惨淡经营。然而去观赏《牡丹亭》的观众当中，一百个人里也不一定有一两个明白其中的用意。如果说写作词曲的初衷并不在此，不过是因为自己的所见而起兴，那么看见游丝不妨直说，何必这样拐弯抹角，由晴丝说到春，又由春和晴丝而悟出它好像线一样？如果说这样写原本就有深意，那么恐怕很少有人能理解吧。既然很少有人能理解，又何必奏乐演出，让文雅之人和凡夫俗子一起欣赏呢？其他的比如“停半晌，整花钿，没揣菱花，偷人半面”，以及“良辰美景奈何天，赏心乐事谁家院”，“遍青山，啼红了杜鹃”等语句，字字都煞费苦心，但每个字都不够明朗。这样的妙语连珠，只能作为文字去欣赏，不能用在传奇中来观看。至于后面的“似虫儿般蠢动，把风情扇”，以及“恨不得肉儿般团成片也，逗的个日下胭脂雨上鲜”，还有《寻梦》曲中说的“明放着白日青天，猛教人抓不到梦魂前”，“是这答儿压黄金钏匾”，这样的语言倒是离元代作品不远了。

而我最欣赏的，不只在《惊梦》《寻梦》这两折，我认为作者最具匠心也是妙笔生花的地方，散见于前后各折之中。比如《诊祟》曲中说：“看你春归何处归，春睡何曾睡，气丝儿，怎度的长天日。”“梦去知他实实谁，病来只送得个虚虚的你。做行云，先渴倒在巫阳会。”“又不得困人天气，中酒心期，魆魆的常如醉。”“承尊觑，何时何日，来看这女颜回？”《忆女》曲中有：“地老天昏，没处把老娘安顿。”“你怎撇得下万里无儿白发亲。”“赏春香还是你旧罗裙。”《玩真》曲中也有：“如愁欲语，只少口气儿呵。”“叫的你喷嚏似天花唾。动凌波，盈盈欲下，不见影儿那。”这样的曲文和元代作品基本上完全一样，如果放在《元人百种》前后，几乎不能分辨出来，其中的意境很深而语言则很浅显，毫无一点书本气。

如果说到戏曲家应该用的书，那么不管经传子史还是诗赋古文，没有一样不应该熟读的。即便是道家佛家、各行各业的书，一直到孩童学习所用的《千字文》《百家姓》，都在可以利用的行列。至于真正落笔的时候，则应该洗尽铅华，把这些都过滤干净。就算偶尔有用到成语的地方，或者需要点出旧事的时候，也要巧妙地信手拈来，好像无心巧合一样，这样就像是古人自己找上门来，而不是我刻意利用古人。这样的造诣不是可以言传的，只能是多买多读元曲，好好吸收，慢慢消化。元曲里面最好的，不仅仅有《西厢记》和《琵琶记》两部，在《元人百种》中还有很多。《元人百种》里面也不全是佳剧，十部中有一两部可以排在高则诚和王实甫之上，但它们之所以未能家喻户晓，和《琵琶记》和《西厢记》一决高下，是因为它们是杂剧而不是全本，又多是北曲，缺少南曲，而且只能配乐演奏，不便搬上舞台。然而现在的人们所看重的都不是这些，所以这些作品即便不想被人抛弃，也很难做到了。

重机趣

“机趣”二字，填词家必不可少。机者，传奇之精神，趣者，传奇之风致。少此二物，则如泥人土马，有生形而无生气。因作者逐句凑成，遂使观场者逐段记忆，稍不留心，则看到第二曲，不记头一曲是何等情形，看到第二折，不知第三折要作何勾当。是心口徒劳，耳目俱涩，何必以此自苦，而复苦百千万亿之人哉？故填词之中，勿使有断续痕，勿使有道学气。所谓无断续痕者，非止一出接一出，一人顶一人，务使承上接下，血脉相连，即于情事截然绝不相关之处，亦有连环细笋伏于其中，看到后来方知其妙，如藕于未切之时，先长暗丝以待，丝于络成之后，才知作茧之精，此言机之不可少也。所谓无道学气者，非但风流跌宕之曲、花前月下之情，当以板腐为戒，即谈忠孝节义与说悲苦哀怨之情，亦当抑圣为狂，寓哭于笑，如王阳明之讲道学[①]，则得词中三昧矣[②]。阳明登坛讲学，反复辨说“良知”二字，一愚人讯之曰：“请问‘良知’这件东西，还是白的？还是黑的？”阳明曰：“也不白，也不黑，只是一点带赤的，便是良知了。”照此法填词，则离合悲欢，嘻笑怒骂，无一语一字不带机趣而行矣。予又谓填词种子，要在性中带来，性中无此，做杀不佳。人问：性之有无，何从辨识？予曰：不难，观其说话行文，即知之矣。说话不迂腐，十句之中，定有一二句超脱，行文不板实，一篇之内，但有一二段空灵，此即可以填词之人也。不则另寻别计，不当以有用精神，费之无益之地。噫，“性中带来”一语，事事皆然，不独填词一节。凡作诗文书画、饮酒斗棋与百工技艺之事，无一不具夙根，无一不本天授。强而后能者，毕竟是半路出家，止可冒斋饭吃，不能成佛作祖也。

注释

① 王阳明（1472—1529）：原名王守仁，幼名云，字伯安，浙江绍兴府余姚人，明代著名的思想家、文学家、哲学家和军事家，陆王心学之集大成者，因曾筑室于会稽山阳明洞，自号阳明。

② 三昧：来源于梵语，意思是止息杂念，使心神平静，是佛教的重要修行方法。借指事物的要领、真谛。

译文

“机趣”两个字是填词之人所不可或缺的。“机”字是传奇的精神，“趣”字是传奇的风致，没有了这两样，传奇作品就如同泥人土马，虽然有形却毫无生气。因为作者自己便是一句一句将作品拼凑而成，就使得观众也是一段一段记忆，稍不留心便听了下曲忘了上曲，看了一折而不知道下一折要讲什么。演员费尽口舌身心俱疲，观众眼睛发酸耳朵发腻。何必写作时自己受苦，写成后又让千千万万人也跟着受苦呢？所以填词的过程中，不能留下断断续续的痕迹，也不能出现道学气。所谓不能有断续，不只是要一出接一出地演，一个接一个地上台，而且要使全剧承上启下，血脉相连，即便在事情毫无关联的地方，也要有伏笔如连环细笋一般埋在其中，让观众看到后面回想起来时方知其中的奥妙，这就像莲藕在未被切断的时候，里面已经长有暗丝，而蚕丝在缠绕成形之后才能看出作茧的精妙。这便是说，“机”字必不可少。所谓没有道学气，指的是不但写花前月下的风流韵事时应以迂腐刻板为戒，即便是描写忠孝节义之事，谈论悲苦哀怨之情，也应当将圣人之道寓于狂放，将悲苦寓于欢笑，就像王阳明讲道学一样，这样便掌握了填词的诀窍。王阳明登坛讲学时曾反复辨析“良知”二字，一个愚钝的人问道:“请问‘良知’这件东西，是白的？还是黑的？”王阳明回答说:“也不白，也不黑，只是一点带赤的，便是良知了。”用这种方法填词，那么悲欢离合，嬉笑怒骂，就没有一处不带着机趣了。另外，我还认为，填词发端于作者的性情，性情中没有机趣的种子，是无论如何也写不出好作品的。有人问：性情中有没有如何能看出来？我说：不难，看这个人的说话行文就知道了。如果此人说话不迂腐，十句中有一两句体现出了超脱；行文不死板，一篇之内会有一两段空灵的文字，那么此人就是可以填词之人。如果不是这样，还是寻找别的生计为好，不要将有用的精力浪费在没有效果的地方。唉，“性中带来”这句话放在所有事情上都一样，不单是填词。凡是诗文书画，饮酒下棋，以及各种工匠技艺，没有一项不需要天赋的。勉强学习之后掌握的，毕竟是半路出家，只能混口斋饭吃，是不可能修炼成佛的。

戒浮泛

词贵显浅之说，前已道之详矣。然一味显浅而不知分别，则将日流粗俗，求为文人之笔而不可得矣。元曲多犯此病，乃矫艰深隐晦之弊而过焉者也。极粗极俗之语，未尝不入填词，但宜从脚色起见。如在花面口中，则惟恐不粗不俗，一涉生旦之曲，便宜斟酌其词。无论生为衣冠仕宦，旦为小姐夫人，出言吐词当有隽雅舂容之度[①]。即使生为仆从，旦作梅香，亦须择言而发，不与净丑同声。以生旦有生旦之体，净丑有净丑之腔故也。元人不察，多混用之。观《幽闺记》之陀满兴福，乃小生脚色，初屈后伸之人也。其《避兵》曲云：“遥观巡捕卒，都是棒和枪。”此花面口吻，非小生曲也。均是常谈俗语，有当用于此者，有当用于彼者。又有极粗极俗之语，止更一二字，或增减一二字，便成绝新绝雅之文者。神而明之，只在一熟。当存其说，以俟其人。

填词义理无穷，说何人，肖何人，议某事，切某事，文章头绪之最繁者，莫填词若矣。予谓总其大纲，则不出“情景”二字。景书所睹，情发欲言，情自中生，景由外得，二者难易之分，判如霄壤。以情乃一人之情，说张三要像张三，难通融于李四。景乃众人之景，写春夏尽是春夏，止分别于秋冬。善填词者，当为所难，勿趋其易。批点传奇者，每遇游山玩水、赏月观花等曲，见其止书所见，不及中情者，有十分佳处，只好算得五分，以风云月露之词，工者尽多，不从此剧始也。善咏物者，妙在即景生情。如前所云《琵琶·赏月》四曲，同一月也，牛氏有牛氏之月，伯喈有伯喈之月。所言者月，所寓者心。牛氏所说之月，可移一句于伯喈？伯喈所说之月，可挪一字于牛氏乎？夫妻二人之语，犹不可挪移混用，况他人乎？人谓此等妙曲，工者有几，强人以所不能，是塞填词之路也。予曰：不然。作文之事，贵于专一。专则生巧，散乃入愚；专则易于奏工，散者难于责效。百工居肆[②]，欲其专也；众楚群咻[③]，喻其散也。舍情言景，不过图其省力，殊不知眼前景物繁多，当从何处说起。咏花既愁遗鸟，赋月又想兼风。若使逐件铺张，则虑事多曲少；欲以数言包括，又防事短情长。展转推敲，已费心思几许，何如只就本人生发，自有欲为之事，自有待说之情，念不旁分，妙理自出。如发科发甲之人，窗下作文，每日止能一篇二篇，场中遂至七篇。窗下之一篇二篇未必尽好，而场中之七篇，反能尽发所长，而夺千人之帜者，以其念不旁分，舍本题之外，并无别题可做，只得走此一条路也。吾欲填词家舍景言情，非责人以难，正欲其舍难就易耳。

注释

①舂容：舒缓从容。

②百工居肆：出自《论语·子张》。肆，古代制造物品的场所，手工业作坊。

③众楚群咻：语出《孟子·滕文公下》，指众多的楚国人共同来喧嚷，后指众多外来的干扰。

译文

词贵浅显的道理前面已经讲得很详细了。然而一味浅显而不知分别的话，就会变得日益粗俗，想写出文人应该写出的文章却做不到了。元曲经常犯这个毛病，这是对艰深隐晦的毛病矫枉过正的结果。极其粗俗的语言不是不可以用来填词，但应该从身份角色的角度出发。比如花脸说话，就唯恐不够粗俗，而一旦涉及生角、旦角的曲文，便应该斟酌用词。不要说生角演的是官员仕宦，旦角演的是小姐夫人，这时他们的谈吐说话应该有典雅隽永的风度，即便生角演的是仆从，旦角演的是丫鬟，也应该对他们的语言加以选择，不能和净角和丑角说话一样。这是因为生旦有生旦的样子，净丑有净丑的腔调。元代的作者没有认识到这一点，常常将二者混用。《幽闺记》里的陀满兴福是一个小生角色，开始的时候屈居人下，后来才扬眉吐气。其中的《避兵》曲说道："遥观巡捕卒，都是棒和枪。"这分明是花脸的口吻，不是小生的曲文。同样是日常用语，有的应该用到这里，有的应该用到那里。还有的虽然是极其粗俗的语言，但是只要变动或者增减一两个字，便可以成为非常新鲜而且典雅的曲文。这种明察秋毫的本事只在于熟能生巧。我把这种情况提出来，等待有人来验证。

填词的道理很多，说什么人就应该像什么人，谈什么事就应该切合什么事，文章里头绪最繁琐的莫过于填词了。不过我认为填词的总纲领逃不出"情景"两个字。写景是写自己亲眼所见的景物，写情是写自己想要抒发的感情，感情从内心中生发出来，景物则是从外界获得的，写景和写情两者的难易程度有天壤之别。因为情是每个人的感情，说张三就要像张三，很难和李四一样；景却是大家眼中的景物，写春夏就全都是春夏，只要和秋冬不同就可以。善于填词的人，应该知难而上，不要追求容易写的。批点传奇的人，每次遇到描写游山玩水、赏月观花的曲文，看他只写自己所看到的景物，不提及人物感情，即便写得有十分的好处，却也只算作五分，因为写景物写得好的词有太多，不是从这部剧才有的。善于咏物的人，妙在能够即景生情。比如前面所说的《琵琶·赏月》四曲，同样一个月亮，牛氏有牛氏眼中的月，伯喈有伯喈眼中的月。虽然说的是月亮，实际上讲的却是人物的心理。牛氏口中的月亮能够放一句在伯喈口中说出来吗？伯喈所说的月亮可以挪一句到牛氏那里吗？夫妻两个人的话还不能互相混淆，何况是其他人呢？有人说，能写出这样巧妙曲文的能有几个人？强求别人做不到的，这是在阻碍填词创作的道路。我却说：不是这样。写作文章贵在专一。专一就能生巧，不专一就会变愚钝；专一就容易技巧娴熟，不专一就难以产生效果。“百工居肆”指的就是专一才能成事；“众楚群咻”指的就是散漫带来干扰。舍弃情感只谈景物，不过是图省事而已，其实当眼前景物繁多时，不知从何说起并不省事。咏花的时候不想遗漏了飞鸟，赞美月亮的时候又想兼顾和风。如果每个景致都铺陈开来，却会害怕事多曲少；想要用几句话来概括，又要防备事情少而感情多。思来想去反复推敲，已经费尽心思，还不如只从本人出发，自然有想做的事和想抒发的情感。思想集中自然会有精妙的文笔。就像参加科举考试的人在自家窗下写文章，每天只能写一两篇，等到上考场的时候却能写出七篇。自己在家里写的一两篇还未必能写好，而在考场上写的七篇却全部都能发挥自己的长处，成绩超过众人而名列前茅，这就是因为他能够思想专一，除了这些题目以外没有别的题目可做，只能走这一条路。我希望填词的人能够舍弃景物而抒发感情，并不是让人勉为其难，而正是让他去做容易做到的。

忌填塞

填塞之病有三：多引古事，迭用人名，直书成句。其所以致病之由亦有三：借典核以明博雅，假脂粉以见风姿，取现成以免思索。而总此三病与致病之由之故，则在一语。一语维何？曰：从未经人道破。一经道破，则俗语云“说破不值半文钱”，再犯此病者鲜矣。古来填词之家，未尝不引古事，未尝不用人名，未尝不书现成之句，而所引所用与所书者，则有别焉；其事不取幽深，其人不搜隐僻，其句则采街谈巷议。即有时偶涉诗书，亦系耳根听熟之语，舌端调惯之文，虽出诗书，实与街谈巷议无别者。总而言之，传奇不比文章，文章做与读书人看，故不怪其深，戏文做与读书人与不读书人同看，又与不读书之妇人小儿同看，故贵浅不贵深。使文章之设，亦为与读书人、不读书人及妇人小儿同看，则古来圣贤所作之经传，亦只浅而不深，如今世之为小说矣。人曰：文人之作传奇与著书无别，假此以见其才也，浅则才于何见？予曰：能于浅处见才，方是文章高手。施耐庵之《水浒》，王实甫之《西厢》，世人尽作戏文小说看，金圣叹特标其名曰"五才子书""六才子书"者[①]，其意何居？盖愤天下之小视其道，不知为古今来绝大文章，故作此等惊人语以标其目。噫，知言哉！

注释

① 金圣叹（1608—1661）：明末清初著名的文学家、文学批评家，主要成就在于文学批评，对《水浒传》《西厢记》《左传》等书都有评点，并且将《庄子》《离骚》《史记》《杜诗》《水浒》《西厢》称为"六才子书"。

译文

填塞的毛病有三种：多引用古代的事、重复使用人名以及直接引用现成的句子。造成这些毛病的原因也有三种：借助典故来显示渊博高雅，借用脂粉来显示风姿容貌，以及取用成句来逃避思考。总结这三种毛病以及致病的原因，只有一句话。这句话是什么？就是从来没有被人说破。一旦被人说破，就像俗话所说的“说破不值半文钱”，那么再犯这种毛病的人就少了。自古以来的词曲作者，并不是不引用古代之事，不是不用人名，也不是不引用现成的句子，但是他们所引用的方法却和我说的毛病有区别。古代戏曲家引用典故不选艰深的，选取人名不搜隐僻的，成句也采用的是市井中的日常用语，即便有时候偶尔涉及诗书，也是大家耳熟能详、出口成诵的名句，虽然出自诗书，实际上和街谈巷议的语言没有什么区别。总而言之，传奇是戏文，和文章不同，文章是写给读书人看的，所以不会怪罪其艰深难懂，戏文是同时写给读书人和不读书的人看的，同时还给不读书的妇女和儿童观看，所以贵在浅显，不宜艰深。如果文章也是拿来给读书人、不读书人以及妇女儿童一起看的，那么自古以来圣贤们所写的经传也只能浅显而不能艰深，像现在写小说一样了。有人说：文人写作传奇和写书没有区别，因为要借助传奇来展现他的才华，浅显的话怎么能显示才华呢？我回答说：能够在浅显中展现才华的，才是写文章的高手。施耐庵的《水浒传》、王实甫的《西厢记》，世人都将其当作戏文和小说来看待，金圣叹却特意把它们称作“五才子书”和“六才子书”，这么做用意在何处？就是因为不满于天下人小看填词和小说之道，不知道它们其实是古往今来绝佳的文章，所以才用这种惊人之语来达到醒目的效果。唉，真是明智的话啊！

声容部

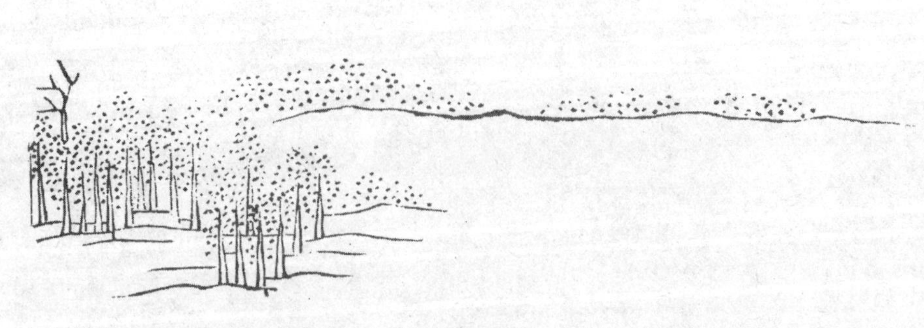

选姿第一

“食色，性也[①]。”“不知子都之姣者，无目者也[②]。”古之大贤择言而发，其所以不拂人情，而数为是论者，以性所原有，不能强之使无耳。人有美妻美妾而我好之，是谓拂人之性；好之不惟损德，且以杀身。我有美妻美妾而我好之，是还吾性中所有，圣人复起，亦得我心之同然，非失德也。孔子云：“素富贵，行乎富贵[③]。”人处得为之地，不买一二姬妾自娱，是素富贵而行乎贫贱矣。王道本乎人情，焉用此矫清矫俭者为哉？但有狮吼在堂，则应借此藏拙，不则好之实所以恶之，怜之适足以杀之，不得以红颜薄命借口，而为代天行罚之忍人也。予一介寒生，终身落魄，非止国色难亲，天香未遇，即强颜陋质之妇，能见几人，而敢谬次音容，侈谈歌舞，贻笑于眠花藉柳之人哉！然而缘虽不偶，兴则颇佳，事虽未经，理实易谙，想当然之妙境，较身醉温柔乡者倍觉有情。如其不信，但以往事验之。楚襄王[④]，人主也。六宫窈窕，充塞内庭，握雨携云，何事不有？而千古以下，不闻传其实事，止有阳台一梦，脍炙人口。

阳台今落何处？神女家在何方？朝为行云，暮为行雨，毕竟是何情状？岂有踪迹可考，实事可缕陈乎？皆幻境也。幻境之妙，十倍于真，故千古传之。能以十倍于真之事，谱而为法，未有不入闲情三昧者。凡读是书之人，欲考所学之从来，则请以楚国阳台之事对。

注释

①食色，性也：出自《孟子·告子上》。

②不知子都之姣者，无目者也：出自《孟子·告子上》。子都，公孙子都，春秋时期郑国人，原名公孙阏，著名美男子。

③素富贵，行乎富贵：出自《中庸》。行，所作所为。指所作所为符合富贵的身份。

④楚襄王：战国时期楚国国君，楚怀王之子。宋玉在《高唐赋》和《神女赋》中记载了楚襄王阳台一梦的故事。

译文

“食欲与性欲是人的本性。”“不认为子都相貌俊美的人，就像盲人一样。”古代的圣贤说话谨慎而有分寸，他们之所以不违背人之常情，多次发这样的议论，是因为人性原本就有的东西不应该刻意湮灭。我去喜爱别人的娇妻美妾，这就是违背人性的。这种喜爱不仅有损德行，还会招来杀身之祸。我喜爱我自己的娇妻美妾，这是还原我的人性中本来就有的东西，就算圣人再世，也会同意我的想法，认为这样不会有失德行。孔子说："如果一向过富贵的生活，那么所作所为就要符合富贵的身份。"人在富贵的条件下，如果不买一两个姬妾娱乐自己，是过着富贵的生活却要行贫贱之事。圣贤之道依据的便是人情，何必去伪装清苦和俭朴呢？但如果家中有悍妒的妻子，那么就要借此收藏起对姬妾的宠爱，否则不是宠爱而是厌恶，怜爱则足以将其害死。不要以红颜薄命为借口，让自己成为替命运来惩罚这些姬妾的残忍之人。我是一个贫寒的书生，一生落魄，不仅国色天香的美人难得遇见，即便是勉强可看的妇人又能见过几个？哪敢在这里对音容歌舞高谈阔论，让寻花问柳之人笑话！然而我虽缘分不至，兴致却颇佳，虽没有亲身经历，道理却容易理解。想象所达到的美妙境界比自己醉身于温柔乡中还要更有情趣。如不相信，可以用古人的事情验证。楚襄王是人中君主，后宫美女如云，男欢女爱，什么没经历过？但千百年来，真实发生的事没有流传，脍炙人口的却是"阳台一梦"的传说。阳台如今在何处？巫山神女的家又在何方？朝为行云，暮为行雨，到底是怎样的情景？哪有踪迹可以考证？哪有事实可以详述？这不过都是幻境啊。幻境的美妙高出事实十倍之多，所以才能流传千古。能以比真人真事美妙十倍的幻境当作效仿的对象，必然会得到闲情的真谛。凡是读此书之人，如果要问我这些东西是从哪里来的，那就请让我用楚国阳台的例子来回答吧。

肌 肤

妇人妩媚多端，毕竟以色为主。《诗》不云乎“素以为绚兮[①]”？素者，白也。妇人本质，惟白最难。常有眉目口齿般般入画，而缺陷独在肌肤者。岂造物生人之巧，反不同于染匠，未施漂练之力，而遽加文采之工乎？曰：非然。白难而色易也。曷言乎难？是物之生，皆视根本，根本何色，枝叶亦作何色。人之根本维何？精也，血也。精色带白，血则红而紫矣。多受父精而成胎者，其人之生也必白。父精母血交聚成胎，或血多而精少者，其人之生也必在黑白之间。若其血色浅红，结而为胎，虽在黑白之间，及其生也，豢以美食，处以曲房，犹可日趋于淡，以脚地未尽缁也。有幼时不白，长而始白者，此类是也。至其血色深紫，结而成胎，则其根本已缁，全无脚地可漂，及其生也，即服以水晶云母，居以玉殿琼楼，亦难望其变深为浅，但能守旧不迁，不致愈老愈黑，亦云幸矣。有富贵之家，生而不白，至长至老亦若是者，此类是也。知此，则知选材之法。当如染匠之受衣，有以白衣使漂者，受之，易为力也；有白衣稍垢而使漂者，亦受之，虽难为力，其力犹可施也；若以既染深色之衣，使之剥去他色，漂而为白，则虽什佰其工价，必辞之不受。以人力虽巧，难拗天工，不能强既有者而使之无也。

妇人之白者易相，黑者亦易相，惟在黑白之间者，相之不易。有三法焉：面黑于身者易白，身黑于面者难白；肌肤之黑而嫩者易白，黑而粗者难白；皮肉之黑而宽者易白，黑而紧且实者难白。面黑于身者，以面在外而身在内，在外则有风吹日晒，其渐白也为难；身在衣中，较面稍白，则其由深而浅，业有明征，使面亦同身，蔽之有物，其验亦若是矣，故易白。身黑于面者反此，故不易白。肌肤之细而嫩者，如绫罗纱绢，其体光滑，故受色易，退色亦易，稍受风吹，略经日照，则深者浅而浓者淡矣。粗则如布如毯，其受色之难，十倍于绫罗纱绢，至欲退之，其工又不止十倍，肌肤之理亦若是也，故知嫩者易白，而粗者难白。皮肉之黑而宽者，犹紬缎之未经熨，靴与履之未经楦者，因其皱而未直，故浅者似深，淡者似浓，一经熨楦之后，则纹理陡变，非复曩时色相矣。肌肤之宽者，以其血肉未足，犹待长养，亦犹待楦之靴履，未经烫熨之绫罗纱绢，此际若此，则其血肉充满之后必不若此，故知宽者易白，紧而实者难白。相肌之法，备乎此矣。若是，则白者、嫩者、宽者为人争取，其黑而粗、紧而实者遂成弃物乎？曰：不然。薄命尽出红颜，厚福偏归陋质，此等非他，皆素封伉俪之材，诰命夫人之料也。

注释

①素以为绚兮：出自《论语·八佾第三》。后有成语“以素为绚”。素，白色。绚，色彩美丽。

译文

女人妩媚多端的原因主要是肤色。《诗经》里不是说“素以为绚兮”吗？素就是白的意思。女人天生的东西里只有白是最难的。常有女人眉目口齿长得都如画中人一般美丽，但唯一的缺点就在肌肤。难道造物主造人的巧妙反而不如染匠，还未经漂白就急于上色彩吗？

不是这样的。因为染色容易而肌肤白色则最难。为何说难？万物的生长都要看其根本，根本是什么颜色，枝叶便是什么颜色。人的根本是什么呢？是精和血。精色中有白，血色红中泛紫。父精和母血交聚在一起形成胎儿，如果接受父精比较多，那么这个人肤色必然较白；如果接受母血比较多，那么这个人肤色会在黑白之间；如果母血颜色浅红，那么结合成胎儿之后，虽然在黑白之间，但等她出生以后，给她美食吃，让她住在深宅之中，她的肤色还会渐渐变白，因为她的本质并不完全是黑的。有的女人小时候不白，长大了会变白，就是这种情况。至于母血呈深紫色的，成为胎儿以后，本质已经是黑的了，失去了变白的基础。待到出生以后，即便吃的是水晶云母，住的是玉殿琼楼，也难以指望她变白了。只要能够保持住原来的肤色，不至于越老越黑就是幸运的了。有富贵之家的千金，生来就不白，长大以后还是不白，就是这种情况。知道了这些，就明白了选择美女的方法。选美女就像染匠接活，有人让他将白衣漂白他一定会做，因为很容易做到；有人让他把稍有污垢的白衣漂白，他也会接受，因为虽然困难，但仍可以做到；如果让他把已经染成深色的衣服剥去其他颜色并变成白色，就算给十倍、百倍的工钱，他也必然会推辞。人的技艺虽然巧妙，但仍难以违逆天工，不能迫使本质中已有的东西消失。

皮肤白的女人容易分辨，皮肤黑的也容易分辨，只有在黑白之间的不容易分辨。有三种方法可以分辨这种女人：面部比身上黑的女人容易变白，身上比面部黑的则不容易变白；皮肤虽然黑但却细嫩的容易变白，皮肤不仅黑而且还粗糙的不容易变白；皮肤虽然黑但却宽松的容易变白，皮肤又黑又紧还结实的很难变白。面部比身上黑的，因为面部露在外面，身体则蔽于衣内，露在外面难免风吹日晒，要变白就比较困难；身体在衣服里，比面部稍白，说明肤色可以由深变浅。如果面部也和身体一样蔽之有物，也会和身体一样，所以容易变白。身体比面部要黑的就与此相反，所以不易变白。肌肤细嫩的女人，就像绫罗纱绢一样，质地光滑，所以受色容易褪色也容易，稍有风吹日晒，就会深变浅，浓变淡。而皮肤粗糙就会像麻布和毯子，染色的时候要比绫罗纱绢困难十倍，但若想要使其褪色，也要花费不止十倍的工夫。皮肤的道理也是一样，所以细嫩的肌肤容易变白，而粗糙的不易变白。皮肉又黑又宽松的，就像绸缎没有熨烫，鞋子没有填充，因为褶皱没有被拉直，所以浅色也显得很深，淡色也好像很浓。如果经过了熨烫和填充，纹理就会发生变化，不再是以往的颜色了。肌肤宽松的，因为血肉不足，还需要生长养育，就像等待填充的鞋子和未经熨烫的绫罗纱绢，现在虽是这个样子，等到血肉充满之后必然会和现在不一样。所以肌肤宽松的容易变白，紧密而结实的就很难变白。分辨肌肤的方法，全都在这里了。那么这样的话，岂不是肌肤白的、嫩的、宽松的女人就成了人人争取的对象，而肌肤又黑又粗、紧密结实的则会遭到遗弃？其实不是这样。红颜常薄命，丑陋享厚福，长相不好的女人没有别的，素来都是当配偶、做诰命夫人的材料。

眉　眼

面为一身之主，目又为一面之主。相人必先相面，人尽知之，相面必先相目，人亦尽知，而未必尽穷其秘。吾谓相人之法，必先相心，心得而后观其形体。形体维何？眉发口齿，耳鼻手足之类是也。心在腹中，何由得见？曰：有目在，无忧也。察心之邪正，莫妙于观眸子，子舆氏笔之于书[①]，业开风鉴之祖[②]。予无事赘陈其说，但言情性之刚柔，心思之愚慧。四者非他，即异日司花执爨之分途[③]，而狮吼堂与温柔乡接壤之地也。目细而长者，秉性必柔；目粗而大者，居心必悍；目善动而黑白分明者，必多聪慧；目常定而白多黑少，或白少黑多者，必近愚蒙。然初相之时，善转者亦未能遽转，不定者亦有时而定。何以试之？曰：有法在，无忧也。其法维何？一曰以静待动，一曰以卑瞩高。目随身转，未有动荡其身，而能胶柱其目者；使之乍往乍来，多行数武，而我回环其目以视之，则秋波不转而自转，此一法也。妇人避羞，目必下视，我若居高临卑，彼下而又下，永无见目之时矣。必当处之高位，或立台坡之上，或居楼阁之前，而我故降其躯以瞩之，则彼下无可下，势必环转其睛以避我。虽云善动者动，不善动者亦动，而勉强自然之中，即有贵贱妍媸之别，此又一法也。至于耳之大小，鼻之高卑，眉发之淡浓，唇齿之红白，无目者犹能按之以手，岂有识者不能鉴之以形？无俟哓哓，徒滋繁渎。

眉之秀与不秀，亦复关系情性，当与眼目同视。然眉眼二物，其势往往相因。眼细者眉必长，眉粗者眼必巨，此大较也，然亦有不尽相合者。如长短粗细之间，未能一一尽善，则当取长恕短，要当视其可施人力与否。张京兆工于画眉④，则其夫人之双黛，必非浓淡得宜，无可润泽者。短者可长，则妙在用增；粗者可细，则妙在用减。但有必不可少之一字，而人多忽视之者，其名曰“曲”。必有天然之曲，而后人力可施其巧。“眉若远山”，“眉如新月”，皆言曲之至也。即不能酷肖远山，尽如新月，亦须稍带月形，略存山意，或弯其上而不弯其下，或细其外而不细其中，皆可自施人力。最忌平空一抹，有如太白经天；又忌两笔斜冲，俨然倒书八字。变远山为近瀑，反新月为长虹，虽有善画之张郎，亦将畏难而却走。非选姿者居心太刻，以其为温柔乡择人，非为娘子军择将也。

注释

① 子舆氏：即孟子（前 372—前 289），名轲，字子舆。

② 风鉴：指相面术。

③ 爨 cuàn：烧火做饭。

④ 张京兆：汉代张敞，曾为京兆尹，人称张京兆，据《汉书·张敞传》记载，张敞常为妻子画眉。

译文

面部是一身之主，而眼睛又是面部之主。人人都知道看人先看面部，看面部先看眼睛，但这其中的奥秘却不一定完全知道。我认为看人的时候应该先看这人的心地如何，看完心地再看形体。形体是什么？无非是眉发口齿、耳鼻手足之类。而心在人的肚子里，怎么能看到呢？不用担心，因为人有眼睛。想知道一个人的心术是邪还是正，最好的方法就是看他的眼睛。孟子曾把这一点记录在书里，开了相面术的先河，我不想再复述他的观点，只是想讲讲性情的刚烈、温柔和心思的愚钝、聪慧。因为这四者不是别的，而是关系到一个女子将来是高雅还是庸俗，是泼辣悍妒还是温柔贤淑。眼睛细而长的，性情必定温柔；眼睛粗而大的，性格必定凶悍；眼睛灵活善动而又黑白分明的，必定聪慧过人；目光呆滞而眼白过多或眼珠过大的，必然愚蠢蒙昧。然而，刚开始相面时，眼睛灵活善动的未必能够马上就转动，目光游移不定的也有固定的时候。那么如何辨别呢？不用担心，有法可依。要问是什么方法？第一是以静待动，第二是从低看高。眼睛都是随着身体转动的，没有人会转动身体却不转眼睛的；让对方来来往往多走几趟，而我看着她的眼睛，那么目光必然会转动，这是一种方法。另外，女子都会害羞，目光都会朝下看，我如果居高临下去看，那么两人都朝下看，永远也看不到她的目光。必须等到她位于高处，或站在台坡上，或处在楼阁之前的时候，我再故意俯身去看她，那么她朝下避之不及，势必会转动目光来回避我。虽然本来就善动的人会转动眼睛，目光呆滞的人也会转动眼睛，然而勉强和自然之间还是有贵贱和美丑的区别，所以这又是一种方法。至于耳朵的大或小，眉毛头发的浓或淡，嘴唇牙齿的红或白，瞎子都可以用手摸出来，怎么会有人看不出来的呢？用不着我再喋喋不休，赘述其繁。

眉毛秀美不秀美，也是和性情有关的，可以和眼睛一起观察。而眉毛和眼睛二者往往相互联系。眼睛细的人眉毛也一定长，眉毛粗的人眼睛也一定大，一般来说都是这样，然而也有眉眼不太对应的。假如长短粗细不可能全都完美，那么就要取长补短，看看能不能人工修补。张京兆善于替夫人画眉，说明他夫人的双眉一定不是浓淡适中、不用修饰的。眉毛短的可以画长，妙在增补；眉毛粗的可以改细，则妙在缩减。不过还有一个常常被人忽视的一字诀，叫作“曲”。眉毛必须有天然的弯曲，然后才能巧施人工。“眉若远山”，“眉如新月”，这都是说眉毛弯曲得恰到好处。即便不能完全像远山和新月，也应该稍微带一点新月的形状，略微有一点远山的意味，或上面弯下面不弯，或两边细中间不细，这都可以凭人工再去改善。最忌讳的是平空一抹眉，好像太白星在白天出现；还忌讳的是两笔斜冲眉，俨然成了倒写的八字。这种把远山变成近瀑，把新月变成长虹的眉毛，就算是擅长画眉的张京兆，也会因为害怕困难而望而却步。这可不是挑选的人太苛刻，而是因为他是在为温柔乡选美，不是给娘子军挑选将领。

手　足

相女子者，有简便诀云："上看头，下看脚。"似二语可概通身矣。予怪其最要一着，全未提起。两手十指，为一生巧拙之关，百岁荣枯所系，相女者首重在此，何以略而去之？且无论手嫩者必聪，指尖者多慧，臂丰而腕厚者，必享珠围翠绕之荣；即以现在所需而论之，手以挥弦，使其指节累累，几类弯弓之决拾[①]；手以品箫，如其臂形攘攘，几同伐竹之斧斤；抱枕携衾，观之兴索，捧卮进酒，受者眉攒，亦大失开门见山之初着矣。故相手一节，为观人要着，寻花问柳者不可不知，然此道亦难言之矣。选人选足，每多窄窄金莲；观手观人，绝少纤纤玉指。是最易者足，而最难者手，十百之中，不能一二觏也。须知立法不可不严，至于行法，则不容不恕。但于或嫩或柔或尖或细之中，取其一得，即可宽恕其他矣。

至于选足一事，如但求窄小，则可一目了解。倘欲由粗以及精，尽美而思善，使脚小而不受脚小之累，兼收脚小之用，则又比手更难，皆不可求而可遇者也。其累维何？因脚小而难行，动必扶墙靠壁，此累之在己者也；因脚小而致秽，令人掩鼻攒眉，此累之在人者也。其用维何？瘦欲无形，越看越生怜惜，此用之在日者也；柔若无骨，愈亲愈耐抚摩，此用之在夜者也。昔有人谓予曰："宜兴周相国，以千金购一丽人，名为'抱小姐'，因其脚小之至，寸步难移，每行必须人抱，是以得名。"予曰："果若是，则一泥塑美人而已矣，数钱可买，奚事千金？"造物生人以足，欲其行也。昔形容女子娉婷者，非曰"步步生金莲"，即曰"行行如玉立"，皆谓其脚小能行，又复行而入画，是以可珍可宝，如其小而不行，则与刖足者何异？此小脚之累之不可有也。予遍游四方，见足之最小而无累，与最小而得用者，莫过于秦之兰州、晋之大同。兰州女子之足，大者三寸，小者犹不及焉，又能步履如飞，男子有时追之不及，然去其凌波小袜而抚摩之，犹觉刚柔相半；即有柔若无骨者，然偶见则易，频遇为难。至大同名妓，则强半皆若是也。与之同榻者，抚及金莲，令人不忍释手，觉倚翠偎红之乐，未有过于此者。向在都门，以此语人，人多不信。一日席间拥二妓，一晋一燕，皆无丽色，而足则甚小。予请不信者即而验之，果觉晋胜于燕，大有刚柔之别。座客无不翻然，而罚不信者以金谷酒数[②]。此言小脚之用之不可无也。噫，岂其娶妻必齐之姜[③]？就地取材，但不失立言之大意而已矣。验足之法无他，只在多行几步，观其难行易动，察其勉强自然，则思过半矣。直则易动，曲即难行；正则自然，歪即勉强。直而正者，非止美观便走，亦少秽气。大约秽气之生，皆强勉造作之所致也。

注释

①决拾：古代射箭用具。决，扳指。拾，套袖。

②金谷酒数：晋代石崇于金谷园宴请宾客，赋诗不成者罚酒三斗。后遂用于泛指酒宴上罚酒之数。

③齐之姜：周朝时齐国为姜姓，齐姜指齐君的宗女，其中著名的美女如齐僖公的女儿齐文姜和齐宣姜。

译文

观察女子有一个简便的口诀："上看头，下看脚。"这两句似乎可以概括全身，我却认为这忽略了最重要的一条。两手的十指是一生巧拙的关键，关系到一生的兴衰荣辱，看女子最重要的就是这个，怎么能忽略呢？手指白嫩的人一定聪明，手指尖细的人大多有智慧，手臂丰满手腕厚实的人一定会享尽荣华富贵。这些暂且不论，就现在需要讨论的而言，如果抚琴挥弦的手上指节粗大得像拉弓射箭的扳指一样，如果品箫弄笛的手臂粗壮得像伐树的斧子一样，和这样的女人同床共枕，看到便觉得索然无味；让她给人捧杯敬酒，被敬者也会皱起眉头，这就违背了以诚相待的初衷。所以看手对于考察女人来说十分重要，寻花问柳的人不可不知，然而这个道理却很难用语言表达清楚。挑选女子的时候如果看脚，那么三寸金莲有很多，但是要通过手来挑选的话，则很少能碰到真正的纤纤玉指。所以最容易选的就是脚，最难选的就是手，十个百个当中也难得见到一两个。要知道立法的时候不能不严，但执法的时候却不得不宽松一些。在白嫩、柔软、纤细之中只要能达到一条，就可以宽恕其他方面。

而挑选脚的时候，如果只追求窄小，那么便可以一目了然。如果想粗中求精，尽善尽美，脚虽小却不至于拖累身体，同时又能发挥小的作用，那么选脚就比选手更难，都是可遇而不可求的。小脚的影响是什么？因为脚小而行动困难，动不动就要扶墙靠壁，这是对自己的影响；因为裹小脚而导致有异味，令人掩鼻皱眉，这是对他人的影响。小脚的作用是什么？瘦小到快没有的地步，让人越看越生怜惜之情，这是小脚在白天的作用；柔软到没有骨头，让人越抚摸越爱不释手，这是小脚在晚上的作用。以前有人对我说过："宜兴的周相国花费千金买了一个美人，名叫'抱小姐'，因为她的脚太小，以至于寸步难移，每次行走都必须有人抱着，所以得了这个名字。”我说：“如果是这样的话，那不过成了一个泥塑的美人罢了，几个钱就可以买到，何必花费千金？”造物赋予人腿脚，就是想让人走路。以前形容风姿绰约的女子，不是“步步生莲”，就是“行行如玉立”，这都是说她脚虽小却能行走，而且行走起来美不胜收，可以入画，所以特别值得珍爱。如果脚虽小却不能行走，那么和被砍掉脚的人有什么区别呢？这种小脚的拖累是不能有的。

我游遍天下，见到的脚最小却不受拖累，以及脚最小而且还能用的，莫过于秦地的兰州和山西的大同。兰州女子的脚，大的只有三寸，小的还不到三寸，但却能健步如飞，连男子有时候都跟不上。然而，褪去她的凌波小袜抚摸她的小脚，仍然会觉得刚柔相半，并不是完全柔软，至于柔软得好像没有骨头一样的，就只能是偶尔遇见，常见就困难了。大同的名妓，则有一大半都是柔若无骨。和她们同床共枕，抚摸着三寸金莲，令人爱不释手，让人觉得寻花问柳的乐趣莫过于此。以前我在京都告诉别人这些，大部分人都不相信。有一次与人吃饭，席间有两名妓女相陪，一个是山西的，一个是河北这边的，两人都没有什么特别的姿色，然而脚却都很小。我让不相信我的人当场验证，他们果然觉得山西的比河北的好，摸上去刚柔有别。在座的客人无不幡然醒悟，不相信的人都被罚酒数杯。这就是小脚的作用不可否认。唉！难道娶妻必须要娶齐国的姜氏美女吗？就地取材，只要不失大概的标准就行了。检验小脚的方法没有别的，只在于让这女子多走几步，观察她行动是否困难，看她是否强装自然，这时就已经考虑得差不多了。腿脚笔直就容易行动，弯曲则难以行走；腿脚放正就自然，不正则显得做作。脚直而且正的，不仅美观、便于行走，还很少有异味。异味的产生大概都是由于走路勉强造作引起的。

态　度

古云：“尤物足以移人。”尤物维何？媚态是已。世人不知，以为美色，乌知颜色虽美，是一物也，乌足移人？加之以态，则物而尤矣。如云美色即是尤物，即可移人，则今时绢做之美女，画上之娇娥，其颜色较之生人，岂止十倍，何以不见移人，而使之害相思成郁病耶？是知“媚态”二字，必不可少。媚态之在人身，犹火之有焰，灯之有光，珠贝金银之有宝色，是无形之物，非有形之物也。惟其是物而非物，无形似有形，是以名为“尤物”。尤物者，怪物也，不可解说之事也。凡女子，一见即令人思，思而不能自已，遂至舍命以图，与生为难者，皆怪物也，皆不可解说之事也。吾于“态”之一字，服天地生人之巧，鬼神体物之工。使以我作天地鬼神，形体吾能赋之，知识我能予之，至于是物而非物，无形似有形之态度，我实不能变之化之，使其自无而有，复自有而无也。态之为物，不特能使美者愈美，艳者愈艳，且能使老者少而媸者妍，无情之事变为有情，使人暗受笼络而不觉者。女子一有媚态，三四分姿色，便可抵过六七分。试以六七分姿色而无媚态之妇人，与三四分姿色而有媚态之妇人同立一处，则人止爱三四分而不爱六七分，是态度之于颜色，犹不止一倍当两倍也。试以二三分姿色而无媚态之妇人，与全无姿色而止有媚态之妇人同立一处，或与人各交数言，则人止为媚态所惑，而不为美色所惑，是态度之于颜色，犹不止于以少敌多，且能以无而敌有也。今之女子，每有状貌姿容一无可取，而能令人思之不倦，甚至舍命相从者，皆“态”之一字之为祟也。是知选貌选姿，总不如选态一着之为要。态自天生，非可强造。强造之态，不能饰美，止能愈增其陋。同一颦也，出于西施则可爱，出于东施则可憎者，天生、强造之别也。相面、相肌、相眉、相眼之法，皆可言传，独相态一事，则予心能知之，口实不能言之。口之所能言者，物也，非尤物也。噫，能使人知，而能使人欲言不得，其为物也何如！其为事也何如！岂非天地之间一大怪物，而从古及今，一件解说不来之事乎？

诘予者曰：既为态度立言，又不指人以法，终觉首鼠，盍亦舍精言粗，略示相女者以意乎？予曰：不得已而为言，止有直书所见，聊为榜样而已。向在维扬，代一贵人相妾。靓妆而至者不一其人，始皆俯首而立，及命之抬头，一人不作羞容而竟抬；一人娇羞腼腆，强之数四而后抬；一人初不即抬，及强而后可，先以眼光一瞬，似于看人而实非看人，瞬毕复定而后抬，俟人看毕，复以眼光一瞬而后俯，此即“态”也。记曩时春游遇雨，避一亭中，见无数女子，妍媸不一，皆踉跄而至。中一缟衣贫妇，年三十许，人皆趋入亭中，彼独徘徊檐下，以中无隙地故也；人皆抖擞衣衫，虑其太湿，彼独听其自然，以檐下雨侵，抖之无益，徒现丑态故也。及雨将止而告行，彼独迟疑稍后，去不数武而雨复作，乃趋入亭。彼则先立亭中，以逆料必转，先踞胜地故也。然臆虽偶中，绝无骄人之色。见后入者反立檐下，衣衫之湿，数倍于前，而此妇代为振衣，姿态百出，竟若天集众丑，以形一人之媚者。自观者视之，其初之不动，似以郑重而养态；其后之故动，似以徜徉而生态。然彼岂能必天复雨，先储其才以俟用乎？其养也，出之无心，其生也，亦非有意，皆天机之自起自伏耳。当其养态之时，先有一种娇羞无那之致现于身外，令人生爱生怜，不俟娉婷大露而后觉也。斯二者，皆妇人媚态之一斑，举之以见大较。噫，以年三十许之贫妇，止为姿态稍异，遂使二八佳人与曳珠顶翠者皆出其下，然则态之为用，岂浅鲜哉！人问：圣贤神化之事，皆可造诣而成，岂妇人媚态独不可学而至乎？予曰：学则可学，教则不能。人又问：既不能教，胡云可学？予曰：使无态之人与有态者同居，朝夕薰陶，或能为其所化；如蓬生麻中，不扶自直[①]，鹰变成鸠，形为气感，是则可矣。若欲耳提而面命之，则一部《廿一史》[②]，当从何处说起？还怕愈说愈增其木强，奈何！

注释

①蓬生麻中，不扶自直：出自《荀子·劝学》："蓬生麻中，不扶而直，白沙在涅，与之俱黑。"比喻生活在好的环境里，得以健康成长。

②《廿一史》：指的是《史记》《汉书》《后汉书》《三

国志》《晋书》《宋书》《南齐书》《梁书》《陈书》《魏书》《北齐书》《周书》《隋书》《南史》《北史》《新唐书》《新五代史》《宋史》《辽史》《金史》《元史》，合称“二十一史”。清朝乾隆年间，《明史》行世，与“二十一史”合称“二十二史。”此后把《旧唐书》并入其中，合称“二十三史”，后来又把已经散佚的《旧五代史》依据《永乐大典》辑录整理成书，经乾隆皇帝钦定，与“二十三史”合称“二十四史”。

译文

古时有个说法：“尤物足以打动人心。”什么是尤物？尤物就是媚态。世人不知道这一点，以为美色就是尤物，他们不知道颜色虽然美，却只是一样东西而已，哪里能打动人心？如果加上妩媚的姿态，那么才能成为尤物。如果说美色就是尤物，而且可以打动人心，那么现在用绢做成的美女和画上的娇娘在颜色上比活生生的真人要明艳何止十倍，为何不见她们打动人心，让人害相思而积郁成疾呢？由此可知，“媚态”二字是必不可少的。人身上有媚态，就像火有焰，灯有光，金银珠贝有珠光宝气一样，都是无形的东西，不是有形之物。正是因为媚态既是物又不是物，无形又好像有形，所以才叫作“尤物”。尤物的意思就是怪物，是不能解释的。凡是女子，见一面就让人思念，思念到不能自已，以至于不惜舍弃生命来追求，凡是能让人与自己的生命作对的东西都是怪物，是不能解释的事。

我对于“态”这个字，十分敬佩天地鬼神造人的巧妙。如果我是天地鬼神，我可以创造人的形体，赋予其知识，但这种既是物又不是物，既无形又有形的态度，我实在是不能变化出来，让它从无到有，又从有到无。态作为一种有形之物，不仅能使美丽的人更美丽，娇艳的人更娇艳，而且能让年老的人变年轻，让丑陋的人变漂亮，让无情的事变有情，使人不知不觉中便被吸引和笼络。

女子有了媚态，本来只有三四分姿色的，一下子抵得上六七分姿色。如果让六七分姿色但没有媚态的女人和只有三四分姿色却有媚态的女人站在一起，人们只会喜爱那个只有三四分姿色的女人。这是因为媚态和姿色相比，胜出的不止一倍两倍。如果让有两三分姿色却无媚态的女人和全无姿色而只有媚态的女人站在一起，或者两人都和别人说几句话，那么对方就只会被媚态所迷惑，而不会被美色所迷惑，这是因为媚态和姿色相比，不仅能以少敌多，还可以以无胜有。现在的女子，有的在相貌姿色上毫无可取之处，但却能让人思念起来不知疲倦，甚至舍命相从，这都是“态”这个字在作怪。所以挑选女子的容貌和姿色，总不如挑选媚态重要。媚态是天生的，不可勉强造作。勉强装出来的媚态，不仅不能添饰美丽，反而会助长丑陋。同是一个皱眉的动作，西施做出来就可爱，东施做出来则可憎，这就是天生和造作的区别。选容貌，看肌肤，观眉眼，这些方法都可以言传，唯独看人的媚态，我心里虽明白，嘴上却说不出来。嘴上能说出来的，都是物，却不是“尤物”。唉，能让人明白却又说不出来的，是什么样的东西，又是什么样的事情？这难道不是天地之间的一大怪物，是从古至今一件解释不了的事情吗？

有人责问我说：“你既然写的是态度，却又不能告诉别人方法，终究让人感到你举棋不定。何不抛开精彩的理论，给挑选女子的人讲一个大概呢？”我说：“我也是不得已才写的，既然这样，只能写出我的亲眼所见，权当给大家做个榜样而已。”以前我在扬州的时候，曾经替一个贵人选妾。当时打扮入时款款而至的不止一人，刚开始她们全都低着头站着，等到让她们抬头的时候，有一个女子毫不害羞地把头抬了起来，另外一个娇羞腼腆，强迫她多次才抬起头来，还有一个刚开始的时候并未抬头，经强迫以后才抬，抬头时先是用眼光一扫，好像在看人，实际上却又没有看人，眼光扫完以后才抬起头，等别人看完以后，她又用眼光一扫，然后才把头低下。这就是媚态。记得以前有次春游的时候遇到下雨，我躲避到一个亭子中，看到有好多女子，美丑不一，都踉踉跄跄地跑来。其中一个穿白衣的贫寒妇人，有三十岁左右的年纪，其他人都跑入亭中，她却独自徘徊在亭檐下面，因为亭中已经没有空隙。别人都在抖各自的衣服，害怕衣服太湿，而她却任其自然。因为亭檐下仍有雨水侵入，抖也没有用，反而丑态频出。当雨要停的时候，大家都准备走，她却独自迟疑。结果刚走出没几步便又下起雨来，大家只好又跑入亭子。这次这位女子就站在了亭子中间，因为她料到雨还会下，先占据了亭中的有利位置。然而，虽然猜中了天意，她却毫无骄傲的神色，见到后进来的人站在檐下，衣服比之前还要湿好几倍，她还帮助她们抖衣服。这些人姿态百出，竟好像老天爷特意聚集了一班丑女子，专为反衬出她一人的妩媚一样。从旁观者的角度看，这位女子刚开始并没有动，似乎是在稳重中休息养神；后来的一番行动，则像是自然而然地展现媚态。然而她难道真的知道天一定会再次下雨，从而休息养神以备后用？她的养神，是出自无心之举，她展现出媚态，也不是刻意而为，两者都是天然的流露。当她在休息养神的时候，就先有一种娇羞无奈的神情显露了出来，让人对她倍生怜爱，而不是等到她的妩媚全部都展现的时候才让人感到怜爱。

这两件事，都是妇人媚态的一些小事，但举出来却可以以小见大。唉！三十余岁的贫妇，只是姿态稍有不同，便把年方二八的妙龄女子和珠光宝气的贵妇人都比了下去，媚态的作用难道还小吗？有人会问：“圣贤神化的事都可以凭自己的努力来达到，难道唯独女子的媚态不能通过学习来做到吗？”我说：“学是可以学的，教却不可以。”有人又会问：“既然不能教，又怎么能说可以学呢？”我说：“让没有媚态的人和有媚态的人居住在一起，朝夕受到熏陶，也许能被其影响，就像蓬草生长在麻丛中（不用扶也能挺立不倒），鹰变成了鸠，形体受到气息的影响，这样是可以的。如果想要耳提面命地进行教导，那么一部《二十一史》，应该从何说起？恐怕越说越让人麻木迟钝，又能怎么办呢？”

习技第四

“女子无才便是德。”言虽近理，却非无故而云然。因聪明女子失节者多，不若无才之为贵。盖前人愤激之词，与男子因官得祸，遂以读书作宦为畏途，遗言戒子孙，使之勿读书、勿作宦者等也。此皆见噎废食之说，究竟书可竟弃，仕可尽废乎？吾谓才德二字，原不相妨。有才之女，未必人人败行；贪淫之妇，何尝历历知书？但须为之夫者，既有怜才之心，兼有驭才之术耳。至于姬妾婢媵，又与正室不同。娶妻如买田庄，非五谷不殖，非桑麻不树，稍涉游观之物，即拔而去之，以其为衣食所出，地力有限，不能旁及其他也。买姬妾如治园圃，结子之花亦种，不结子之花亦种；成荫之树亦栽，不成荫之树亦栽，以其原为娱情而设，所重在耳目，则口腹有时而轻，不能顾名兼顾实也。使姬妾满堂，皆是蠢然一物，我欲言而彼默，我思静而彼喧，所答非所问，所应非所求，是何异于入狐狸之穴，舍宣淫而外，一无事事者乎？故习技之道，不可不与修容、治服并讲也。技艺以翰墨为上，丝竹次之，歌舞又次之，女工则其分内事，不必道也。然尽有专攻男技，不屑女红，鄙织纴为贱役，视针线如仇雠，甚至三寸弓鞋不屑自制，亦倩老妪贫女为捉刀人者，亦何借巧藏拙，而失造物生人之初意哉！予谓妇人职业，毕竟以缝纫为主，缝纫既熟，徐及其他。予谈习技而不及女工者，以描鸾刺凤之事，闺阁中人人皆晓，无俟予为越俎之谈[①]。其不及女工，而仍郑重其事，不敢竟遗者，虑开后世逐末之门，置纺绩蚕缫于不讲也。虽说闲情，无伤大道，是为立言之初意尔。

注释

①越俎：出自《庄子·逍遥游》：“庖人虽不治庖，尸、祝不越樽俎而代之矣。”意思是人各有专职，庖人虽不尽职，主祭等人也不越过樽俎去代他办席。

译文

“女子无才便是德。”这话虽然有道理，但却不是无缘无故说的。因为聪明的女子失去贞节的比较多，在这方面不如没有才华的女子。然而这都是前人的激愤之词，和男子因为做官招来灾祸，便把读书和做官都视为畏途，并留下遗言警告子孙不能读书做官一样，都是因噎废食的说法。说到底，书可以完全抛弃，官可以全部废除吗？

我认为才和德两个字，原本并不互相妨碍。有才的女子，未必人人都败坏德行，贪淫的妇人，又何尝个个都读书？只是作为丈夫的需要既有怜才之心，又有驭才之术。至于姬妾和婢女，则又和正房妻子不同。娶妻就像买田庄，种地要种五谷，栽树要载桑麻，即便稍稍涉及游玩和观赏的，也要连根拔去，因为自己的田庄是衣食的来源，土地能力有限，不能顾及其他方面。而买姬妾就像布置花园，结籽的花要种，不结籽的花也要种；成荫的树要栽，不成荫的树也要栽，因为这些都是为了娱情，注重的是耳目享受，对于口腹的需求就可暂且不顾，不可能兼顾观赏和实用。如果姬妾满堂，但却都是一群愚蠢之辈，我想说话的时候她们都沉默，我想静思的时候她们却喧哗，所答非所问，所应非所求，这和进了狐狸洞有什么区别？除了纵情淫乱之外，只能无所事事。

所以，学习技艺的道理，不能不和穿衣打扮一起来讲一讲。技艺中以学习诗文书画为首选，其次是乐器，再次是歌舞。针线刺绣则是女子分内的事，不用再提。然而也有不少女子专学男人的技能，不屑于女红，把织布制衣当作低贱的劳动，把针线当作仇敌，甚至连三寸绣花鞋也不屑动手自制，还要请些老妇人或贫家女来代做。怎么能这样借助别人的巧手来掩饰自己的笨拙？这就丧失了造物主造女子的本意了！

我认为妇道人家的职业，毕竟是以缝纫为主，缝纫的技能熟练之后，再逐渐学习其他技能。我谈学习技艺的时候之所以不谈女红，是因为描鸾刺凤的事闺中妇人个个都知晓，没有必要再越俎代庖。不过我虽然不谈女红，却仍然郑重其事地对待它，不敢将其遗漏，是因为担心后人会舍本逐末，将纺织之事放在一边不予理睬。虽然说的是闲情，却不能影响大道理，这才是我写此书的本意。

文　艺

学技必先学文。非曰先难后易，正欲先易而后难也。天下万事万物，尽有开门之锁钥。销钥维何？文理二字是也。寻常锁钥，一钥止开一锁，一锁止管一门；而文理二字之为锁钥，其所管者不止千门万户。盖合天上地下，万国九州，其大至于无外，其小至于无内，一切当行当学之事，无不握其枢纽，而司其出入者也。此论之发，不独为妇人女子，通天下之士农工贾，三教九流，百工技艺，皆当作如是观。以许大世界，摄入文理二字之中，可谓约矣，不知二字之中，又分宾主。凡学文者，非为学文，但欲明此理也。此理既明，则文字又属敲门之砖，可以废而不用矣。天下技艺无穷，其源头止出一理。明理之人学技，与不明理之人学技，其难易判若天渊。然不读书不识字，何由明理？故学技必先学文。然女子所学之文，无事求全责备，识得一字，有一字之用，多多益善，少亦未尝不善；事事能精，一事自可愈精。予尝谓土木匠工，但有能识字记帐者，其所造之房屋器皿，定与拙匠不同，且有事半功倍之益。人初不信，后择数人验之，果如予言。粗技若此，精者可知。甚矣，字之不可不识，理之不可不明也。

妇人读书习字，所难只在入门。入门之后，其聪明必过于男子，以男子念纷，而妇人心一故也。导之入门，贵在情窦未开之际，开则志念稍分，不似从前之专一。然买姬置妾，多在三五、二八之年，娶而不御，使作蒙童求我者，宁有几人？如必俟情窦未开，是终身无可授之人矣。惟在循循善诱，勿阻其机，“扑作教刑”一语[①]，非为女徒而设也。先令识字，字识而后教之以书。识字不贵多，每日仅可数字，取其笔画最少，眼前易见者训之。由易而难，由少而多，日积月累，则一年半载以后，不令读书而自解寻章觅句矣。乘其爱看之时，急觅传奇之有情节、小说之无破绽者，听其翻阅，则书非书也，不怒不威而引人登堂入室之明师也。其故维何？以传奇、小说所载之言，尽是常谈俗语，妇人阅之，若逢故物。譬如一句之中，共有十字，此女已识者七，未识者三，顺口念去，自然不差。是因已识之七字，可悟未识之三字，则此三字也者，非我教之，传奇、小说教之也。由此而机锋相触，自能曲喻旁通。再得男子善为开导，使之由浅而深，则共枕论文，较之登坛讲艺，其为时雨之化，难易奚止十倍哉？十人之中，拔其一二最聪慧者，日与谈诗，使之渐通声律，但有说话铿锵，无重复聱牙之字者，即作诗能文之料也。苏夫人说："春夜月胜于秋夜月，秋夜月令人惨凄，春夜月令人和悦。"此非作诗，随口所说之话也。东坡因其出口合律，许以能诗，传为佳话。此即说话铿锵，无重复聱牙，可以作诗之明验也。其余女子，未必人人若是，但能书义稍通，则任学诸般技艺，皆是锁钥到手，不忧阻隔之人矣。妇人读书习字，无论学成之后受益无穷，即其初学之时，先有裨于观者：只须案摊书本，手捏柔毫，坐于绿窗翠箔之下，便是一幅画图。班姬续史之容[②]，谢庭咏雪之态[③]，不过如是，何必睹其题咏，较其工拙，而后有闺秀同房之乐哉？噫，此等画图，人间不少，无奈身处其地，皆作寻常事物观，殊可惜耳。

欲令女子学诗，必先使之多读，多读而能口不离诗，以之作话，则其诗意诗情，自能随机触露，而为天籁自鸣矣。至其聪明之所发，思路之由开，则全在所读之诗之工拙，选诗与读者，务在善迎其机。然则选者维何？曰：在“平易尖颖”四字。平易者，使之易明且易学；尖颖者，妇人之聪明，大约在纤巧一路，读尖颖之诗，如逢故我，则喜而愿学，所谓迎其机也。所选之诗，莫妙于晚唐及宋人，初中盛三唐，皆所不取；至汉魏晋之诗，皆秘勿与见，见即阻塞机锋，终身不敢学矣。此予边见，高明者阅之，势必哑然一笑。然予才浅识隘，仅足为女子之师，至高峻词坛，则生平未到，无怪乎立论之卑也。

女子之善歌者，若通文义，皆可教作诗余。盖长短句法，日日见于词曲之中，入者既多，出者自易，较作诗之功为尤捷也。曲体最长，每一套必须数曲，非力赡者不能。诗余短而易竟，如《长相思》《浣溪纱》《如梦令》《蝶恋花》之类，每首不过一二十字，作之可逗灵机。但观诗余选本，多闺秀女郎之作，为其词理易明，口吻易肖故也。然诗余既熟，即可由短而长，扩为词曲，其势亦易。果能如是，听其自制自歌，则是名士佳人合而为一，千古来韵事韵人，未有出于此者。吾恐上界神仙，自鄙其乐，咸欲谪向人寰而就之矣。此论前人未道，实实创自笠翁，有由此而得妙境者，切勿忘其所本。

以闺秀自命者，书、画、琴、棋四艺，均不可少。然学之须分缓急，必不可已者先之，其余资性能兼，不妨次第并举，不则一技擅长，才女之名著矣。琴列丝竹，别有分门，书则前说已备。善教由人，善习由已，其工拙浅深，不可强也。画乃闺中末技，学不学听之。至手谈一节[④]，则断不容已，教之使学，其利于人己者，非止一端。妇人无事，必生他想，得此遣日，则妄念不生，一也；女子群居，争端易酿，以手代舌，是喧者寂之，二也；男女对坐，静必思淫，鼓瑟鼓琴之暇，焚香啜茗之余，不设一番功课，则静极思动，其两不相下之势，不在几案之前，即居床笫之上矣。一涉手谈，则诸想皆落度外，缓兵降火之法，莫善于此。但与妇人对垒，无事角胜争雄，宁饶数子而输彼一筹，则有喜无嗔，笑容可掬；若有心使败，非止当下难堪，且阻后来弈兴矣。纤指拈棋，踌躇不下，静观此态，尽勾消魂。必欲胜之，恐天地间无此忍人也。双陆投壶诸技⑤，皆在可缓。骨牌赌胜，亦可消闲，且易知易学，似不可已。

注释

①扑作教刑：出自《尚书·舜典》："象以典刑，流宥五刑，鞭作官刑，扑作教刑，金作赎刑。"原意为用戒尺责打不遵守教令的人。扑，是以槚楚为刑具。教刑，是刑罚中较轻的一种。

②班姬续史：班固由于和窦宪关系密切而受牵累被罢了官，被关进监狱，不久死于狱中。班固几十年著述的《汉书》中，八表及《天文志》尚未完成。奉汉和帝之诏，其妹班昭就东观藏书阁续成八表，《天文志》由马续完成。班姬，指班固的妹妹班昭。

③谢庭咏雪：出自刘义庆的《世说新语》，东晋时，谢安召集众子侄论文义，俄而雪骤，安问："何所似也？"谢朗答："撒盐空中差可拟。"谢道韫答："未若柳絮因风起。"谢安大为称赏。后世因称女子的文学才能为"咏絮才"。谢道韫（349—409），东晋著名女诗人。

④手谈：下围棋。

⑤双陆：古代博戏用具，一种棋盘游戏。

译文

学习技艺必须先学读书识字。这不是说要先学难的再学简单的，而正是要先易而后难。天下万事万物，都有将其打开的锁和钥匙。这锁和钥匙是什么？就是“文理”二字。一般的锁和钥匙，一把钥匙开一把锁，一把锁锁一扇门，而“文理”这个锁匙，所管辖的范围却不止千门万户。天上地下，九州万国，一切应该学和应该做的事情，无论大小，都掌握在这两个字中。我发出这番议论，并不单单说妇人女子的事，全天下的士农工商、三教九流、百工技艺，都是如此。偌大的世界都被摄入“文理”二字之中，可以说十分简约了，但殊不知这二字也分主次。凡是学文的人，并不是为了学习作文写字，而是为了明白事理。当明白了事理之后，文字就只是敲门砖而已，可以废弃不用了。

天下的技艺多到无穷，源头却只有一个“理”字，明理的人学习技艺和不明理的人学习技艺，其难易程度有着天壤之别。然而不读书不识字，又怎么会明白事理呢？所以学习技艺之前一定要先学读书识字。不过女子所学的文字，没有必要求全责备，只要识得一字，便有一个字的功用，认得越多越好，认得少却也未尝不好。事事都能精通，一件事自然会更加精通。

我曾对土木匠工们说过，只要是能识字记账的人，他所造的房屋器皿也一定和拙匠所造的有所不同，而且能起到事半功倍的好处。这些人一开始并不相信，后来挑出了几个人验证，果然和我说的一样。粗浅的技能尚且如此，精妙的就可想而知了。文字真是不可不识，事理真是不能不明啊！

女子读书识字，难只难在于入门。入门之后，女人的聪明一定会超过男人，因为男人杂念较多，而女人则可以专心致志。指导女子入门，最好在她情窦未开的时候，等到情窦初开之后再入门，就会有所分神，不能像以前那么专注。然而男人的姬妾大都是在她们十五六岁的时候买入的，能够在买来姬妾之后却不和她们行房事，而让她们像孩子一样专心求学的，能有几个人呢？如果非要找情窦未开的少女来教，那么一辈子恐怕也找不到能教的女子。教女子读书识字要循循善诱，不要阻挡她们学习的时机，用体罚的方式来教书，并不适合女学生。教女子要先教识字，会识字后再教她读书。识字不一定要识很多，每天只学几个字，先挑笔画最少、最常见的字教给她。从易到难，从少到多，日积月累，一年半载之后，就算不让她读书，她也会自己寻章觅句了。这时要趁着她喜爱看书的时候，马上找来有情节的传奇以及没有破绽的小说来任她翻阅，那么这些书就不再是书了，而是不怒不威同时却能引人登堂入室的开明老师。为什么会这样？因为传奇、小说所用的语言，都是通俗的日常语言，女人看了就像遇到自己熟悉的东西一样。比如，一句之中共有十个字，这位女子认识七个，有三个不认识，但顺口念下去也自然而然不会念错。因为她从认识的这七个字中就可以悟出不认识的三个字，那么这三个字就不是老师教的，而是传奇、小说教给她的。在这个基础上相互引发，自然能够触类旁通。如果再能得到男子的悉心开导，让她由浅入深，那么同床共枕的时候也能讨论学习，这样的春风化雨、润物无声，和登台授课相比，其难易程度相差何止十倍？在十个人中挑出最聪慧的一两个，每天和她谈诗论文，让她逐渐掌握声律知识，只要是一个说话铿锵有序、不口吃结巴的女子，都是作诗写文章的好材料。苏轼的夫人说："春夜月胜于秋夜月，秋夜月令人惨凄，春夜月令人和悦。"这并不算作诗，只不过是随口说出的话而已。然而苏轼认为他夫人说的话合乎格律，便赞许她能够作诗，从而被传为佳话。这便是说话铿锵的女子可以作诗的例证。其余的女子，未必人人都像这样，然而只要稍能识字读书，那么任其学习其他各种技艺，也都会掌握其中的诀窍，不用担心有任何隔膜。

女子学习读书识字，先不说学成之后自己会受益无穷，在她初学的时候，就已经先让旁观的人得到了好处：只要她在书案上摊开书本，手上拿起毛笔，坐在绿纱窗下，本身就成了一幅动人的图画。班昭续写《汉书》时的容姿，谢道韫咏雪时的神态，恐怕也不过如此，何必非要目睹她们的题咏，比较其好坏优劣，然后才能有和闺秀同房的欢乐呢？唉，这样美丽的图画，人间本来不少，无奈大部分人身处这样的画中，却把它当作寻常事物看待，真是可惜了。

要想让女子学习诗歌，必须让她多读诗歌，多读之后就能口不离诗，把诗当作说话，那么话中便自然而然地带有诗意和诗情，随时随地都会触发并流露，成为自鸣的天籁。至于能否引发女子的聪慧，打开她的思路，则完全取决于她所读的诗的优劣。选诗给女子读，务必要善于迎合她们的天性。然而应该选什么样的诗呢？回答是“平易尖颖”这四个字。平易就是说要选让她容易明白又容易学习的诗；尖颖的意思是，女人的聪明往往在于纤巧方面，让她读尖颖的诗，她就像碰到了从前的自己，会产生喜爱之情并愿意去学，这就是所谓的迎合她的天性。所选的诗最好是晚唐和宋代的作品，初唐、中唐、盛唐时期的都不适合，至于两汉魏晋南北朝时期的诗作，则全都要藏起来不能让她看见，不然的话便会阻碍她学习的兴趣，让她一辈子都不敢再学了。这都是我自己片面的见解，高明的人看来势必会哑然失笑。然而我才疏学浅，只能做女子的老师，至于高高在上的词坛，我一辈子也没能达到，所以如果我的观点浅陋，请不要感到奇怪。

擅长唱歌的女子，如果能识文断字，都可以教她们写词。因为长短句法在词曲之中每天都可以见到，听得多了，自己写起来就会变得容易，这比学习写诗要便捷得多了。曲的篇幅最长，每一套都有好几支曲子，不是才情丰富的人恐怕写不出来。词篇幅较短，而且容易完成，比如《长相思》《浣溪纱》《如梦令》《蝶恋花》之类，每首不过一二十字，写起来还可以激发灵感。只要看看词的选本，有许多都是闺秀女郎的作品，因为写词的道理容易明白，口吻也容易模仿。等到写词熟练之后，就可以由短到长，扩展到词曲的创作上，这样也会容易一些。如果真能这样的话，听凭她自己填词自己演唱，那可真是才子佳人合而为一，千古以来的闲情雅致和风流韵事也不会比这更美妙。恐怕天上的神仙也会自叹弗如，自鄙其乐，以至于想要屈尊到人间来享乐了吧。这种说法是前人没有提过的，实实在在是我李笠翁的首创，如果有在这件事上享受到了人间妙境的，还请不要忘本。

自认为是闺秀的女子，琴、棋、书、画四种技艺一样也不能缺少。然而学习起来一定要分清楚轻重缓急，必不可少的技艺要先学，其余的如果天资禀性能够兼顾，不妨都学习学习。如果不止有一技之长，那么才女的名声就显著了。琴属于丝竹，下面会单独讲到，书前面已经说过。教得好不好是别人的事，善不善于学习则是自己的事，不论学得深浅好坏，都不能强求。画画是闺中女子的技能中最末等的，学不学可以听之任之。至于围棋则是不能不学，教女子学围棋，对别人和对她自己都有不止一种好处。妇人无所事事的时候一定会心生杂念、胡思乱想，让她下棋来消遣，就会断了她的杂念，这是其一；女人们群居在一起，容易产生争端，用手代替口舌，能让她们安静下来，这是其二；孤男寡女坐在一起，静下来后一定会心思淫欲，弹琴、品茶之余，不做点其他事情，就会静极思动，男女之间两相不下，不是在桌子前面便开始，就是已经宽衣上床了。可是一开始下棋，就会把各种念想都置之度外，缓兵降火的方法，没有比这个更好的了。不过和女人下棋，没有必要计较胜负，宁可让她一子，输给她一点，她就会喜形于色、笑容可掬；如果有心让她输掉，不但当时就令她难堪，还会影响她以后下棋的兴趣。看棋子拈在女子的纤纤玉指中，静观她举棋不定的样子，这就足以让人销魂了。如果这时还要一心求胜，恐怕天底下没有这么狠心的人吧。至于双陆、投壶这些技艺，都可以留到以后慢慢学习。骨牌、赌博，也可以用来消磨时间，而且易学好懂，似乎不应该停止。

丝竹

丝竹之音，推琴为首。古乐相传至今，其已变而未尽变者，独此一种，余皆末世之音也。妇人学此，可以变化性情，欲置温柔乡，不可无此陶熔之具。然此种声音，学之最难，听之亦最不易。凡令姬妾学此者，当先自问其能弹与否。主人知音，始可令琴瑟在御，不则弹者铿然，听者茫然，强束官骸以俟其阕，是非悦耳之音，乃苦人之具也，习之何为？凡人买姬置妾，总为自娱。己所悦者，导之使习；己所不悦，戒令勿为，是真能自娱者也。尝见富贵之人，听惯弋阳、四平等腔，极嫌昆调之冷，然因世人雅重昆调，强令歌童习之，每听一曲，攒眉许久，座客亦代为苦难，此皆不善自娱者也。予谓人之性情，各有所嗜，亦各有所厌，即使嗜之不当，厌之不宜，亦不妨自攻其谬。自攻其谬，则不谬矣。予生平有三癖，皆世人共好而我独不好者：一为果中之橄榄，一为馔中之海参，一为衣中之茧䌷。此三物者，人以食我，我亦食之；人以衣我，我亦衣之；然未尝自沽而食，自购而衣，因不知其精美之所在也。谚云："村人吃橄榄，不知回味。"予真海内之村人也。因论习琴，而谬谈至此，诚为饶舌。

人问：主人善琴，始可令姬妾学琴，然则教歌舞者，亦必主人善歌善舞而后教乎？须眉丈夫之工此者，有几人乎？曰：不然。歌舞难精而易晓，闻其声音之婉转，睹见体态之轻盈，不必知音，始能领略，座中席上，主客皆然，所谓雅俗共赏者是也。琴音易响而难明，非身习者不知，惟善弹者能听。伯牙不遇子期[①]，相如不得文君[②]，尽日挥弦，总成虚鼓。吾观今世之为琴，善弹者多，能听者少；延名师、教美妾者尽多，果能以此行乐，不愧文君、相如之名者绝少。务实不务名，此予立言之意也。若使主人善操，则当舍诸技而专务丝桐。"妻子好合，如鼓瑟琴[③]。""窈窕淑女，琴瑟友之[④]。"琴瑟非他，胶漆男女，而使之合一；联络情意，而使之不分者也。花前月下，美景良辰，值水阁之生凉，遇绣窗之无事，或夫唱而妻和，或女操而男听，或两声齐发，韵不参差，无论身当其境者俨若神仙，即画成一幅合操图，亦足令观者消魂，而知音男妇之生妒也。

丝音自蕉桐而外[⑤]，女子宜学者，又有琵琶、弦索、提琴之三种[⑥]。琵琶极妙，惜今时不尚，善弹者少，然弦索之音，实足以代之。弦索之形较琵琶为瘦小，与女郎之纤体最宜。近日教习家，其于声音之道，能不大谬于宫商者，首推弦索，时曲次之，戏曲又次之。予向有场内无文，场上无曲之说，非过论也。止为初学之时，便以取舍得失为心，虑其调高和寡，止求为“下里巴人”，不愿作“阳春白雪”，故造到五七分即止耳。提琴较之弦索，形愈小而声愈清，度清曲者必不可少。提琴之音，即绝少美人之音也。春容柔媚，婉转断续，无一不肖。即使清曲不度，止令善歌二人，一吹洞箫，一搜提琴，暗谱悠扬之曲，使隔花间柳者听之，俨然一绝代佳人，不觉动怜香惜玉之思也。丝音之最易学者，莫过于提琴，事半功倍，悦耳娱神。吾不能不德创始之人，令若辈尸而祝之也[⑦]。

竹音之宜于闺阁者，惟洞箫一种。笛可暂而不可常。到笙、管二物，则与诸乐并陈，不得已而偶然一弄，非绣窗所应有也。盖妇人奏技，与男子不同，男子所重在声，妇人所重在容。吹笙搦管之时，声则可听，而容不耐看，以其气塞而腮胀也，花容月貌为之改观，是以不应使习。妇人吹箫，非止容颜不改，且能愈增娇媚。何也？按风作调，玉笋为之愈尖；簇口为声，朱唇因而越小。画美人者，常作吹箫图，以其易于见好也。或箫或笛，如使二女并吹，其为声也倍清，其为态也更显，焚香啜茗而领略之，皆能使身不在人间世也。吹箫品笛之人，臂上不可无钏。钏又勿使太宽，宽则藏于袖中，不得见矣。

注释

①伯牙、子期：伯牙，春秋时著名的琴师。《列子·汤问》："伯牙善鼓琴，钟子期善听。伯牙鼓琴，志在高山。钟子期曰：'善哉，峨峨兮若泰山！'志在流水，曰：善哉，洋洋兮若江河。"《吕氏春秋·本味篇》也有记载，伯牙鼓琴遇知音钟子期，后来钟子期意外去世，伯牙失去知音，破琴绝弦，终生不再鼓琴。

②相如、文君：司马相如（前179—前118），字长卿，蜀郡（今四川南充）人，西汉辞赋家。据《史记·司马相如列传》及《汉书·司马相如传》记载，司马相如在临邛富人卓王孙家赴宴，席间以一曲《凤求凰》表达了对卓王孙新寡的女儿卓文君的爱慕之情。文君听出了司马相如的琴声，也产生了敬慕之情。宴毕，文君深夜逃出家门，与

相如私奔。

③ 妻子好合，如鼓瑟琴：出自《诗经·小雅·常棣》："妻子好合，如鼓瑟琴。兄弟既翕，和乐且湛。"

④ 窈窕淑女，琴瑟友之：出自《诗经·国风·周南·关雎》："参差荇菜，左右采之。窈窕淑女，琴瑟友之。"

⑤ 蕉桐：即焦桐，琴名，东汉蔡邕曾用烧焦的桐木造琴，因此后来称琴为焦桐。

⑥ 弦索：三弦琴。提琴：胡琴。

⑦ 尸而祝之：尸祝为古时祭祀的主祭人，后有崇拜、推崇之义。

译文

在各种乐器的声音中，唯独琴的声音最好听。古代的音乐传到今天，虽然发生了变化却又没有完全改变的，只有这一种，其他的已经全都是末世之音。女子学习弹琴，可以改变性情，想要在温柔乡里流连忘返，不能没有这种陶冶性情的工具。然而这种音乐学起来最困难，欣赏起来也十分不易。凡是想让姬妾学习弹琴的，应该先问问自己能不能弹。主人知晓音乐，才能让下人掌握乐器，不然的话弹琴的人弹得悦耳，听的人却听不出个所以然，强迫自己的感官一直听到结束，这就不是悦耳动听的音乐，而成了折磨人的工具了，还学习它干什么？凡是买姬置妾的人，都是为了自娱自乐。自己喜欢的东西，就让姬妾也去学习；自己不喜欢的，就警告她们不要去做，这才是真正能够娱乐自己的人。我曾经见到有的富贵人家，虽然听惯了弋阳、四平等腔调，非常不喜欢昆调的冷清，但是因为世人推崇昆调，认为其高雅，便强令歌童学习昆调，结果每听一曲便皱眉许久，在座的宾客也跟着受罪，这都是不会娱乐自己的人。我认为人的性情不同，各有各的爱好，也都有各自讨厌的东西，即便所喜欢的并不恰当，所讨厌的也不适宜，却也不妨自我反驳。自我反驳之后，便没有什么错误了。我生平有三个癖性，都是世人喜欢而唯独我不喜欢的：一是水果中的橄榄，一是菜肴中的海参，还有一个是衣服中的丝绸。这三种东西，别人如果拿来让我吃，我也会吃，别人如果拿来让我穿，我也会穿，但是我不会自己买来吃，自己买来穿，因为我不知道它们精美在什么地方。有谚语说："山野村民吃橄榄，不知道回味。"我真是没见过世面的农夫啊。本来谈论学习弹琴，却跑题到这里，实在啰嗦。

有人问："主人善于弹琴，才可以让姬妾学习弹琴，那么要教姬妾跳舞，也一定要主人能歌善舞之后才能教吗？男子汉大丈夫，又有几个擅长跳舞的？"我回答说：不是这样的。歌舞难以精通，却容易知晓，听到音乐的婉转，见到体态的轻盈，不用通晓音律就能领略其中的美妙。不论是座上的主人还是席中的客人，都可以欣赏，这就是所谓的雅俗共赏的技艺。把琴弄响容易，要明白其中的乐理就难了，不是自己学习过的就不会知道，只有善于弹奏的人才能聆听。俞伯牙如果遇不到钟子期，司马相如如果没碰上卓文君，那么就算终日挥弦，也都是白弹。我看现在的人弹琴，能弹的人多，能听的人少；请名师教授小妾的人有许多，但是配得上相如和文君这样知音的却少之又少。要务实而不图虚名，这是我立论的本意。如果主人擅长弹琴，就应该舍弃其他技艺而专门学习音乐。“妻子好合，如鼓瑟琴。”“窈窕淑女，琴瑟友之。”琴瑟不是别的，它能使如胶似漆的男女合而为一，联络情意并使他们不分离。花前月下，良辰美景，正值烟水楼阁渐生凉意，又逢家中无事，或者夫唱而妻和，或女子弹琴男子倾听，抑或两人合弹，声音和谐动听，且不说身临其境的人如神仙一般惬意，即便画成一幅男女合奏图，也足以让观看的人销魂，让通晓音乐的男女心生嫉妒。

弦乐器中除了琴以外，适合女子学习的还有琵琶、弦索、提琴三种。琵琶非常美妙，可惜现在不再流行，善于弹奏的人也少，不过弦索的声音可以代替琵琶。弦索在形状上比琵琶更瘦小，和女子的纤体最为相配。近来教音乐的，对于这门学问，能够在音律上不出什么大错误的，首先就是教弦索，其次是时曲，再次是戏曲。我曾经认为戏场内无好文，戏场上无好曲，这并没有言过其实。因为初学音乐的时候，就要考虑到得失取舍，考虑到曲高和寡，只求下里巴人，不作阳春白雪，所以学到五分、七分也就停止了。提琴和弦索相比，形状更小而声音更清亮，是弹奏清曲必不可少的乐器。提琴的音色就是绝色美人之音。柔媚动人，婉转断续，全都惟妙惟肖。即便不弹清曲，只让善于唱歌的两人，一个吹奏洞箫，另一个弹奏提琴，两人在暗处演奏悠扬的乐曲，坐在一旁隔着花柳的人听了，会觉得俨然是一个绝代佳人，不由自主地便动了怜香惜玉之情。弦乐器里最容易学的就是提琴了，不仅事半功倍，而且悦耳娱神。这使我不能不歌颂创制提琴之人的功德，让我们这些人顶礼膜拜。

竹管类的乐器只有一种适合闺中妇人学习，那就是洞箫。笛子可以偶尔吹一吹，但不宜经常吹。笙、管这两种乐器，和其他乐器一样，只是不得已的时候偶尔摆弄一下，不是女人应该学习的东西。因为女人演奏乐器和男人不一样，男人注重的是声音，女人注重的是姿容。吹笙捏管的时候，声音虽然可以听，姿容却不好看，因为嘴中鼓气两腮发胀，花容月貌也随之变形，所以不应该让妇人学习。女子吹箫，不仅容颜不会受影响，而且能增加她的娇媚。为什么会这样？因为用手指按着风孔编制成调，玉指就愈显纤细；把口撮起来吹出声响，朱唇就愈显得小巧。画美女的人常常画美女吹箫图，就是因为吹箫容易展现出女子的美丽。不论是箫还是笛，如果让两个女子一起吹奏，声音会倍显清亮，媚态也更加凸显，这时候焚香啜茗来慢慢欣赏，会让人感觉到飘飘欲仙。吹箫品笛的人，手臂上一定要戴镯子，镯子又不能太宽，太宽的话就会藏在袖子里看不到了。

歌　舞

昔人教女子以歌舞，非教歌舞，习声容也。欲其声音婉转，则必使之学歌；学歌既成，则随口发声，皆有燕语莺啼之致，不必歌而歌在其中矣。欲其体态轻盈，则必使之学舞；学舞既熟，则回身举步，悉带柳翻花笑之容，不必舞而舞在其中矣。古人立法，常有事在此而意在彼者。如良弓之子先学为箕，良冶之子先学为裘[①]。妇人之学歌舞，即弓冶之学箕裘也。后人不知，尽以声容二字属之歌舞，是歌外不复有声，而征容必须试舞，凡为女子者，即有飞燕之轻盈，夷光之妩媚，舍作乐无所见长。然则一日之中，其为清歌妙舞者有几时哉？若使声容二字，单为歌舞而设，则其教习声容，犹在可疏可密之间。若知歌舞二事，原为声容而设，则其讲究歌舞，有不可苟且塞责者矣。但观歌舞不精，则其贴近主人之身，而为殢雨尤云之事者，其无娇音媚态可知也。"丝不如竹，竹不如肉[②]。"此声乐中三昧语，谓其渐近自然也。予又谓男音之为肉，造到极精处，止可与丝竹比肩，犹是肉中之丝，肉中之竹也。何以知之？但观人赞男音之美者，非曰"其细如丝"，则曰"其清如竹"，是可概见。至若妇人之音，则纯乎其为肉矣。语云："词出佳人口。"予曰：不必佳人，凡女子之善歌者，无论妍媸美恶，其声音皆迥别男人。貌不扬而声扬者有之，未有面目可观而声音不足听者也。但须教之有方，导之有术，因材而施，无拂其天然之性而已矣。歌舞二字，不止谓登场演剧，然登场演剧一事，为今世所极尚，请先言其同好者。

一曰取材。取材维何？优人所谓"配脚色"是已。喉音清越而气长者，正生、小生之料也；喉音娇婉而气足者，正旦、贴旦之料也，稍次则充老旦；喉音清亮而稍带质朴者，外末之料也；喉音悲壮而略近噍杀者，大净之料也。至于丑与副净，则不论喉音，只取性情之活泼，口齿之便捷而已。然此等脚色，似易实难。男优之不易得者二旦，女优之不易得者净丑。不善配脚色者，每以下选充之，殊不知妇人体态不难于庄重妖娆，而难于魁奇洒脱，苟得其人，即使面貌娉婷，喉音清腕，可居生旦之位者，亦当屈抑而为之。盖女优之净丑，不比男优仅有花面之名，而无抹粉涂胭之实，虽涉诙谐谑浪，犹之名士风流。若使梅香之面貌胜于小姐[③]，奴仆之词曲过于官人，则观者听者倍加怜惜，必不以其所处之位卑，而遂卑其才与貌也。

二曰正音。正音维何？察其所生之地，禁为乡土之言，使归《中原音韵》之正者是已。乡音一转而即合昆调者，惟姑苏一郡。一郡之中，又止取长、吴二邑，余皆稍逊，以其与他郡接壤，即带他郡之音故也。即如梁溪境内之民，去吴门不过数十里，使之学歌，有终身不能改变之字，如呼酒钟为“酒宗”之类是也。近地且然，况愈远而愈别者乎？然不知远者易改，近者难改；词语判然、声音迥别者易改，词语声音大同小异者难改。譬如楚人往粤，越人来吴，两地声音判如霄壤，或此呼而彼不应，或彼说而此不言，势必大费精神，改唇易舌，求为同声相应而后已。止因自任为难，故转觉其易也。至入附近之地，彼所言者，我亦能言，不过出口收音之稍别，改与不改，无甚关系，往往因仍苟且，以度一生。止因自视为易，故转觉其难也。正音之道，无论异同远近，总当视易为难。选女乐者，必自吴门是已。然尤物之生，未尝择地，燕姬赵女、越妇秦娥见于载籍者，不一而足。“惟楚有材，惟晋用之④。”此言晋人善用，非曰惟楚能生材也。予游遍域中，觉四方声音，凡在二八上下之年者，无不可改，惟八闽、江右二省，新安、武林二郡，较他处为稍难耳。正音有法，当择其一韵之中，字字皆别，而所别之韵，又字字相同者，取其吃紧一二字，出全副精神以正之。正得一二字转，则破竹之势已成，凡属此一韵中相同之字，皆不正而自转矣。请言一二以概之。九州以内，择其乡音最劲、舌本最强者而言，则莫过于秦晋二地。不知秦晋之音，皆有一定不移之成格。秦音无东钟，晋音无真文；秦音呼东钟为真文，晋音呼真文为东钟。此予身入其地，习处其人，细细体认而得之者。秦人呼中庸之中为“肫”，通达之通为“吞”，东南西北之东为“敦”，青红紫绿之红为“魂”，凡属东钟一韵者，字字皆然，无一合于本韵，无一不涉真文。岂非秦音无东钟，秦音呼东钟为真文之实据乎？我能取此韵中一二字，朝训夕诂，导之改易，一字能变，则字字皆变矣。晋音较秦音稍杂，不能处处相同，然凡属真文一韵之字，其音皆仿佛东钟，如呼子孙之孙为“松”，昆腔之昆为“空”之类是也。即有不尽然者，亦在依稀仿佛之间。正之亦如前法，则用力少而成功多。是使无东钟而有东钟，无真文而有真文，两韵之音，各归其本位矣。秦晋且然，况其他乎？大约北音多平而少入，多阴而少阳。吴音之便于学歌者，止以阴阳平仄不甚谬耳。然学歌之家，尽有度曲一生，不知阴阳平仄为何物者，是与蠹鱼日在书中，未尝识字等也。予谓教人学歌，当从此始。平仄阴阳既谙，使之学曲，可省大半工夫。正音改字之论，不止为学歌而设，凡有生于一方，而不屑为一方之士者，皆当用此法以掉其舌。至于身在青云，有率吏临民之责者，更宜洗涤方音，讲求韵学，务使开口出言，人人可晓。常有官说话而吏不知，民辩冤而官不解，以致误施鞭扑，倒用劝惩者。声音之能误人，岂浅鲜哉！正音改字，切忌务多。聪明者每日不过十余字，资质钝者渐减。每正一字，必令于寻常说话之中，尽皆变易，不定在读曲念白时。若止在曲中正字，他处听其自然，则但于眼下依从，非久复成故物，盖借词曲以变声音，非假声音以善词曲也。

三曰习态。态自天生，非关学力，前论声容，已备悉其事矣。而此复言习态，抑何自相矛盾乎？曰：不然。彼说闺中，此言场上。闺中之态，全出自然。场上之态，不得不由勉强，虽由勉强，却又类乎自然，此演习之功之不可少也。生有生态，旦有旦态，外末有外末之态，净丑有净丑之态，此理人人皆晓；又与男优相同，可置弗论，但论女优之态而已。男优妆旦，势必加以扭捏，不扭捏不足以肖妇人；女优妆旦，妙在自然，切忌造作，一经造作，又类男优矣。人谓妇人扮妇人，焉有造作之理，此语属赘。不知妇人登场，定有一种矜持之态；自视为矜持，人视则为造作矣。须令于演剧之际，只作家内想，勿作场上观，始能免于矜持造作之病。此言旦脚之态也。然女态之难，不难于旦，而难于生；不难于生，而难于外末净丑；又不难于外末净丑之坐卧欢娱，而难于外末净丑之行走哭泣。总因脚小而不能跨大步，面娇而不肯妆瘁容故也。然妆龙像龙，妆虎像虎，妆此一物，而使人笑其不似，是求荣得辱，反不若设身处地，酷肖神情，使人赞美之为愈矣。至于美妇扮生，较女妆更为绰约。潘安、卫玠[5]，不能复见其生时，借此辈权为小像，无论场上生姿，曲中耀目，即于花前月下偶作此形，与之坐谈对弈，啜茗焚香，虽歌舞之余文，实温柔乡之异趣也。

注释

① 良弓之子、良冶之子：出自《礼记·学记》："良冶之子，必学为裘；良弓之子，必学为箕。"

② 丝不如竹，竹不如肉：据《世说新语·识鉴》记载，桓温问孟嘉："听伎，丝不如竹，竹不如肉，何也？"孟嘉答曰："渐近自然。"丝，指弦乐。竹，指管乐。肉，指声乐。

③ 梅香：指丫鬟婢女。

④ 惟楚有材，惟晋用之：出自《左传·襄公二十六年》。

⑤ 潘安、卫玠：均为古代著名美男子。潘安（247—300），本名潘岳，字安仁，西晋文学家。卫玠（286—312），字叔宝，西晋著名清谈名士和玄学家。

译文

以前的人教女子歌舞，并不是为了教给她们唱歌跳舞，而是为了让她们修习发音和姿容。要想声音婉转动听，就必须让她学习唱歌；学好唱歌以后，随口发出的声音都像燕语莺啼一般雅致，不必唱歌就已有唱歌的美妙婉转。要想体态轻盈，就一定要让她学习舞蹈；学好舞蹈以后，回身起步都婀娜多姿，不用翩翩起舞便已带有舞蹈的韵味了。古人制定规矩，常常会事在此而意在彼，借此言彼，由此及彼。比如擅长制造弓箭的就先教自己的儿子学习做簸箕，擅长冶炼金属的就先教自己的儿子做皮衣。女子学习歌舞，与造弓炼铁的人学习做簸箕和皮衣是一个道理。后人不了解这一点，以为声音姿容完全由歌舞来体现，所以认为除了唱歌之外，便听不到女子的好声音，而挑选容貌的时候也必须考查跳舞，似乎凡是女子，纵然像赵飞燕一样轻盈、像西施一般妩媚，也是除了歌舞以外别无所长。然而一天之中，能够清歌妙舞的时间又有多久？如果声音和姿容只在唱歌跳舞时才会有，那么就成了可急可缓、无关紧要的事。但如果明白唱歌和跳舞这两件事，原本只是为了训练女子的声音和姿容才有的，那么对歌舞的追求便不能敷衍塞责了。唱歌不好、跳舞也不行的女子，在和主人亲近，以及男欢女爱的时候，可想而知也一定没有娇媚的声音和妩媚的姿态了。“弦乐不如管乐，管乐不如歌喉。”这是学习音乐的精髓，指的是歌声更接近自然。我还认为男人的歌喉即使造诣精湛，也只能和弦乐器、管乐器相提并论，就像是歌声中的弦乐和管乐。怎么知道这一点的呢？只要看一看人们是怎么赞美男子歌声优美的，不是说“其细如丝”，就是说“其清如竹”，由此就大概知道了。至于女子的歌声，那就是纯粹的由人声组成的音乐。有句话叫做“词出佳人口”。我却认为，不一定是佳人，只要是擅长唱歌的女子，不论长相美丑，她的声音都和男人迥然不同。长相其貌不扬唱歌却好听的女子大有人在，貌美如花而声音却不能听的女子却没有几个。只要教之有方，导之有术，因材施教，不要违背她的天性就可以了。歌舞这两个字，指的不仅仅是登台演出，然而现在的人们十分喜爱看戏，我就先从这个大家都喜爱的事情说起吧。

舞台上的歌舞，第一就是取材。什么是取材？就是唱戏的人所说的“配角色”。嗓音清脆悦耳且气韵悠长的人适合出演正生和小生；嗓音娇柔婉转且底气充沛的适合出演正旦和贴旦，比这稍差一点的适合演老旦；嗓音清脆嘹亮而稍带质朴的适合出演外末；嗓音悲壮而略带沙哑的则适合出演大净。至于丑角和副净这两种角色，则不论嗓音如何，只要性格活泼、口齿伶俐就可以胜任。然而扮演这样的角色，看上去容易其实却很难。男演员中不容易找到适合演正旦和贴旦的，女演员中不容易找到适合演净角和丑角的。不善于分配角色的人，每次都会用水平不好的演员充数，却不知道以女子的体态扮演庄重或妖娆的角色都不难，难的是扮演奇异和洒脱的角色。如果能得到这样的演员，即便她面容姣好，嗓音清脆婉转，本可以去演生、旦一类的角色，也应该让她屈尊去演净角或丑角。因为女演员扮演净角、丑角不像男演员，虽然被称作花脸，但并不在脸上涂胭抹粉，虽然诙谐戏谑，却像名士一般风流洒脱。如果让丫头的相貌比小姐还俊俏，奴仆的唱词比主人还工巧，那么观众会对他们倍加怜惜，一定不会因为他们地位卑微而贬低他们的才能和容貌。

第二是正音。什么是正音？就是看演员是什么地方的人，严禁他使用方言，而让他的发音符合《中原音韵》的发音标准。方言稍加改变便符合昆调的唱法的，只有苏州这一个地方。苏州一郡之中，也只有长洲和吴县两个地方的口音可取，其他的都稍逊一筹，因为这些地方都和别的州郡接壤，会带有其他地方的口音。无锡离苏州不过几十里，但是无锡人如果学唱歌的话，就会有一辈子都改不过来的发音，比如把酒钟称为“酒宗”之类的就是这种情况。近处的尚且这样，何况越远的地方差别不是会更大吗？但是殊不知越远的地方口音越容易改变，近处的反而难以纠正；用词迥异、口音判然不同的容易改变，词语、口音大同小异的反而难以纠正。比如楚地的人前往粤地，越地的人来到吴地，这些地方口音全然不同，相互之间完全不能理解，势必要费尽心机改变各自的口音，以达到互相交流的目的。正因为自己把它当作一件困难的事情去做，所以反而觉得容易。至于到了近处的地方，别人说的我也能说，不过是发音上稍有区别，改不改都不影响交流，往往就将就、凑合着过了一辈子。正因为自己认为它容易，所以反而变得困难。纠正口音的方法，不论异同远近，都应该把容易做到的事看成困难的。挑选歌舞女姬，一定要选苏州的。然而美女却出生在五湖四海，不一定来自一个地方。书上记载的燕姬赵女、越妇秦娥不一而足。“惟楚有材，惟晋用之。”这是说晋国人善于利用人才，并不是说只有楚国才能出人才。我游遍全国各地，听遍各地的口音，感觉只要年纪在十五六岁的人都可以改变口音，但唯独福建、江西两省和新安、杭州两郡的人比较难改。纠正发音有法可依，可以选择韵母相同的不同字，挑出一两个关键的字来，集中精力来进行纠正。这一两个字纠正之后，再纠正其他的字就会势如破竹，与这两个字韵母相同的所有字都会被自动纠正过来。

请让我举一两个例子来说明。全国范围内，口音最重、舌根最硬的莫过于秦晋这两地。殊不知秦晋两地的方言，也都有一成不变的规律。秦方言没有“东钟”

韵，晋方言没有“真文”韵；秦方言把“东钟”韵念成“真文”韵，晋方言把“真文”韵念成“东钟”韵。这是我在当地观察当地人说话，并细细体味才认识到的。秦地的人把中庸的中念为“肫”，通达的通念为“吞”，东南西北的东念为“敦”，青红紫绿的红念为“魂”，凡是属于“东钟”韵的字全是这样，没有一个合乎本韵的，没有一个不念成“真文”韵的。这难道不是秦方言没有“东钟”韵，而且把“东钟”韵念成“真文”韵的真凭实据吗？如果我能从这些字中选出一两个，朝夕教导，给她纠正，让她更改，一个字改过来了，其他所有同韵的字都会改变过来。晋方言比秦方言稍微复杂一些，不可能处处都相同，然而凡是属于“真文”一韵的字，发音都像“东钟”，比如晋人把子孙的孙念为“松”，昆腔的昆念为“空”，即便不全是这样，也都在依稀仿佛之间。纠正晋方言也和上述方法一样，有事半功倍的效果，可以让不会“东钟”韵的人掌握“东钟”韵，让不会“真文”韵的人学会“真文”韵，两韵的发音都各归本位。连方言最重的秦晋两地都可以这样纠正，何况其他地方？大概来说，北方方言平声较多而入声较少，阴平较多而阳平较少。吴方言之所以便于学习唱戏，是因为其中的阴阳平仄错误较少。然而有些学习唱戏的人唱了一辈子戏曲，却不知道阴阳平仄是什么东西，这就像蠹虫整天钻在书里，却不识一个字一样。我认为教人学习演唱，应该从学习阴阳平仄开始。熟悉了阴阳平仄，再让他学唱曲子，就可以省去很大功夫。纠正字音的方法也不仅仅是针对学习演唱而言，凡是生在一个地方，却不屑于做这个地方的人的，都可以用这种方法去掉自己的口音。至于身居要职，有领导官吏、管理百姓责任的人，更应该纠正自己的方言，讲究音韵，一定要做到开口说话时让每个人都明白。常常有官员说话而属下听不懂，百姓辩解冤情而官员不明白，以至于造成错施刑罚、颠倒是非的情况。方言造成的错误，难道还少吗？纠正字音，切忌过多。聪明人每天也不过纠正十几个字而已，资质愚钝的人应该再逐渐减少。每纠正一个字，一定要将它放在平时的日常话语之中完全改正过来，而不一定只在读曲词、念宾白的时候才改正。如果只在曲词中纠正发音，其他的地方任其自然，那么一时改了过来，时间久了又会变成老样子，因为这是借词曲来改变发音，而不是借发音来完善词曲。

第三是习态。姿态是天生的，和学习没有什么关系，前面讨论声容的时候已经说明这一点了。这里又谈培养姿态，不是自相矛盾吗？我认为不是这样。前面说的是卧房中的媚态，这里说的是戏场上的姿态。卧房中的媚态，完全出自天然。戏场上的姿态，则不得不有表演的成分，但虽然是表演，却也要尽量自然，这是表演功夫中必不可少的。生角有生角的姿态，旦角有旦角的姿态，外末有外末的姿态，净丑有净丑的姿态，这个道理人人都知道；这又和男演员的表演是一个道理，可以放在旁边不予讨论，这里主要讲一讲女演员的姿态。男演员演旦角，势必要扭捏作态，因为不扭捏的话便不像妇人；女演员演旦角，切忌做作，妙在自然，一旦矫揉造作，反而像是男演员在演了。人们说女人来演女人，怎么会有造作的，这话等于没说，殊不知妇人上场演戏，一定会有一种矜持的神态，她自己觉得是矜持，别人就会觉得是造作。这就应该让女演员在演戏的时候，把自己当作是在家里一样，不要当成在舞台上演戏，这样就能避免矜持造作的毛病。这些讲的是旦角的姿态，然而女演员难的不是演旦角，而是演生角；生角还不算难，更难的是演外末净丑；演外末净丑的坐卧欢愉还不算最难，最难的是演外末净丑的行走和哭泣。因为女子脚小而不能跨开大步，面容娇嫩而总不想扮演憔悴的模样。然而，演龙就要像龙，演虎就要像虎，扮演外末净丑，却被人笑话演得不像，本来想获得荣誉，得到的却是羞辱，还不如设身处地，去把角色扮演得活灵活现，让人赞美有加。至于让美女去演生角，会比让她演女子更为风姿绰约。潘安、卫玠这些古时的美男子我们已经见不到是什么模样，借美女来扮演，且不说在戏台上展现风姿，在唱曲时引人注目，即便偶尔在花前月下也扮作美男子，那么和她一起坐谈对弈、品茶焚香，虽然不涉及歌舞，却也是身处温柔乡里的另一番情趣。

居室部

房舍第一

人之不能无屋，犹体之不能无衣。衣贵夏凉冬燠，房舍亦然。“堂高数仞，榱题数尺”[①]，壮则壮矣，然宜于夏而不宜于冬。登贵人之堂，令人不寒而栗，虽势使之然，亦寥廓有以致之；我有重裘，而彼难挟纩故也[②]。及肩之墙，容膝之屋，俭则俭矣，然适于主而不适于宾。造寒士之庐，使人无忧而叹，虽气感之耳，亦境地有以迫之；此耐萧疏，而彼憎岑寂故也。吾愿显者之居，勿太高广。夫房舍与人，欲其相称。画山水者有诀云：“丈山尺树，寸马豆人。”使一丈之山，缀以二尺三尺之树；一寸之马，跨以似米似粟之人，称乎？不称乎？使显者之躯，能如汤文之九尺十尺[③]，则高数仞为宜，不则堂愈高而人愈觉其矮，地愈宽而体愈形其瘠，何如略小其堂，而宽大其身之为得乎？处士之庐，难免卑隘，然卑者不能耸之使高，隘者不能扩之使广，而污秽者、充塞者则能去之使净，净则卑者高而隘者广矣。

吾贫贱一生，播迁流离，不一其处，虽债而食，赁而居，总未尝稍污其座。性嗜花竹，而购之无资，则必令妻孥忍饥数日，或耐寒一冬，省口体之奉，以娱耳目。人则笑之，而我怡然自得也。性又不喜雷同，好为矫异，常谓人之葺居治宅，与读书作文同一致也。譬如治举业者，高则自出手眼，创为新异之篇；其极卑者，亦将读熟之文移头换尾，损益字句而后出之，从未有抄写全篇，而自名善用者也。乃至兴造一事，则必肖人之堂以为堂，窥人之户以立户，稍有不合，不以为得，而反以为耻。常见通侯贵戚，掷盈千累万之资以治园圃，必先谕大匠曰：亭则法某人之制，榭则遵谁氏之规，勿使稍异。而操运斤之权者，至大厦告成，必骄语居功，谓其立户开窗，安廊置阁，事事皆仿名园，纤毫不谬。噫，陋矣！以构造园亭之胜事，上之不能自出手眼，如标新创异之文人；下之至不能换尾移头，学套腐为新之庸笔，尚嚣嚣以鸣得意，何其自处之卑哉！

予尝谓人曰：生平有两绝技，自不能用，而人亦不能用之，殊可惜也。人问：绝技维何？予曰：一则辨审音乐，一则置造园亭。性嗜填词，每多撰著，海内共见之矣。设处得为之地，自选优伶，使歌自撰之词曲，口授而躬试之，无论新裁之曲，可使迥异时腔，即旧日传奇，一概删其腐习而益以新格，为往时作者别开生面，此一技也。一则创造园亭，因地制宜，不拘成见，一榱一桷，必令出自己裁，使经其地、入其室者，如读湖上笠翁之书，虽乏高才，颇饶别致，岂非圣明之世，文物之邦，一点缀太平之具哉？噫，吾老矣，不足用也。请以崖略付之简篇，供嗜痂者采择。收其一得，如对笠翁，则斯编实为神交之助尔。

土木之事，最忌奢靡。匪特庶民之家当崇俭朴，即王公大人亦当以此为尚。盖居室之制，贵精不贵丽，贵新奇大雅，不贵纤巧烂漫。凡人止好富丽者，非好富丽，因其不能创异标新，舍富丽无所见长，只得以此塞责。譬如人有新衣二件，试令两人服之，一则雅素而新奇，一则辉煌而平易，观者之目，注在平易乎？在新奇乎？锦绣绮罗，谁不知贵，亦谁不见之？缟衣素裳，其制略新，则为众目所射，以其未尝睹也。凡予所言，皆属价廉工省之事，即有所费，亦不及雕镂粉藻之百一。且古语云："耕当问奴，织当访婢。"予贫士也，仅识寒酸之事。欲示富贵，而以绮丽胜人，则有从前之旧制在。新制人所未见，即缕缕言之，亦难尽晓，势必绘图作样。然有图所能绘，有不能绘者。不能绘者十之九，能绘者不过十之一。因其有而会其无，是在解人善悟耳。

注释

① 堂高数仞，榱 cuī 题数尺：出自《孟子·尽心下》："堂高数仞，榱题数尺，我得志，弗为也。"榱题，屋檐下的椽子头，这里借指屋檐。

② 挟纩：出自《左传·宣公十二年》。意为披着绵衣，比喻受人抚慰而感到温暖。

③ 汤文：指商汤与周文王。出自《孟子·告子下》，曹交问孟子："交闻文王十尺，汤九尺，今交九尺四寸以长，食粟而已，如何则可？"

译文

人不能没有房屋，就像身体不能没有衣服。穿衣服贵在能够冬暖夏凉，房屋也是一样。"殿堂高有数丈，房檐伸出去几尺"，虽然雄伟壮丽，却只适合夏天而不宜于冬日。到富贵人家的厅堂，让人不寒而栗，虽然有权势的原因，但也因为房屋过于宽阔。这就像我身上穿着厚厚的裘皮，而他则披着绵衣一样。墙只有齐肩高，房屋仅能容下腿脚，这样虽然俭朴，却只适合主人自己居住，不适合接待宾客。造访贫寒人士的房屋，让人即便没有什么忧愁的事也会叹息，这虽然有气氛的原因，却也有环境的原因，主人虽耐得住萧条冷清，客人却受不了这种孤寂的感觉。我希望显贵者的房屋不要太高太大，房屋和人应该和谐相称。画山水画有一个口诀："丈山尺树，寸马豆人。"如果画一个一丈高的山，配上两三尺高的树，一寸长的马，配上米粟一样大小的人，还能够相称吗？要是富贵的人都像商汤和周文王一样有九尺、十尺的身高，那么房子也要有好几丈高才合适，如果人没有这么高，那么屋子越高人就显得越矮，地越宽敞人越显得消瘦。何不将房屋缩小一些，让自己的身材显得更高大一些呢？隐士的房屋，难免有些低矮狭小，然而低矮的不能再去加高，狭小的不能再去扩大，只要能将屋子里污秽和多余的东西收拾干净，就能让屋子显得高大宽广些。

我贫贱了一辈子，迁徙流离，居无定所，虽然靠借钱吃饭，靠租房安家，却从没有对自己的住处有一点玷污。我生性喜爱花与竹，却没有钱买来种养，每次都是让妻子孩子忍饥挨饿好几天，或者忍受一冬天的寒冷，用省下来的衣食之资来愉悦自己的耳目，就算别人笑话我，我也始终怡然自得。我生性还不喜欢和别人雷同，爱好标新立异。我常说安家治宅和读书作文是一个道理。比如专攻科举考试的书生中，高明的人会自己创作，写作与众不同的文章；低水平的也会把熟悉的文章改头换面，增减字句，然后变成自己的文章，从来没有人会把全篇都抄下来，还自认为善于利用别人的文章的。至于建屋造房这样的事，有人却一定要照着别人的厅堂来建自己的厅堂，看着别人的门户造自己的门户，如果有稍稍和别人不同的地方，不但不认为是自己的成就，反而认为是一种耻辱。我常常看到达官贵人们在花费巨资来建造园林之前，先要吩咐工匠说：亭子要学习某某人的，台榭要按照谁谁的规矩来，一定要学得分毫不差。而操刀运斧的工匠，等到房屋建好之后，也一定会自认为居功至伟，自夸立户开窗、安廊置阁都是效仿了某某名园，一点差错也没有。唉！何等的浅陋啊！在构造园亭这样的大事上，不但不能像高明的文人一样自我创新、标新立异，甚至做不到像平庸文人那样改头换面，把陈腐的东西变得新颖，还在那里自鸣得意，这是把自己贬低到了什么地步啊！

我曾经对人说，我生平有两个绝技，自己无用武之地，别人却也用不了，真是可惜了。别人问我是什么绝技，我回答说，一个是辨审音乐，一个是置造园亭。我生性喜欢填词，写作了许多作品，世人有目共见。如果我自己有条件能够亲自挑选优伶，让他们唱我自己撰写的词曲，我亲自教他们唱教他们演，不要说新写的作品可以与流行的唱法不同，即便是以前的传奇作品，我也会去除旧习，加入新鲜的格调，让旧作品别开生面，这是我的一个绝技。我的另一个绝技就是建造园林和庭院，这方面我也能因地制宜，不拘成见，每一个椽子我都要别出心裁，让经过这地方、进入这房屋的人，都像在读我李笠翁的书一样，虽然没有八斗之才，却也别有一番雅致的情趣。这难道不是给当今这个太平盛世、文明之国增加点缀的一个工具吗？唉，我已经老了，不中用了。请让我只做一个简略的概述，以供有这种爱好的人来参考。如果看了以后能有所收获，就像面对着我自己，那么这篇文章也算是有助于我们之间的神交了。

建造房屋这件事，最忌讳的是奢靡浪费。不仅平民百姓应该崇尚俭朴，即便是王公贵族也应该视节俭为风尚。因为居室的建造可贵的是精妙而不是华丽，是新奇雅致而不是纤巧烂漫。凡是只追求富丽堂皇的人，不是因为真的喜欢这样，而是因为他做不到标新立异，除了富丽堂皇以外就没有什么长处，就只能用富丽堂皇来敷衍塞责了。比如有个人有两件新衣服，如果让两个人来试穿，一个看上去素雅而新奇，另一个看上去辉煌却平易，旁观的人注意到的是平易的那件，还是新奇的那件？绫罗绸缎，谁不知道贵重，但是又有谁没有见过？普通的衣裳，只要做法新颖，就会成为大家目光的焦点，因为大家都没有见过。我所说的，都是没有多大花费的小事，即便有所破费，也不到雕栏画栋的百分之一。而且有古语云："耕当问奴，织当访婢。"我是一个贫寒的人，所知道的也仅是寒酸之事。

如果想要炫耀自己的富贵，而且想用华丽胜过别人，那么有的是以前旧样式可以效仿。新的样式人们没有见过，即便一一道来，也很难说尽，必须要绘图做样来进行说明，然而并不是所有东西都可以通过绘图来传达，有的能画出来，有的画不出来。画不出来的十有八九，能画出来的不过十分之一。通过画出来的来掌握没有画出的，这就靠聪明人的领悟能力了。

向背

屋以面南为正向。然不可必得，则面北者宜虚其后，以受南薰；面东者虚右，面西者虚左，亦犹是也。如东、西、北皆无余地，则开窗借天以补之。牖之大者，可抵小门二扇；穴之高者，可敌低窗二扇，不可不知也。

译文

房屋以面朝南方为正向，然而不可能所有房屋全都朝南，所以面朝北的应该在后面留出空地，这样可以接受南面的阳光。面朝东的应该在右边留出空地，面朝西的留出左边，也是这个道理。如果东、西、北面都没有空地，可以开窗户借光来进行弥补。大的窗户能抵得上两扇小门，高的窗户能抵得上两扇低窗，这些都是不能不知道的。

途　径

径莫便于捷，而又莫妙于迂。凡有故作迂途，以取别致者，必另开耳门一扇，以便家人之奔走，急则开之，缓则闭之，斯雅俗俱利，而理致兼收矣。

译文

道路最方便的莫过于捷径，然而最美妙的却是迂回婉转。凡是故意把路修成通幽曲径以追求别致的，一定要另开一扇侧门，以方便家人出入，遇到紧急情况就把侧门打开，平日无事就把它关上，这样的话雅俗两便，既合理又别致。

高　下

房舍忌似平原，须有高下之势，不独园圃为然，居宅亦应如是。前卑后高，理之常也。然地不如是，而强欲如是，亦病其拘。总有因地制宜之法：高者造屋，卑者建楼，一法也；卑处叠石为山，高处浚水为池，二法也。又有因其高而愈高之，竖阁磊峰于峻坡之上；因其卑而愈卑之，穿塘凿井于下湿之区。总无一定之法，神而明之，存乎其人[①]，此非可以遥授方略者矣。

注释

①神而明之，存乎其人：出自《周易·系辞上》："化而裁之，存乎变；推而行之，存乎通；神而明之，存乎其人。"

译文

房屋不应该像平原一样，要有高下起伏之势，不但园林是这样，住宅也应该这样。前面低后面高，这是常理。但如果地形不是这样却硬要将房屋盖成这样，也是犯了拘泥成规的毛病。总有因地制宜的方法：地形高的地方造平房，地势低的地方建楼房，这是一个方法；低处用石头垒成假山，高处则引水成池，这又是一个方法。还可以将高的地方继续加高，在高坡上建楼造山，将低的地方继续降低，在低洼潮湿的地方挖塘凿井。总之，不要拘泥于现成的方法，要掌握其中的奥妙，还要靠每个人自己的领会，这不是通过文字就可以传授个大概的。

出檐深浅

居宅无论精粗，总以能避风雨为贵。常有画栋雕梁，琼楼玉栏，而止可娱晴，不堪坐雨者，非失之太敞，则病于过峻。故柱不宜长，长为招雨之媒；窗不宜多，多为匿风之薮；务使虚实相半，长短得宜。又有贫士之家，房舍宽而余地少，欲作深檐以障风雨，则苦于暗；欲置长牖以受光明，则虑在阴。剂其两难，则有添置活檐一法。何为活檐？法于瓦檐之下，另设板棚一扇，置转轴于两头，可撑可下。晴则反撑，使正面向下，以当檐外顶格；雨则正撑，使正面向上，以承檐溜。是我能用天，而天不能窘我矣。

译文

住宅无所谓精美还是粗糙，贵在能够遮风避雨。有的宅院虽有雕梁画栋，玉栏琼楼，却只能在晴天消遣，不能在雨天使用，不是过于宽敞，就是过于高大。所以柱子不宜太长，太长的话不能遮雨；窗户不宜太多，太多的话就成了风窟窿；一定要虚实相半，长短得宜。还有的贫寒之家，把房屋造得太宽大，剩余的空地就很少，想要把屋檐伸长来遮风挡雨，却苦于伸长之后房间太过阴暗；想要把窗户加长来接受阳光，却又担心阴天下雨。调节这种两难的处境，有一个添加活檐的方法。什么是活檐？就是瓦檐下面另外放置一扇板棚，在两头安装上转轴，可以撑起来也可以放下去。晴天的时候就反着撑起来，使它正面朝下，把它当作檐外的顶格；下雨的时候就正着撑起来，让它正面向上，用来接着檐上流下的雨水。这样就使我能利用天气的变化，而天气则奈何不了我了。

置顶格

精室不见椽瓦，或以板覆，或用纸糊，以掩屋上之丑态，名为“顶格”，天下皆然。予独怪其法制未善。何也？常因屋高檐矮，意欲取平，遂抑高者就下，顶格一概齐檐，使高敞有用之区，委之不见不闻，以为鼠窟，良可慨也。亦有不忍弃此，竟以顶板贴椽，仍作屋形，高其中而卑其前后者，又不美观，而病其呆笨。予为新制，以顶格为斗笠之形，可方可圆，四面皆下，而独高其中。且无多费，仍是平格之板料，但令工匠画定尺寸，旋而去之。如作圆形，则中间旋下一段是弃物矣，即用弃物作顶，升之于上，止增周围一段竖板，长仅尺许，少者一层，多则二层，随人所好，方者亦然。造成之后，若糊以纸，又可于竖板之上，裱贴字画，圆者类手卷，方者类册叶，简而文，新而妥，以质高明，必当取其有裨。长方者可用竖板作门，时开时闭，则当壁橱四张，纳无限器物于中，而不之觉也。

译文

精致的房屋从里面是看不到椽和瓦的，有的用木板覆盖着，有的用纸糊起来，这样可以掩盖屋顶的丑态，这叫作“顶格”。普天之下的房子都是这样，唯独我却认为这种方法并不完善。为什么这么说？人们常常因为房屋高而屋檐矮，想要让两者持平，所以就迁就比较低的屋檐，把顶格弄得和屋檐一样高，把本来又高又宽敞的有用区域盖得严严实实，成了老鼠窝，实在是值得感慨。也有的人不忍心放弃这块地方，竟然将顶板贴着椽子，虽然仍然是屋子的形状，但是中间高前后低，既不美观，又显得呆笨。我发明出一种新的方法，把顶格做成斗笠的形状，可以是方的也可以是圆的，四周都向下，只有中间是高的。这样做也不费料，还是平格的那些板料，只需要让工匠把尺寸画定，将四周多余的旋而去之就行了。如果做成圆形的，那么中间切下的一段就是废料了，用这些废弃的板料可以作顶，把它放到高处，只需要在它周围增加一段一尺来长的竖板就行了，少的可以一层，多的可以两层，随个人的喜好，方形的顶格也是一样。造好之后，如果糊纸的话，还可以在竖板上面，裱贴上字画，圆形的类似手卷，方形的类似册叶，既简单又有文艺气息，既新颖又合适，就算去请教高明的人，也一定会认为这样做大有裨益。长方形的可以用竖板当作门，随时开关自如，当作四张壁橱使用，里面能放许多东西，外面却看不到。

甃地[①]

古人茅茨土阶，虽崇俭朴，亦以法制未尽备也。惟幕天者可以席地，梁栋既设，即有阶除，与戴冠者不可跣足，同一理也。且土不覆砖，尝苦其湿，又易生尘。有用板作地者，又病其步履有声，喧而不寂。以三和土甃地，筑之极坚，使完好如石，最为丰俭得宜。而又有不便于人者：若和灰和土不用盐卤，则燥而易裂；用之发潮，又不利于天阴。且砖可挪移，而甃成之土不可挪移，日后改迁，遂成弃物，是又不宜用也。不若仍用砖铺，止在磨与不磨之间，别其丰俭，有力者磨之使光，无力者听其自糙。予谓极糙之砖，犹愈于极光之土。但能自运机杼，使小者间大，方者合圆，别成文理，或作冰裂，或肖龟纹，收牛溲马勃入药笼[2]，用之得宜，其价值反在参苓之上[3]。此种调度，言之易而行之甚难，仅存其说而已。

注释

① 甃 zhòu 地：以砖、石等砌地。

② 牛溲马勃：比喻运用得宜的话，无用之物可以变为有用。牛溲，指车前草，利小便。马勃，一种菌类，可治疮。

③ 参苓：人参和茯苓。

译文

古人在土阶上盖茅屋居住，虽然这样崇尚简朴，却也是因为建造房屋的技术不够完备。只有把天当成帐幕的人才会把地当席，既然盖好了梁和栋，就要有台阶，这和戴帽子的人不能光着脚是一个道理。况且土地上如果不铺上砖，既可能会被潮湿所困扰，又易生尘土。有的人用木板铺地，又担心走路时步履有声，不够安静。

用三和土来铺地，可以修筑得极其坚固，像石头一样完好，是最为丰俭得宜的方法。然而三和土也有不方便的地方：如果石灰与土和好后不用盐卤一下的话，就会太干燥而容易开裂；用盐卤的话却容易发潮，不利于阴雨天。而且砖可以挪动，砌好的土却不能挪动，以后如果搬家，便成了废弃之物，所以三和土也不适宜使用。不用三和土，仍然用砖铺地的话，铺得精致还是简朴就看打磨不打磨了，有能力的人就把砖打磨得闪闪发亮，没有能力的只能听之任之。我认为即便是最粗糙的砖，也比最光亮的三和土要好。只要能够自己钻研琢磨，让大砖和小砖相间，方砖和圆砖相配，构成一种文理图案，或者如冰裂的形状，或者像龟背上的花纹，就像车前草和马蹄包这两种东西如果运用得宜的话，其价值反而在人参和茯苓之上。这种搭配，说起来容易做起来难，我也是仅仅提出来说一说罢了。

洒　扫

精美之房，宜勤洒扫。然洒扫中亦具大段学问，非僮仆所能知也。欲去浮尘，先用水洒，此古人传示之法，今世行之者，十中不得一二。盖因童子性懒，虑有汲水之烦，止扫不洒，是以两事并为一事，惜其力也。久之习为固然，非特童子忘之，并主人亦不知扫地之先，更有一事矣。彼但知两者并一是省事法，殊不知因其懒也，遂以一事化为数十事。服役者既以为苦，而指使者亦觉其繁，然总不知此数十事者，皆从一事苟简而生之者也。

精舍之内，自明窗净几而外，尚有图书翰墨、古董器玩之种种，无一不忌浮尘。不洒而扫，是以红尘掺物，物物皆受其蒙，并栋梁之上、榱桷之间亦生障翳，势必逐件擦磨，始现本来面目，手不停挥者，半日才能竣事，不亦劳乎？若能先洒后扫，则扫过之后，只须麈尾一拂[①]，一日清晨之事毕矣，何指使服役之纷纷哉？此洒水之不容已也。然勤扫不如勤洒，人则知之；多洒不如轻扫，人则未知之也。饶其善洒，不能处处皆遍，究竟干地居多，服役者不知，以其既经洒湿，则任意挥扫无妨。扬尘舞蹈之际，障翳之生也更多，故运帚切记勿重；匪特勿重，每于歇手之际，必使帚尾着地，勿令悬空，如扫一帚起一帚，则与挥扇无异，是扬灰使起，非抑尘使伏也。此是一法。又有闭门扫地之诀，不可不知。如人先扫房舍，后及阶除，则将房舍之门紧闭，俟扫完阶除后，略停片刻，然后开门，始无灰尘入户之患。臧获不知，以为房舍扫完，其事毕矣，此后渐及门外，与内绝不相蒙，岂知有顾此失彼之患哉！顺风扬灰，一帚可当十帚，较之未扫更甚。此皆世人所忽，故拈出告之，然未免饶舌。洒扫二事，势必相因，缺一不可，然亦有时以孤行为妙，是又不可不知。先洒后扫，言其常也，若旦旦如是，则土胶于水，积而不去，日厚一日，砖板受其虚名，而有土阶之实矣。故洒过数日，必留一日勿洒，止令童子轻轻用帚，不致扬尘，是数日所积者一朝去之，则水土交相为用，而不交相为害矣。

注释

① 麈 zhǔ 尾：即拂尘。麈，古书上指鹿一类的动物。

译文

精美的房屋应该勤去洒水打扫。然而洒水打扫中也有很大的学问，不是僮役奴仆能明白的。要想去除浮尘，就要先洒水，这是古人所传下来的方法，然而现在还能做到这一点的，十个人中也没有一两个。因为干活的童子生性懒惰，往往嫌打水麻烦，所以就只扫地不洒水，把两件事并成了一件事，不舍得卖力。久而久之成了习惯，不仅童子忘了洒水，连主人也不知道在扫地之前，还有洒水一事。他们只知道两件事合在一起是省事，却不知道因为仆人太懒，一件事会变成几十件事。干活的人觉得痛苦，而指挥的人也觉得繁琐。然而殊不知这几十件事，都是因为在一件事上偷懒造成的。

精美的房间内，除了明窗净几之外，还有图书翰墨、古董器玩等等，这些东西全都忌讳有浮尘。如果不洒水就清扫，就会尘土飞扬，样样东西都被灰尘所影响，连房屋的栋梁之上、椽木之间都会蒙上灰尘，结果势必要把每一件东西都擦磨一遍，才能让它恢复本来面目。手不停地挥拭，也需要半天才能完事，不是太辛苦了吗？如果能先洒水再打扫，那么扫过以后，只需用拂尘拂拭一下，一个早晨就可以打扫完了，哪里还需要主人忙着指挥、仆人忙着干活呢？所以洒水这个步骤是不能省去的。然而就算人们明白了勤打扫不如勤洒水的道理，却未必知道多洒水不如轻轻扫的道理。就算善于洒水，也不可能到处都洒到，毕竟还是干的地面占多数，干活的人不知道这一点，以为既然洒过水了，就可以随意挥扫，扬起的灰尘到处飞舞，蒙上灰尘的地方也就更多，所以挥扫帚一定不能过重，不仅不能过重，每当歇手的时候，必须让扫帚尾部挨着地面，不能让扫帚悬空，如果扫一下扬一下扫帚，那么就跟挥扇子没什么区别了，只能把灰尘扬起来，而不是抑伏灰尘。这是一种方法。还有一种关门扫地的方法也不可不知。如果先扫房屋，然后再扫台阶，那么可以把房屋的门紧闭，等扫完台阶之后，稍等一会儿再开屋门，这样就不会有灰尘进入屋内。仆人们不知道这一点，以为屋子扫完就没事了，等到后来扫到门外的时候，和屋子也没什么关系，他哪里知道会有顾此失彼的隐患啊！顺风扬灰，扫一下扬起的灰可以抵得上平时的十下，比没扫的时候还厉害。这都是世人所忽略的，所以我挑出来告诉大家，然而未免有些啰嗦。洒水和打扫这两件事，相辅相成，缺一不可，然而有的时候却是只做其中的一件为妙，这又是不能不知道的。先洒水再扫地，这指的是一般情况，如果每天都这样做，那么灰土就和砖黏在一起，日积月累，一天比一天厚，不容易除去，说是砖板铺地，实际上却成了土阶地面。所以洒水几天之后，一定要留一天不洒水，只让童子轻轻地用扫帚扫一扫，不至于扬起灰尘。这样，几天积起的灰尘一次就清除了，水和土都被利用，也不会互相影响而产生危害。

藏垢纳污

欲营精洁之房，先设藏垢纳污之地。何也？爱精喜洁之士，一物不整齐，即如目中生刺，势必去之而后已。然一人之身，百工之所为备[①]，能保物物皆精乎？且如文人之手，刻不停批；绣女之躬，时难罢刺。唾绒满地，金屋为之不光；残稿盈庭，精舍因而欠好。是极韵之物，尚能使人不韵，况其他乎？故必于精舍左右，另设小屋一间，有如复道，俗名“套房”是也。凡有败笺弃纸、垢砚秃毫之类，卒急不能料理者，姑置其间，以俟暇时检点。妇人之闺阁亦然，残脂剩粉无日无之，净之将不胜其净也。此房无论大小，但期必备。如贫家不能办此，则以箱笼代之，案旁榻后皆可置。先有容拙之地，而后能施其巧，此藏垢之不容已也。至于纳污之区，更不可少。凡人有饮即有溺，有食即有便。如厕之时尚少，可于溷厕之外，不必另筹去路。至于溺之为数，一日不知凡几，若不择地而遗，则净土皆成粪壤，如或避洁就污，则往来仆仆，是率天下而路也。此为寻常好洁者言之。若夫文人运腕，每至得意疾书之际，机锋一转，则断不可续。然而寝食可废，便溺不可废也。“官急不如私急”，俗不云乎？常有得句将书而阻于溺，及溺后觅之杳不可得者，予往往验之，故营此最急。当于书室之旁，穴墙为孔，嵌以小竹，使遗在内而流于外，秽气罔闻，有若未尝溺者，无论阴晴寒暑，可以不出户庭。此予自为计者，而亦举以示人，其无隐讳可知也。

注释

①一人之身，百工之所为备：语出《孟子·滕文公上》，原意指社会分工不同，每个人各司其职，一个人身上的所用之物，需要有多种工匠的工作来完备。原文为："且一人之身，而百工之所为备。如必自为而后用之，是率天下而路也。"下文中的"率天下而路"也出自本句，意思是让天下人都疲惫不堪。

译文

想要让房屋精致洁净，先要安设好能够藏污纳垢的地方。为什么这样做？喜欢干净整洁的人，就算看到有一件东西不整齐，也好像眼中生刺一样，一定要把它除去才行。然而一个人身上的所用之物，需要各种工匠的工作来提供，怎么能保证每一件东西都整洁精致？就像文人的手一刻不停地写文章，刺绣的女子一直在刺绣。废弃的绒线掉落满地，即便是金屋也会因此毫无光彩；写剩下的残稿充满庭院，精致的房舍也因此缺少美好。本来都是极富雅致的事，却因为污垢而失去雅致，何况其他的事呢？所以一定要在精致的住宅旁边另设一个小屋，就像楼阁里的复道一样，俗称"套房"。凡是有需要丢弃的信笺和废纸、不用的砚台和毛笔之类，只要来不及处理的，就暂且都放入这间小房，等到将来有空的时候再进行检点。妇人的闺房也是一样，用剩下的残脂剩粉每天都有，收拾都收拾不过来。这个套房的大小如何无关紧要，但是一定要有。如果贫寒的家庭没办法做到，可以用箱笼来代替套房，放在几案旁边或床榻后面都可以。先要有容纳脏物的地方，然后才能展示精巧，所以容纳脏物的地方必不可少。

至于容纳污水的地方，更是必不可少。凡是人都要喝水吃饭，于是也就有便溺。大便的次数还算少，除了厕所之外，不用再找其他地方。然而小便却是一天不知道要去几次，如果不挑选地方解决，就会让净土也变成粪土了。如果避开干净的地方，只在脏的地方小便，那么来来回回，给大家平添麻烦。这是针对平时就爱好干净的人来说的。如果文人提笔写字，每次正当得意疾书的时候，万一灵感一断，就很难再续上了。然而即便可以做到废寝忘食，却做不到不去小便。俗话不是说“官急不如私急”吗？常常有人偶得佳句，将要写下来的时候却被便意所阻碍，等到上过厕所之后却再也找不到写作的感觉了，我常常就是这样，所以解决这件事才是最要紧的。应该在书房旁边的墙上钻一个孔，在里面镶嵌一根小竹棍，这样虽然在屋里小便却可以流到墙外，连秽气也闻不到，好像从未在屋内小便一样。无论阴晴寒暑都可以足不出户解决内急。这是我自己想出来的办法，现在也拿出来告诉别人，可见我已经没什么隐瞒的了。

山石第五

幽斋磊石，原非得已。不能致身岩下，与木石居，故以一卷代山，一勺代水，所谓无聊之极思也。然能变城市为山林，招飞来峰使居平地[①]，自是神仙妙术，假手于人以示奇者也，不得以小技目之。且磊石成山，另是一种学问，别是一番智巧。尽有丘壑填胸、烟云绕笔之韵士，命之画水题山，顷刻千岩万壑，及倩磊斋头片石，其技立穷，似向盲人问道者。故从来叠山名手，俱非能诗善绘之人。见其随举一石，颠倒置之，无不苍古成文，纡回入画，此正造物之巧于示奇也。譬之扶乩召仙[②]，所题之诗与所判之字，随手便成法帖，落笔尽是佳词，询之召仙术士，尚有不明其义者。若出自工书善咏之手，焉知不自人心捏造？妙在不善咏者使咏，不工书者命书，然后知运动机关，全由神力。其叠山磊石，不用文人韵士，而偏令此辈擅长者，其理亦若是也。然造物鬼神之技，亦有工拙雅俗之分，以主人之去取为去取。主人雅而喜工，则工且雅者至矣；主人俗而容拙，则拙而俗者来矣。有费累万金钱，而使山不成山、石不成石者，亦是造物鬼神作祟，为之摹神写像，以肖其为人也。一花一石，位置得宜，主人神情已见乎此矣，奚俟察言观貌，而后识别其人哉？

注释

①飞来峰：杭州灵隐寺前的飞来峰，又名灵鹫峰。

②扶乩 jī：道教的一种占卜方法，又称扶箕、扶鸾。

译文

在幽静的宅院里把石头垒成假山，这原本是不得已的事情。因为自己不能置身于大自然中与青山绿水相伴，所以只能造出假山和池塘来代替，这也是没有办法的办法。然而能把城市变成山林，把飞来峰移到平地上，自然也是一种神仙妙术借助人的手来显灵，展现了神奇的一面，所以不能被视为雕虫小技。而且，把石头垒成假山也是一门学问，别有一番巧智。有的文人雅士妙笔生花、胸中自有丘壑，如果让他画山水画，顷刻间便能画出千岩万壑，然而如果让他在房屋旁边垒哪怕一片石头，他也会马上黔驴技穷，如同向盲人问路一样。所以，叠山垒石的能手从来都不是能诗善绘的文人雅士。看着垒石能手随便举起一块石头，颠倒一放，便都古朴苍劲可以成文，又迂回婉转可以入画，这就是造物主善于展示神奇的地方。正如占卜问仙的时候，术士所写的诗句和判字，随手写成便是法帖，只要下笔就是佳句，问召仙的术士本人，他却不知道自己写的是什么意思。如果是出自擅长书法、精于作诗的人之手，怎么会知道不是他自己捏造出来的呢？妙就妙在能够让不精于作诗的人作出佳句，不擅长书法的人写出好字，这才能看出其中的奥秘全有赖于神力相助。叠山垒石这样的工作，之所以文人雅士们不擅长，而这些人却擅长，正是这个道理。然而造物的鬼斧神工却也有巧拙雅俗之分，这都取决于主人的喜好。主人喜欢高雅精致，那么造出来的山石也就高雅精致；主人如果庸俗笨拙，那么造出来的山石也就庸俗笨拙。有人花费巨资，却弄得山不成山、石不成石，这也是造物鬼神在作祟，在为主人摹神写像，来模仿他的为人。一花一石，只要位置得宜，就可以反映出主人的品味和情趣，哪还用等到面对面察言观色才能知道他的为人？

大　山

山之小者易工，大者难好。予遨游一生，遍览名园，从未见有盈亩累丈之山，能无补缀穿凿之痕，遥望与真山无异者。犹之文章一道，结构全体难，敷陈零段易。唐宋八大家之文，全以气魄胜人，不必句栉字篦，一望而知为名作。以其先有成局，而后修饰词华，故粗览细观同一致也。若夫间架未立，才自笔生，由前幅而生中幅，由中幅而生后幅，是谓以文作文，亦是水到渠成之妙境；然但可近视，不耐远观，远观则襞襀缝纫之痕出矣。书画之理亦然。名流墨迹，悬在中堂，隔寻丈而观之，不知何者为山，何者为水，何处是亭台树木，即字之笔画杳不能辨，而只览全幅规模，便足令人称许。何也？气魄胜人，而全体章法之不谬也。至于累石成山之法，大半皆无成局，犹之以文作文，逐段滋生者耳。名手亦然，矧庸匠乎？然则欲累巨石者，将如何而可？必俟唐宋诸大家复出，以八斗才人，变为五丁力士①，而后可使运斤乎？抑分一座大山为数十座小山，穷年俯视，以藏其拙乎？曰：不难。用以土代石之法，既减人工，又省物力，且有天然委曲之妙。混假山于真山之中，使人不能辨者，其法莫妙于此。累高广之山，全用碎石，则如百衲僧衣，求一无缝处而不得，此其所以不耐观也。以土间之，则可泯然无迹，且便于种树。树根盘固，与石比坚，且树大叶繁，混然一色，不辨其为谁石谁土。立于真山左右，有能辨为积累而成者乎？此法不论石多石少，亦不必定求土石相半，土多则是土山带石，石多则是石山带土。土石二物原不相离，石山离土，则草木不生，是童山矣②。

注释

① 五丁力士：据汉代扬雄《蜀王本纪》记载："天为蜀王生五丁力士，能献山，秦王献美女与蜀王，蜀王遣五丁迎女。见一大蛇入山穴中，五丁并引蛇，山崩，秦五女皆上山，化为石。"晋代常璩《华阳国志·蜀志》所记载的事迹与此略同。

② 童山：不生草木的山。

译文

小的假山容易造得精致，大山却很难造好。我一生遨游四海，游遍各地的名园，从来没有见过有哪个一亩以上、好几丈高的大型假山能够没有补缀穿凿的痕迹，远远看去能和真山一样的。这和写文章一个道理，把握整体的结构比较困难，而在零星的段落里修饰铺陈却容易。唐宋八大家的文章，全部都以气魄胜人，不必去一字一句地斟酌，打眼一看就知道是名作。因为这些文章都是先有整体上的布局，然后才在词句上进行修饰，所以不管是泛泛阅读还是仔细揣摩，水平都是一样的。如果没有大的框架，只凭自己的文思泉涌，自然而然地写下去，从前面写到中间，从中间写到结尾，这叫作以文作文，也有一种水到渠成的奇妙境界；然而这种写法只能从近处细看，不能远观，远观的话就能看出明显的拼凑缝纫的痕迹。书画也是一个道理。名家的墨迹悬挂在厅堂，隔着一丈多远去观看，即便看不出来哪里是山，哪里是水，哪里是亭台树木，连画上题字的笔画都看不清，但只看一个画的大概，便足以让人称赞了。为什么会这样？这就是气魄胜人，整体布局上没有错误。至于垒石造假山的方法，大半却没有整体上的布局，就像以文作文的逐段滋生一样。连造山名手也是这样，更何况一般的平庸匠人呢？那么想要垒巨石造大山的人该怎么办呢？一定要等到唐宋的各位大家再生，并让他们那种才高八斗的文人变为五丁力士，然后再运斧造山吗？或者把一座大山分成几十座小山，一年到头俯视它们，来掩饰它们的拙劣吗？其实造大山并不难。可以用以土代石的方法，这样既减少了人工，又节省了物力，而且还能保持天然的巧妙。把假山混在真山之中，让人分辨不出来，这种方法是最巧妙的了。如果用碎石去垒又高又大的假山，就像和尚的百衲衣一样，到处都是拼凑的痕迹，这就是为什么石头垒的大山不耐看的原因。如果用土混在里面，就可以做到泯然而无痕迹，而且还便于种树。树根盘在其中，和石头一样坚固，而且树大叶繁，和山石浑然一色，让人分辨不出哪里是山哪里是土。如果把这假山放在真山旁边，谁能分辨出来是人工堆积成的？这种方法可以不计较用多少石头，也不一定非要土石各占一半，土多的话就是土山上带些石头，石多的话就是石山上带些土。土石这两种东西本来就不分离，石头山上如果没有土就会寸草不生，成了不生草木的秃山。

小　山

小山亦不可无土，但以石作主，而土附之。土之不可胜石者，以石可壁立，而土则易崩，必仗石为藩篱故也。外石内土，此从来不易之法。言山石之美者，俱在透、漏、瘦三字。此通于彼，彼通于此，若有道路可行，所谓透也；石上有眼，四面玲珑，所谓漏也；壁立当空，孤峙无倚，所谓瘦也。然透、瘦二字在在宜然，漏则不应太甚。若处处有眼，则似窑内烧成之瓦器，有尺寸限在其中，一隙不容偶闭者矣。塞极而通，偶然一见，始与石性相符。瘦小之山，全要顶宽麓窄，根脚一大，虽有美状，不足观矣。石眼忌圆，即有生成之圆者，亦粘碎石于旁，使有棱角，以避混全之体。石纹石色取其相同，如粗纹与粗纹当并一处，细纹与细纹宜在一方，紫碧青红，各以类聚是也。然分别太甚，至其相悬接壤处，反觉异同，不若随取随得，变化从心之为便。至于石性，则不可不依；拂其性而用之，非止不耐观，且难持久。石性维何？斜正纵横之理路是也。

译文

小山也不能没有土，但应该以石头为主，用土作为附属。之所以以石头为主，是因为石头可以竖立起来，而土则容易崩塌，需要依仗石头作为屏障。外面用石头里面用土，这是一成不变的定法。凡是称赞山石秀美的，都离不开“透”“漏”“瘦”这三个字。山石彼此相通，好像有道路可行，这就是“透”；石头上有孔，四面玲珑，这就是“漏”；山石壁立，孤峙无倚，这就是“瘦”。然而“透”和“瘦”可以多多益善，“漏”却不应该太多。如果石头上处处有眼，那么就像是在窑里烧成的瓦器，大小本来有限，一个缝隙也容不得闭塞。闭塞到一定程度又会通畅，石头上偶尔看见一个孔，这才与石头的本性相符。瘦小的假山，全都要山顶宽山脚窄，山脚如果大的话，虽然也有漂亮的地方，但却不值得看了。石头上的孔不能是圆形的，即便石上本来就有圆孔，也要粘一些碎石在旁边，让它有棱有角，避免完全圆滑。石头的纹路和颜色要相同，比如粗纹要和粗纹放在一起，细纹要和细纹放在一起，紫碧青红各种颜色也要各自归类放置。然而如果区分太过严格的话，每到接壤的地方，反而感觉差别很大，不如随手取用，随心放置比较好。至于石头的本性，则不能不依从；如果违背了石头的本性去使用它，不但不耐看，还难以持久。石头的本性是什么？就是它斜正纵横的文理。

石　壁

假山之好，人有同心；独不知为峭壁，是可谓叶公之好龙矣。山之为地，非宽不可；壁则挺然直上，有如劲竹孤桐，斋头但有隙地，皆可为之。且山形曲折，取势为难，手笔稍庸，便贻大方之诮。壁则无他奇巧，其势有若累墙，但稍稍纡回出入之，其体嶙峋，仰观如削，便与穷崖绝壑无异。且山之与壁，其势相因，又可并行而不悖者。凡累石之家，正面为山，背面皆可作壁。匪特前斜后直，物理皆然，如椅榻舟车之类；即山之本性亦复如是，逶迤其前者，未有不崭绝其后，故峭壁之设，诚不可已。

但壁后忌作平原，令人一览而尽。须有一物焉蔽之，使座客仰观不能穷其颠末，斯有万丈悬岩之势，而绝壁之名为不虚矣。蔽之者维何？曰：非亭即屋。或面壁而居，或负墙而立，但使目与檐齐，不见石丈人之脱巾露顶[1]，则尽致矣。石壁不定在山后，或左或右，无一不可，但取其地势相宜。或原有亭屋，而以此壁代照墙，亦甚便也。

注释

①石丈人：宋叶梦得《石林燕语》卷十："米芾诙谐好奇……知无为军，初入州廨，见立石颇奇，喜曰：此足以当我拜。遂命左右取袍笏拜之，每呼曰'石丈'。"后用为奇石的代称。

译文

人人都喜欢假山，然而却只知假山不知石壁，这可称得上是叶公好龙了。修假山需要的地方要够宽敞才行，而石壁则挺然直上，好像劲竹孤桐，只要房前有一点空地，就可以垒一个峭壁出来。而且假山形状曲折，很难把握起伏之势，手笔稍有平庸，便会贻笑大方。石壁则没有什么特殊的技巧，就像垒墙一样，不过稍微纡回婉转一些就行了。只要形状嶙峋，仰望时好像刀削一般，那么就和真正的穷崖绝壑差不多了。而且假山和石壁的形状是相辅相成的，两者可以并行不悖。凡是垒石造山的人家，如果正面垒了假山，那么背面都可以垒成石壁。前面斜、后面直，符合事物本来的规律，椅子、床榻、车船之类的都是如此；而且山的本性也是这样，前面绵延逶迤的，后面都是陡峭如刀削一般，所以垒石壁是必不可少的。但是，石壁的后面不宜留下空地，让人一览无余。应该有一个东西来遮挡，让在座的客人仰望的时候不能看到顶部，这样才有万丈悬崖的气势，绝壁也就不是徒有虚名了。用什么东西来遮挡呢？答案不是亭子就是房屋。或者面对着石壁，或者背对着院墙，只要能使视线和屋檐齐平，看不到石壁的顶部，就恰到好处了。石壁不一定非要垒在假山后面，左边或右边都可以，只要与其他地势相符就可以了。或者原来就有亭子和房屋，而石壁正好可以用来代替照墙，也是很方便的。

石　洞

假山无论大小，其中皆可作洞。洞亦不必求宽，宽则藉以坐人。如其太小，不能容膝，则以他屋联之，屋中亦置小石数块，与此洞若断若连，是使屋与洞混而为一，虽居屋中，与坐洞中无异矣。洞中宜空少许，贮水其中而故作漏隙，使涓滴之声从上而下，旦夕皆然。置身其中者，有不六月寒生，而谓真居幽谷者，吾不信也。

译文

假山无论大小，都可以在里面做洞。洞也不需要太宽，宽到可以坐人就可以。如果石洞很小，可以和其他房屋连在一起，屋里也放几块小石头，和这个石洞若断若连，这样房屋便和石洞合而为一，虽然住在屋里，却和坐在洞中一样了。石洞里可以空出来一小块地方，存一些水在里面，故意做出可以漏水出来的缝隙，这样涓涓水声自上而下，日夜不断。置身于这样的石洞之中，如果不能在六月天感觉到寒意，并且觉得自己真的是身居幽谷之中，我是不相信的。

零星小石

贫士之家，有好石之心而无其力者，不必定作假山。一卷特立，安置有情，时时坐卧其旁，即可慰泉石膏肓之癖。若谓如拳之石亦须钱买，则此物亦能效用于人，岂徒为观瞻而设？使其平而可坐，则与椅榻同功；使其斜而可倚，则与栏杆并力；使其肩背稍平，可置香炉茗具，则又可代几案。花前月下，有此待人，又不妨于露处，则省他物运动之劳，使得久而不坏，名虽石也，而实则器矣。且捣衣之砧，同一石也，需之不惜其费；石虽无用，独不可作捣衣之砧乎？王子猷劝人种竹[①]，予复劝人立石；有此君不可无此丈。同一不急之务，而好为是谆谆者，以人之一生，他病可有，俗不可有；得此二物，便可当医，与施药饵济人，同一婆心之自发也。

注释

①王子猷（338—386）：王徽之，字子猷，东晋琅邪临沂（今属山东）人，大书法家王羲之之子。

译文

贫寒的人家，虽然有爱好假山的心却没有能力置办的，也不一定非要垒假山不可。一块别致的石头，如果安置得有情趣，不时坐卧在它旁边，也可以宽慰自己对泉水山石的爱恋。如果认为拳头大小的石头也必须用钱去买，那么这个东西也能为人所用，难道仅仅是为了观赏才买的吗？把它放平可以坐，它就和椅榻有同样的功能；把它斜着放可以倚靠，它就发挥了栏杆的作用；如果它肩背恰好稍稍平整，还可以放置香炉茶具，那么它又可以代替几案。花前月下，有这个东西可以使用，又不怕露天摆放，不仅省去搬弄其他东西的辛劳，而且经久耐用，名字虽然叫作石头，实际上却是一种器具了。而且捣衣服用的砧也是石头，同样都是石头，需要它的时候就不觉得是浪费钱财，石头再没有用，难道还做不了捣衣服的砧板吗？王子猷曾经劝人种竹子，我又劝人立石，因为有了竹不能没有石。这两样东西都不是人所急需的，然而我却在这里谆谆劝导，是因为人的一生，别的病可以有，俗气病却不能有；有了竹和石这两样东西，便可以医治这种俗气病，这和送药救人都是出于同一片仁爱之心。

器玩部

制度第一

人无贵贱，家无贫富，饮食器皿，皆所必需。“一人之身，百工之所为备。”子舆氏尝言之矣。至于玩好之物，惟富贵者需之，贫贱之家，其制可以不问。然而粗用之物，制度果精，入于王侯之家，亦可同乎玩好；宝玉之器，磨砻不善，传于子孙之手，货之不值一钱。知精粗一理，即知富贵贫贱同一致也。予生也贱，又罹奇穷，珍物宝玩虽云未尝入手，然经寓目者颇多。每登荣朊之堂[①]，见其辉煌错落者星布棋列，此心未尝不动，亦未尝随见随动，因其材美，而取材以制用者未尽善也。至入寒俭之家，睹彼以柴为扉，以瓮作牖，大有黄虞三代之风，而又怪其纯用自然，不加区画。如瓮可为牖也，取瓮之碎裂者联之，使大小相错，则同一瓮也，而有哥窑冰裂之纹矣。柴可为扉也，取柴之入画者为之，使疏密中窾，则同一扉也，而有农户儒门之别矣。人谓变俗为雅，犹之点铁成金，惟具山林经济者能此[②]，乌可责之一切？予曰：垒雪成狮，伐竹为马，三尺童子皆优为之，岂童子亦抱经济乎？有耳目即有聪明，有心思即有智巧，但苦自画为愚，未尝竭思穷虑以试之耳。

注释

① 荣朊 wǔ：富贵荣华，华美。朊，盛、多。

② 经济：治理国家。

译文

人无论贫富贵贱，都需要用到饮食器皿。“一人之身，百工之所为备。”孟子曾经这样说过。至于各种玩物，就只有富贵之人才会需要了，贫贱的人家，可以忽略这种东西。然而即便是日常用的物品，如果制作精良的话，放在王公贵族的家中，也可以和玩好之物一样；纵然是珠宝玉器，如果雕琢制作不善，即使传到子孙手中，也是不值一钱。懂得了这个精致和粗糙的辩证关系，就知道富贵和贫贱也是一样的道理。我出身本就低贱，又遭遇穷困，虽然说珍贵的玩物不曾入手，然而经眼见过的却也不少。每次到富贵华美的人家，看到珍宝玩物星罗棋布、错落有致，我也未尝没有心动，然而也不是看到什么都会心动，因为有的东西用材虽然精美，而取材制作的人却没能善加利用。当我进入贫寒朴素的人家，看到他们用柴做门，用瓮做窗，颇有上古时期的简朴风范，然而我又会嫌弃他们只会使用自然的东西，而不会加以设计规划。比如用瓮来做窗户，可以取瓮的碎片连在一起，让它们大小相错，那么还是那个瓮，却有了哥窑瓷器的冰裂纹路。同样用木柴做门，如果能选取好看的木柴，让它们疏密有致，那么同样一扇木门，却有普通农户的门和儒士之门的区别。有人说变俗为雅就像点铁成金一样神奇，只有具有雄才大略的人才能做到，怎么可能人人都如此？我却说：用雪堆狮子，砍竹子做成马，连小孩子都能做得很好，难道说小孩子也有雄才大略吗？有耳目就能耳清目明，有心思就会有巧智。怕的是自己认为自己愚笨，不去挖空心思钻研试验而已。

几　案

予初观《燕几图》①，服其人之聪明什佰于我，因自置无力，遍求置此者，讯其果能适用与否，卒之未得其人。夫我竭此大段心思，不可不谓经营惨淡，而人莫之则效者，其故何居？以其太涉繁琐，而且无此极大之屋，尽列其间，以观全势故也。凡人制物，务使人人可备，家家可用，始为布帛菽粟之才，不则售冕旒而沽玉食，难乎其为购者矣。故予所言，务舍高远而求卑近。几案之设，予以庀材无资，尚未经营及此。

但思欲置几案，其中有三小物必不可少。一曰抽替。此世所原有者也，然多忽略其事，而有设有不设。不知此一物也，有之斯逸，无此则劳，且可藉为容懒藏拙之地。文人所需，如简牍刀锥、丹铅胶糊之属，无一可少，虽曰司之有人，藏之别有其处，究竟不能随取随得，役之如左右手也。予性卞急，往往呼童不至，即自任其劳。书室之地，无论远近迂捷，总以举足为烦，若抽替一设，则凡卒急所需之物尽纳其中，非特取之如寄，且若有神物俟乎其中，以听主人之命者。至于废稿残牍，有如落叶飞尘，随扫随有，除之不尽，颇为明窗净几之累，亦可暂时藏纳，以俟祝融，所谓容懒藏拙之地是也。知此则不独书案为然，即抚琴观画、供佛延宾之座，俱应有此。一事有一事之需，一物备一物之用。《诗》云："童子佩觿[②]"《鲁论》云："去丧无所不佩[③]。"人身且然，况为器乎？

一曰隔板，此予所独置也。冬月围炉，不能不设几席。火气上炎，每致桌面台心为之碎裂，不可不预为计也。当于未寒之先，另设活板一块，可用可去，衬于桌面之下，或以绳悬，或以钩挂，或于造桌之时，先作机彀以待之④，使之待受火气，焦则另换，为费不多。此珍惜器具之婆心，虑其暴殄天物，以惜福也。

一曰桌撒。此物不用钱买，但于匠作挥斤之际，主人费启口之劳，僮仆用举手之力，即可取之无穷，用之不竭。从来几案与地不能两平，挪移之时必相高低长短，而为桌撒，非特寻砖觅瓦时费辛勤，而且相称为难，非损高以就低，即截长而补短，此虽极微极琐之事，然亦同于临渴凿井，天下古今之通病也，请为世人药之。凡人兴造之际，竹头木屑，何地无之？但取其长不逾寸，宽不过指，而一头极薄，一头稍厚者，拾而存之，多多益善，以备挪台撒脚之用。如台脚所虚者少，则止入薄者，而留其有余者于脚外，不则尽数入之。是止一寸之木，而备高低长短数则之用，又未尝费我一钱，岂非极便于人之事乎？但须加以油漆，勿露竹头木屑之本形。何也？一则使之与桌同色，虽有若无；一则恐童子扫地之时，不能记忆，仍谬认为竹头木屑而去之，势必朝朝更换，将亦不胜其烦；加以油漆，则知为有用之器而存之矣。只此极细一着，而有两意存焉，况大者乎？劳一人以逸天下，予非无功于世者也。

注释

①《燕几图》：北宋黄伯思（1079—1118）所撰，是一本古代的组合家具图册。

②童子佩觿 xī：出自《诗经·卫风·芄兰》："芄兰之支，童子佩觿。虽则佩觿，能不我知？"觿，象骨制的小锥，古代成年贵族佩戴的饰物，用来解衣带的结。童子佩觿就显得不伦不类。

③去丧无所不佩：出自《论语·乡党》。

④机彀 gòu：机关。

译文

我初看《燕几图》的时候，佩服作者的聪明程度比我强十倍百倍。因为我自己没有能力置办图上的几案，便到处寻找置办了这种几案的人，想要问一问是否真的能够适用，然而却从来没有找到。我费了这么大的心思，不可不说是惨淡经营，然而却没有找到效仿的人，这是为什么？因为《燕几图》上的几案太繁琐，而且没有那么大的房间可以全部放置，并能够看到全貌。凡是制作物品，务必要让人人可以承担，家家都能使用，这样才能像布匹粮食一样普及，不然的话就像卖皇冠售御膳一样，难得有人能够购买。所以我认为要舍弃不切实际的空想，要追求贴近生活的实用。我自己没有资金来购买材料，所以也就没有置办几案。但是想一想，如果置办几案的话，其中有三个小东西是必不可少的。

第一个是抽屉，这是世间本来就有的，然而被许多人所忽略，有的设置了有的则没有。殊不知这样的东西，有的话就很方便，没有的话便平添麻烦，而且可以作为藏拙容懒的地方。文人所需要的比如简牍、刀锥、丹铅、胶糊之类的，没有一样可以缺少，虽然有专人负责，也有专门放置这些东西的地方，但毕竟不能随取随得，使用起来像左右手一样方便。我是个性急之人，叫不到书童的时候就常常自己去取。然而书房之中，不管近还是远，只要抬脚就觉得麻烦。但如果有了抽屉，凡是急需的东西都可以装进去，不仅取时方便，而且好像东西都有如神助，随时听命于主人。至于废稿残牍，则好像落叶飞尘一样，边扫边落，扫也扫不完，成为窗明几净之屋的累赘，这些东西也可以暂时放在抽屉之中，等到积攒到一定程度就付之一炬，这就是我说抽屉是藏拙容懒的地方的原因。知道了这个道理，就知道不仅书案要有抽屉，抚琴观画、供佛延宾的地方都应该设有抽屉。一件事有一件事的需求，一个物品有一个物品的用处。《诗经》上面说："童子佩觿。"《鲁论》上讲："去丧无所不佩。"人身上佩戴的东西尚且这样，更何况器物呢？

还有一个东西是隔板。这是我自己独创的。寒冷的冬日围着火炉，不能不安放一个几案，然而火气上升，常常会把桌面台心烘烤碎裂，这就不能不提前有所防备。应该在天还没有冷之前，在桌面下部装上一块活动的木板，可以安上也可以去掉，或者用绳子系住，或者用钩子挂住，抑或在造几案的时候就做一个机关。围炉烤火时这块木板会先受到火气烘烤，等到烤焦后就另换一个，也不会花费多少钱。这是我珍惜器具的一片苦心，担心浪费好东西，也是知道珍惜自己的福气。

第三个叫作桌撒。这个东西不用花钱去买，只需要在工匠制作几案的时候，主人动一下口，仆人动一下手，就可以取之不尽、用之不竭。几案在地面上从来都很难放平，挪动的时候必定会出现高低长短的差别。如果先做桌撒来垫桌子，不仅寻砖觅瓦时大费周折，而且很难与几案相匹配，不是损高就低，就是截长补短，这虽然是极其细微琐碎的事情，然而却和口渴的时候才知道凿井是一个道理，是天下古今的通病，请让我来为世人开一服治病的药。人们在兴建房屋和制作器物的时候，竹头木屑这些东西哪个地方没有？只要选取其中长不过一寸，宽不过一指，一头非常薄，一头稍稍厚些的保存起来，越多越好，准备将来垫桌脚的时候用。如果桌角和地面间的空隙很小，就用薄的一头垫，把厚的部分留在外面，如果空隙大，就全部垫进去。这样的话，虽然只是一寸长的木条，便可以用于高低长短各种情况，又不用花一文钱，难道不是非常方便的事吗？只是要注意用油漆上色，不要露出竹头木屑的本来面目。为什么？一个是要和桌子同色，让人看不出来；另一个是防止童子扫地的时候误以为是没用的竹头木屑，不留神给扫去，那样的话势必要天天更换，令人不胜其烦；加上油漆，就知道这是有用的物品而保留下来。只是这么微小的一个细节，便有两种意义，何况更大的事情？我一个人的辛劳换来了天下人的安逸，看来我对世人也不是没有功劳的。

椅　杌

器之坐者有三：曰椅，曰杌[①]，曰凳。三者之制，以时论之，今胜于古，以地论之，北不如南；维扬之木器，姑苏之竹器，可谓甲于古今，冠乎天下矣，予何能赘一词哉！但有二法未备，予特创而补之，一曰暖椅，一曰凉杌。予冬月著书，身则畏寒，砚则苦冻，欲多设盆炭，使满室俱温，非止所费不资，且几案易于生尘，不终日而成灰烬世界。若止设大小二炉以温手足，则厚于四肢而薄于诸体，是一身而自分冬夏，并耳目心思，亦可自号孤臣孽子矣。

计万全而筹尽适，此暖椅之制所由来也。制法列图于后。一物而充数物之用，所利于人者，不止御寒而已也。盛暑之月，流胶铄金，以手按之，无物不同汤火，况木能生此者乎？凉杌亦同他杌，但杌面必空其中，有如方匣，四围及底，俱以油灰嵌之，上覆方瓦一片。此瓦须向窑内定烧，江西福建为最，宜兴次之，各就地之远近，约同志数人，敛出其资，倩人携带，为费亦无多也。先汲凉水贮杌内，以瓦盖之，务使下面着水，其冷如冰，热复换水，水止数瓢，为力亦无多也。其不为椅而为杌者，夏月少近一物，少受一物之暑气，四面无障，取其透风；为椅则上段之料势必用木，两胁及背又有物以障之，是止顾一臀而周身皆不问矣。此制易晓，图说皆可不备。

注释

① 杌 wù：小矮凳。

译文

用来坐的器具有三种：椅子、杌子、凳子。这三种东西的制作，按照时间上说，现代的要比古代的好；按照地域上说，北方的不如南方的。扬州的木器、苏州的竹器，可以说古今天下无出其右，我又怎么能妄加评论呢？但是还有两种制法不够完备，我特意创制出来进行补充，一个叫作暖椅，一个叫作凉杌。

我冬天写书，既害怕身体寒冷，又害怕砚台上冻，想要多弄一些炭火盆让整个屋子都暖和，但是这样做不但花销巨大，而且几案上容易有灰尘，很快便成了灰烬的世界。如果只放置一大一小两个炉子来保持手脚的温暖，那么对四肢和身体其他部分厚此薄彼，就让一个身体分别置于冬夏两季，耳目心思也被遗弃不管。想一个万全之计，发明一个让全身都舒适的方法，这就是我研制暖椅的由来。制作方法列图于本文之后。这一样东西可以当好几样东西来用，对于人的便利不仅仅局限在御寒而已。

盛夏酷暑的时候，橡胶和金属都被烤得要熔化，任何东西手摸上去都像摸到开水和烈火一样，况且木头本来就可以用来生火？凉杌和其他杌子一样，但是杌面下面必须像方匣子一样是空的，四周和底部都用油灰嵌着，上面盖上一片方瓦。这个方瓦需要向窑厂定做，最好是江西和福建的窑厂，宜兴的其次。根据地方的远近，可以约几个有同样需求的人一起出钱定做并差人携带，费用不会太多。先打来凉水存储在杌子里面，用瓦盖上，一定要使瓦片下面挨着水，它就会凉得像冰一样，等到感到瓦片热的时候再换水，只需要几瓢水，也不会太费力。之所以不做成椅子而做成杌子，是因为夏天的时候，少接触一个东西，就少受一个东西的暑气，杌子四面都没有障碍，要的就是这种透风的效果。如果做成椅子，那么上半部分的用料一定是木材，两肋和背部又有东西挡着，所以就只照顾到臀部，周身其他地方就不管了。这个凉杌的做法很容易明白，就不用画图来说明了。

李渔设计的暖椅

暖椅式

如太师椅而稍宽，彼止取容臀，而此则周身全纳故也。如睡翁椅而稍直，彼止利于睡，而此则坐卧咸宜，坐多而卧少也。前后置门，两旁实镶以板，臀下足下俱用栅。用栅者，透火气也；用板者，使暖气纤毫不泄也；前后置门者，前进人而后进火也。然欲省事，则后门可以不设，进人之处亦可以进火。此椅之妙，全在安抽替于脚栅之下。只此一物，御尽奇寒，使五官四肢均受其利而弗觉。另置扶手匣一具，其前后尺寸，倍于轿内所用者。入门坐定，置此匣于前，以代几案。倍于轿内所用者，欲置笔砚及书本故也。抽替以板为之，底嵌薄砖，四围镶铜。所贮之灰，务求极细，如炉内烧香所用者。置炭其中，上以灰覆，则火气不烈而满座皆温，是隆冬时别一世界。况又为费极廉，自朝抵暮，止用小炭四块，晓用二块至午，午换二块至晚。此四炭者，秤之不满四两，而一日之内，可享室暖无冬之福，此其利于身者也。若至利于身而无益于事，仍是宴安之具，此则不然。扶手用板，镂去掌大一片，以极薄端砚补之，胶以生漆，不问而知火气上蒸，砚石常暖，永无呵冻之劳，此又利于事者也。不宁惟是，炭上加灰，灰上置香，坐斯椅也，扑鼻而来者，只觉芬芳竟日，是椅也，而又可以代炉。炉之为香也散，此之为香也聚，由是观之，不止代炉，而且差胜于炉矣。有人斯有体，有体斯有衣，焚此香也，自下而升者能使氤氲透骨，是椅也，而又可代薰笼。薰笼之受衣也，止能数件；此物之受衣也，遂及通身。迹是论之，非止代一薰笼，且代数薰笼矣。倦而思眠，倚枕可以暂息，是一有座之床。饥而就食，凭几可以加餐，是一无足之案。游山访友，何烦另觅肩舆[①]，只须加以柱杠，覆以衣顶，则冲寒冒雪，体有余温，子猷之舟可弃也[②]，浩然之驴可废也[③]，又是一可坐可眠之轿。日将暮矣，尽纳枕簟于其中，不须臾而被窝尽热；晓欲起也，先置衣履于其内，未转睫而襦裤皆温。是身也，事也，床也，案也，轿也，炉也，薰笼也，定省晨昏之孝子也[④]，送暖偎寒之贤妇也，总以一物焉代之。苍颉造字而天雨粟，鬼夜哭，以造化灵秘之气泄尽而无遗也。此制一出，得无重犯斯忌，而重杞人之忧乎？

注释

①肩舆：轿子。

②子猷之舟：据《世说新语·任诞》载："王子猷居

山阴，夜大雪。眠觉开室，命酌酒。四望皎然，因起彷徨，咏左思《招隐诗》。忽忆戴安道。时戴在剡，即便夜乘小船就之。经宿方至，造门不前而返。人问其故，王曰：'吾本乘兴而行，兴尽而返。何必见戴！'"

③ 浩然之驴：据说唐代诗人孟浩然喜欢在长安城外的灞桥附近骑着毛驴寻找写诗的灵感。

④ 定省晨昏：出自《礼记·曲礼上》："凡为人子之礼，冬温而夏凊，昏定而晨省。"指儿子晚间服侍父母就寝，早上省视问安。

译文

暖椅像太师椅但是比它稍宽，太师椅只能刚好容下臀部，暖椅则是把周身全部容纳进去。像睡椅但又比睡椅稍直，睡椅用来躺着睡觉，而暖椅则是躺和坐都可以，坐的时候多躺的时候少。暖椅前后各有一扇门，两边安有木板，臀部下面和脚下都装有栅栏。用栅栏是为了让火气透出来；用木板是为了让暖气完全保留下来；前后安门是为了前面进人后面进火。然而如果想省事的话，后门可以不要，进人的地方也可以进火。暖椅巧妙的地方在于脚下的栅栏下安装了抽屉。这个东西可以抵御非常寒冷的天气，让人的五官和四肢在不知不觉中感受到温暖。另外还有一个扶手匣，比轿子里面用的大一倍。进入暖椅坐好以后，把这个扶手匣放在前面代替几案，可以盛放笔砚和书本。抽屉也是由木板制成，下面铺上薄砖，四周镶上铜壁。抽屉里面放上像香炉里面用的那种非常细腻的炭灰，把木炭放进去，上面再铺上炭灰，这样火气不会太猛烈，而整个暖椅都会温暖，在隆冬时节里别有洞天。何况这种方法成本十分低廉，从早到晚只需要四块小木炭就可以了，早上到中午用两块，中午到晚上再用两块。这四块木炭称一称还不到四两，然而却能享受到一天的温暖，这是暖椅对于自身的好处。如果这个东西只是对自身有利却不利于做事，那么它还只是安逸享乐的工具罢了，但暖椅却不是如此。在做扶手的木板上挖去巴掌大的一片，放上一个很薄的端砚来代替，用生漆粘上，不用想就知道火气上升的时候还可以保证砚石的温暖，永远不用在冬天去呵冻砚台了，这就是暖椅对于做事的好处。不但如此，木炭上铺上炭灰，炭灰上还可以焚香，这样坐在暖椅里面，闻着扑鼻而来的芬芳，椅子又可以代替香炉。而且香炉的香气四散在各处，暖椅的香气却聚集在一起，从这方面看，暖椅不仅能代替香炉，甚至还胜过香炉。有人就有身体，有身体就有衣服，在暖椅里焚香，从下到上整个人都沉浸在香气里，因此这个椅子还可以代替薰笼。薰笼一次只能薰几件衣服，而暖椅则可以薰遍全身。从这点看，暖椅代替的不只是一个薰笼，而是好几个薰笼。疲倦的时候想要睡觉，倚着枕头可以暂时休息，暖椅成了一个有座的床。饥饿的时候吃东西，在几案前就可以用餐，暖椅又成了一个没有脚的桌子。游山访友的时候何必再寻找轿子，只需用杠子把暖椅抬着，上面再加上顶子，即便顶风冒雪，身体也还是温暖的。王子猷的小舟，孟浩然的毛驴都可以不要了，暖椅就是一个既可以坐也可以睡的轿子。天要黑的时候，把卧具都拿进来，不一会儿被窝里就热起来了；早晨要起来之前，先把衣服鞋子放进去，一转眼衣服鞋子都暖和了。这个暖椅既利于身也利于事，既是床又是桌，既是轿又是炉，还是薰笼，既是早晚服侍的孝子，又是送暖偎寒的贤妻，这一个东西都给代替了。苍颉造字的时候天上下粟米，鬼神在夜里哭泣，因为造化的灵秘之气完全泄露到了人间。我发明暖椅，应该不会再次犯这个禁忌，造成不必要的担忧吧！

床　帐

人生百年，所历之时，日居其半，夜居其半。日间所处之地，或堂或庑，或舟或车，总无一定之在，而夜间所处，则止有一床。是床也者，乃我半生相共之物，较之结发糟糠，犹分先后者也。人之待物，其最厚者，当莫过此。然怪当世之人，其于求田问舍，则性命以之，而寝处晏息之地，莫不务从苟简，以其只有己见，而无人见故也。若是，则妻妾婢媵是人中之榻也，亦因己见而人不见，悉听其为无盐嫫姆[①]，蓬头垢面而莫之讯乎？予则不然。每迁一地，必先营卧榻而后及其他，以妻妾为人中之榻，而床笫乃榻中之人也。欲新其制，苦乏匠资；但于修饰床帐之具，经营寝处之方，则未尝不竭尽绵力，犹之贫士得妻，不能变村妆为国色，但令勤加盥栉，多施膏沐而已。

其法维何？一曰床令生花，二曰帐使有骨，三曰帐宜加锁，四曰床要着裙。曷云"床令生花"？夫瓶花盆卉，文人案头所时有也，日则相亲，夜则相背，虽有天香扑鼻，国色昵人，一至昏黄就寝之时，即欲不为纨扇之捐，不可得矣。殊不知白昼闻香，不若黄昏嗅味。白昼闻香，其香仅在口鼻；黄昏嗅味，其味真入梦魂。法于床帐之内先设托板，以为坐花之具；而托板又勿露板形，妙在鼻受花香，俨若身眠树下，不知其为妆造也者。先为小柱二根，暗钉床后，而以帐悬其外。托板不可太大，长止尺许，宽可数寸，其下又用小木数段，制为三角架子，用极细之钉，隔帐钉于柱上，而后以板架之，务使极固。架定之后，用彩色纱罗制成一物，或像怪石一卷，或作彩云数朵，护于板外以掩其形。中间高出数寸，三面使与帐平，而以线缝其上，竟似帐上绣出之物，似吴门堆花之式是也。若欲全体相称，则或画或绣，满帐俱作梅花，而以托板为虬枝老干，或作悬崖突出之石，无一不可。帐中有此，凡得名花异卉可作清供者，日则与之同堂，夜则携之共寝。即使群芳偶缺，万卉将穷，又有炉内龙涎、盘中佛手与木瓜、香楠等物可以相继。若是，则身非身也，蝶也，飞眠宿食尽在花间；人非人也，仙也，行起坐卧无非乐境。予尝于梦酣睡足、将觉未觉之时，忽嗅蜡梅之香，咽喉齿颊尽带幽芬，似从脏腑中出，不觉身轻欲举，谓此身必不复在人间世矣。既醒，语妻孥曰："我辈何人，遽有此乐，得无折尽平生之福乎？"妻孥曰："久贱常贫，未必不由于此。"此实事，非欺人语也。

曷云"帐使有骨"？床居外，帐居内，常也。亦有反此旧制，而使帐出床外者，善则善矣，其如夏月驱蚊，匿于床栏曲折之处，有若负嵎，欲求美观，而以膏血殉之，非长策也，不若仍从旧制。其不从旧制，而使帐出床外者，以床有端正之体，帐无方直之形，百计撑持，终难服贴，总以四角之近柱者软而无骨，不能肖柱以为形，有犄角抵牾之势也，故须别为赋形，而使之有骨。用不粗不细之竹，制为一顶及四柱，俟帐已挂定而后撑之，是床内有床，旧制之便与新制之精，二者兼而有之矣。床顶及柱，令置轿者为之，其价颇廉，仅费中人一饭之资耳。

曷云"帐宜加锁"？设帐之故有二：蔽风、隔蚊是也。蔽风之利十之三，隔蚊之功十之七，然隔蚊以此，闭蚊于中而使之不得出者亦以此。蚊之为物也，体极柔而性极勇，形极微而机极诈。薄暮而驱，彼宁受奔驰之苦，挞伐之危，守死而弗去者十之八九。及其去也，又必择地而攻，乘虚以入。昆虫庶类之善用兵法者，莫过于蚊。其择地也，每弃后而攻前；其乘虚也，必舍垣而窥户。帐前两幅之交接处，皆其据险扼要，伏兵伺我之区也。或于风动帐开之际，或于取器入溺之时，一隙可乘，遂鼓噪而入。法于门户交关之地，上、中、下共设三纽，若妇人之衣扣然。至取溺器时，先以一手绾帐，勿使大开，以一手提之使入，其出亦然。若是，则坚壁固垒，彼虽有奇勇异诈，亦无所施其能矣。至于驱除之法，当使人在帐中，空洞其外，始能出而无阻。世人逐蚊，皆立帐檐之下，使所开之处蔽其大半，是欲其出而闭之门也。犯此弊者十人而九，何其习而不察，亦至此乎？

曷云“床要着裙”？爱精美者，一物不使稍污。常有绮罗作帐，精其始而不能善其终，美其上而不得不污其下者，以贴枕着头之处，在妇人则有膏沐之痕，在男子亦多脑汗之迹，日积月累，无瑕者玷而可爱者憎矣，故着裙之法不可少。此法与增添顶柱之法相为表里。欲令着裙，先必使之生骨，无力不能胜衣也。即于四竹柱之下，各穴一孔，以三横竹内之，去簟尺许，与枕相平，而后以布作裙，穿于其上，则裙污而帐不污，裙可勤涤，而帐难频洗故也。至于枕簟被褥之设，不过取其夏凉冬暖，请以二语概之，曰：求凉之法，浇水不如透风；致暖之方，增绌不如加布。是予贫士所知者。至于羊羔美酒，亦足御寒，广厦重冰，尽堪避暑，理则固然，未尝亲试。“知之为知之，不知为不知”②，此圣贤无欺之学，不敢以细事而忽之也。

注释

①无盐嫫姆：均为古代著名丑女。无盐，姓钟离，

名春。相传为齐国无盐邑人，世称无盐女。其状貌丑陋无比，年四十而未嫁。无盐关心政事，有隐身之术，曾当面指责齐宣王奢淫腐败，宣王为之感动，乃“罢女乐，退谄谀”，并卜择吉日，立无盐为后。嫫姆，即嫫母，据说为黄帝的次妃。

②知之为知之，不知为不知：出自《论语·为政》。

译文

人生百年所经历的时光中，白天占一半，夜晚占一半。人白天所在的地方有可能是厅堂或者厢房，也可能是舟船或者车马，总之没有一个固定的地方，而夜晚就只能在床上。所以床是和我们相伴半生的东西，就是和结发的妻子相比，也有先来后到之分。人对待器物，最需要看重的，应该就是床了。然而奇怪的是，现在的世人在买田置地盖房子方面不惜花下血本，而对于就寝休息的床榻，则全都是随便凑合。因为他们觉得床只是自己的私人器物，别人看不到。如果这样有道理的话，那么妻妾婢媵这些女子算得上是人中的床榻了，因为她们也是只能自己看见而不能让别人看见的，但因此就能听凭她们蓬头垢面，弄成像无盐和嫫母那样的丑女却不管不问吗？我就不是这样。每次搬到一个地方，我都会先安置自己的床榻，然后再布置其他东西。因为妻妾是人中的床榻，而床榻对人来说则亲密如妻妾。我想对床榻的样式有所创新，却苦于没有匠资，但是对于修饰床帐、布置就寝的地方，我却从来都是竭尽全力，就像贫寒的人娶到了妻子，不能把村妇变为国色佳人，只好让她勤于梳洗打扮，多涂发脂润发。

如何修饰床帐呢？一是床令生花，二是帐使有骨，三是帐宜加锁，四是床要着裙。什么是“床令生花”？瓶中花和盆中卉是文人案头常有的东西，白天和它亲近，晚上却要分离，虽然有扑鼻的花香、动人的花色，但一到黄昏就寝的时候，就不得不把它当作秋后的扇子一样抛在一旁。殊不知白天闻花香不如黄昏就寝时闻花香。白天闻花香，香气仅仅在口鼻之中；黄昏嗅花味，香味却能进入梦中。方法是在床帐里面安装一个托板，用来放置花盆，托板不要露出板的形状，这样的妙处就在于花香扑鼻的时候俨然安眠于树下，察觉不出人为造作的痕迹。先做两根小柱子，暗中钉于床后，再用帐子悬在它外面。托板不能太长，长度一尺左右就行，宽度只需几寸，下面又用几段小木头做成三角架子，用非常细的钉子隔着帐子钉在柱子上，然后把托板架在上面，一定要架得牢固。架好之后，用彩色的纱罗做成像怪石或几朵彩云一样的东西，盖在托板的外面用来掩饰托板的形状。中间高出几寸，其他三面和帐子平行，用线缝在帐子上，这样就像是帐子上绣出来的东西，类似于苏州绣的堆花。如果想要整体上相称，那么就可以在整个帐子上全部绣上梅花，画上去也可以，把托板做成虬枝老干的形状，或者做成悬崖突石的形状，这些造型都可以。床帐里面有这样的东西，凡是得到什么名花异卉可供摆设观赏的，白天可以放在厅堂，晚上则可以带着它同床共寝。即便偶尔没有名花异草，也可以用香炉内的龙涎香、盘子里的佛手、木瓜、香楠等物来代替。这样的话，身体就不再是身体，而化茧成蝶，飞眠宿食尽在群花之间；人也不再是人，而飘飘然像神仙一般，行起坐卧全在极乐之境。我曾经在梦酣睡足、将醒而未醒的时候，忽然闻到腊梅的香味，从咽喉到牙齿和嘴巴全都带着芬芳的幽香，好像从五脏六腑中发出一样，不知不觉中感到身体飘飘欲仙，好像已经不在人间了。醒了之后，我告诉妻儿说："我算是什么人？居然能够享受这样的乐趣，该不会把平生的福气都用完了吧？"妻儿回答说："咱们长年累月贫贱，说不定是因为这个才有了回报吧。"这确实是事实，不是假话。

什么是"帐使有骨"呢？床在帐子外面，帐子在床里面，这是常理。但也有不遵守这种旧方式，而把帐子安置在床外面的。这样做好倒是好，怎奈夏天驱赶蚊子的时候，蚊子会藏匿在床栏的角落里，反而占据了有利地势，结果为了美观而牺牲了自己的脂血，这可不是长久之计，不如仍然沿用旧方式好。之所以有人不按照旧方式做，把帐子放在床外面，是因为床有端正的形状，然而帐子却没有，虽想尽办法把帐子撑起来，却很难办到，总是因为四角挨着柱子的地方软而无骨，不能像柱子一样有形，于是和柱子相抵而不能合拢。所以要让帐子有形，就要给它做骨架。用既不粗也不细的竹子做一个顶子和四个柱子，把帐子挂好以后再撑起来，这样就是床内有床，既兼顾了旧方式的便利又有了新方式的精致，二者兼而有之。这种顶子和柱子，让做轿子的人去做的话会非常便宜，仅需要一个普通人一顿饭的费用而已。

什么是“帐宜加锁”？设置帐子的原因有两个：一个是蔽风，另一个是隔蚊。这两个功能中蔽风占了三分，隔蚊占了七分。然而用帐子不仅可以把蚊子隔在帐外，也会把蚊子封闭在帐子里面出不去。蚊子这种东西，身体极其柔软而性情却十分勇猛，形体极其微小却十分狡诈。蚊子宁愿忍受奔波之苦和被打死的危险，在暮色将近的时候开始出现，宁死也赶不走的占了十之八九，即便被赶走的，也一定会找地方乘虚而入，继续攻击人。昆虫之中，最善于用兵法的就是蚊子了。蚊子挑选地方进攻的时候，往往会放弃后面进攻前面；蚊子乘虚而入的时候，一定会放弃墙壁而选择窗户。帐子前面两幅交接的地方都是蚊子占据有利位置，伺机进攻我们的地方。要么在风吹动帐子的时候，要么在我们自己拿来便器上厕所的时候，只要有一隙可乘，便嗡嗡地鼓噪着飞进来。那么有什么办法吗？办法就是在帐子接缝的地方安设上、中、下三个纽扣，就像妇人的衣扣一样。等到拿来便器的时候，先用一只手合上帐子，不让帐子门户大开，用另一只手提着便器拿进来，放出去的时候也是一样。这样就会壁垒坚固，蚊子再勇猛狡诈，也是无能为力。至于驱赶蚊子的方法，应该是人在帐子里，把帐子口让出来，这样蚊子飞出去的时候才不会受阻。世人驱赶蚊子，都是站在帐檐下面，身体挡着大半个开口处，想让蚊子出去却挡住了出去的门路。犯这种毛病的人十有八九，怎么能够习惯到这种程度而毫无觉察？

什么是“床要着裙”？爱好精致美观的人不会让任何东西稍有脏污。常常有人用绮罗做帐子，开始的时候还精致，到最后却不能坚持，上面能保持美观，下面却有脏污，因为头枕着的地方，女人容易留下发脂的痕迹，男人容易留下脑汗的污渍，日积月累，会让本来干净无瑕的床帐变得肮脏，本来可爱的绮罗也变得面目可憎，所以给床装裙摆的方法必不可少。这种方法和增添顶柱的方法互为表里。要装裙摆，一定要先有骨架，因为没有骨架的话就撑不起衣服。在四根竹柱子的下面各打一个孔，用三根横着的竹子插进去，比席子高出大概一尺，和枕头持平即可。然后用布作裙，穿在竹子上，这样的话帐裙变脏的时候帐子不会变脏，因为帐裙可以勤洗涤，帐子却不容易洗。至于枕席被褥这些东西，不过是为了能够冬暖夏凉而已。请让我用两句话概括：求凉的方法里，浇水不如透风；取暖的方法中，增细不如加布。这都是我这个贫寒之士的一些经验。用羊羔美酒也足以御寒，用广厦重冰完全可以避暑，这些道理我虽知道，却从来没有机会亲身尝试。“知之为知之，不知为不知”，这是圣贤告诫我们要诚实求知，不能因为事情的细微而忽略这一点。

橱　柜

造橱立柜，无他智巧，总以多容善纳为贵。尝有制体极大而所容甚少，反不若渺小其形而宽大其腹，有事半功倍之势者。制有善不善也。善制无他，止在多设搁板。橱之大者，不过两层、三层，至四层而止矣。若一层止备一层之用，则物之高者大者容此数件，而低者小者亦止容此数件矣。实其下而虚其上，岂非以上段有用之隙，置之无用之地哉？

当于每层之两旁，别钉细木二条，以备架板之用。板勿太宽，或及进身之半，或三分之一，用则活置其上，不则撤而去之。如此层所贮之物，其形低小，则上半截皆为余地，即以此板架之，是一层变为二层。总而计之，则一橱变为两橱，两柜合成一柜矣，所裨不亦多乎？或所贮之物，其形高大，则去而容之，未尝为板所困也。此是一法。

至于抽替之设，非但必不可少，且自多多益善。而一替之内，又必分为大小数格，以便分门别类，随所有而藏之，譬如生药铺中，有所谓“百眼橱”者。此非取法于物，乃朝廷设官之遗制，所谓五府六部群僚百执事，各有所居之地与所掌之簿书钱谷是也。医者若无此橱，药石之名盈千累百，用一物寻一物，则卢医扁鹊无暇疗病[①]，止能为刻舟求剑之人矣。此橱不但宜于医者，凡大家富室，皆当则而效之，至学士文人，更宜取法。能以一层分作数层，一格画为数格，是省取物之劳，以备作文著书之用。则思之思之，鬼神通之[②]；心无他役，而鬼神得效其灵矣。

注释

①卢医扁鹊：据《史记·扁鹊列传》记载，扁鹊“家于卢国，因命之曰卢医也”。卢医于是成为扁鹊的

别称，后来又与扁鹊并列，泛指良医。

②思之思之，鬼神通之：出自《管子·内业》："思之，思之，又重思之。思之而不通，鬼神将通之。"

译文

造橱立柜没有什么别的智慧和技巧，最重要的就是能够多容纳东西。有的橱柜体型巨大但容量很小，反而不如体型很小而容量巨大的，这样的橱柜有事半功倍的功效。橱柜的设计有好有坏。好的设计没有别的技巧，就是多设搁板。就算是大橱柜，也不过是两三层而已，最多四层。如果一层只当一层用，那么虽然大件物品还能容纳几件，但小的物品却也只能容纳几件。下面放满了上面却还空着，上面空着的地方岂不是浪费了？应该在每层的两边分别钉上两条细木，用来架上搁板。搁板不要太宽，有柜子深度的一半或三分之一就可以，用的时候就搁在上面，不用的时候便撤下来。如果这一层所放的物品都比较小，上半截都是空余的地方，那么就把搁板架上去，这样一层就变成了两层。总之，一个橱柜变成了两个橱柜，这样做难道不是有更多好处吗？如果这一层所放的物品比较高大，那么就把搁板去掉，这样也不会被搁板所影响。这是一种方法。

抽屉的设置不但必不可少，而且是多多益善。而且一个抽屉之内，还要分成大大小小的格子，以便分门别类，有什么就放什么，就像生药铺里的“百眼橱”一样。这种方法不是受到某种物品的启发，而是受到朝廷设置管理机构的影响，所谓的五府六部群僚百执事，各自都有自已的部门和职能。医生如果没有这种橱柜，那么各种药石的名字成百上千，用一种药的时候找一种药，那么就算是扁鹊也没有工夫去给人看病，只能像刻舟求剑的人那样了。这种橱柜不但对医生有用，凡是富贵之家都应该效法，而文人学士更应该学习。把一层分为两层，一格变为数格，就节省了取物的时间和功夫，省下来的精力可以用来作文著书。反复思考，鬼神也会相助；心无旁骛，鬼神也会赐予灵感。

箱笼箧笥

随身贮物之器，大者名曰箱笼，小者称为箧笥。制之之料，不出革、木、竹三种；为之关键者，又不出铜、铁二项，前人所制，亦云备矣。后之作者，未尝不竭尽心思，务为奇巧，总不出前人之范围；稍出范围即不适用，仅供把玩而已。予于诸物之体，未尝稍更，独怪其枢钮太庸，物而不化，尝为小变其制，亦足改观。法无他长，惟使有之若无，不见枢钮之迹而已。止备二式者，腹稿虽多，未经尝试，不敢以待验之方误人也。

予游东粤，见市廛所列之器，半属花梨、紫檀，制法之佳，可谓穷工极巧，止怪其镶铜裹锡，清浊不伦。无论四面包镶，锋棱埋没，即于加锁置键之地，务设铜枢，虽云制法不同，究竟多此一物。譬如一箱也，磨砻极光，照之如镜，镜中可使着屑乎？一笥也，攻治极精，抚之如玉，玉上可使生瑕乎？有人赠我一器，名“七星箱”，以中分七格，每格一替，有如星列故也。外系插盖，从上而下者。喜其不钉铜枢，尚未生瑕着屑，因筹所以关闭之。遂付工人，命于中心置一暗闩，以铜为之，藏于骨中而不觉，自后而前，抵于箱盖。盖上凿一小孔，勿透于外，止受暗闩少许，使抽之不动而已。乃以寸金小锁，锁于箱后。置之案上，有如浑金粹玉，全体昭然，不为一物所掩。觅关键而不得，似于无锁；窥中藏而不能，始求用钥。此其一也。

后游三山，见所制器皿无非雕漆，工则细巧绝伦，色则陆离可爱，亦病其设关置键之地难免赘瘤，以语工师，令其稍加变易。工师曰：“吾地般、倕颇多[①]，如其可变，不自今日始矣。欲泯其迹，必使无关键而后可。”予曰：“其然，岂其然乎？”因置暖椅告成，欲增一匣置于其上，以代几案，遂使为之。上下四旁，皆听工人自为雕漆，俟其成后，就所雕景物而区画之。前面有替可抽者，所雕系“博古图”②，樽罍钟磬之属是也；后面无替而平者，系折枝花卉，兰菊竹石是也。皆备五彩，视之光怪陆离。但抽替太阔，开闭时多不合缝，非左进右出，即右进左出。予顾而筹之，谓必一法可当二用，既泯关键之迹，又免出入之疵，使适用美观均收其利而后可。乃命工人亦制铜闩一条，贯于抽替之正中，而以薄板掩之，此板即作分中之界限。夫一替分为二格，乃物理之常，乌知有一物焉贯于其中，为前后通身之把握哉？得此一物贯于其中，则抽替之出入皆直如矢，永无左出右入、右出左入之患矣。前面所雕“博古图”，中系三足之鼎，列于两旁者一瓶一炉。予鼓掌大笑曰：“‘执柯伐柯，其则不远③。’即以其人之道，反治其身足矣！”遂付铜工，令依三物之成式，各制其一，钉于本等物色之上，鼎与炉瓶皆铜器也，尚欲肖其形与色而为之，况真者哉？不问而知其酷似矣。鼎之中心穴一小孔，置二小钮于旁，使抽替闭足之时，铜闩自内而出，与钮相平。闩与钮上俱有眼，加以寸金小锁，似鼎上原有之物，虽增而实未尝增也。锁则锁矣，抽开之时，手执何物？不几便于入而穷于出乎？曰：不然。瓶炉之上原当有耳，加以铜圈二枚，执此为柄，抽之不烦余力矣。此区画正面之法也。铜闩既从内出，必在后面生根，未有不透出本匣之背者，是铜皮一块与联络补缀之痕，俱不能泯矣。乌知又有一法，为天授而非人力者哉！所雕诸卉，菊在其中，菊色多黄，与铜相若，即以铜皮数层，剪千叶菊花一朵，以暗闩之透出者穿入其中，胶入甚固，若是则根深蒂固，谁得而动摇之？予于此一物也，纯用天工，未施人巧，若有鬼物伺乎其中，乞灵于我，为开生面者。

制之既成，工师告予曰："八闽之为雕漆，数百年于兹矣，四方之来购此者，亦百千万亿其人矣，从未见创法立规有如今日之奇巧者，请衍此法，以广其传。"予曰："姑迟之，俟新书告成，流布未晚。"窃恐世人先睹其物而后见其书，不知创自何人，反谓剿袭成功以为己有，讵非不白之冤哉？工师为谁？魏姓，字兰如；王姓，字孟明。闽省雕漆之佳，当推二人第一。自不操斤，但善于指使，轻财尚友，雅人也。

注释

①般、倕：春秋时期工匠鲁班与尧时工匠倕的并称，

后泛指巧匠。鲁班，姓公输，名般，春秋末期鲁国人，“般”和“班”同音通用，故也称鲁班。倕，相传为尧时巧匠，又称为巧倕。

②博古图：杂画的一种，将图画在器物上，形成装饰的工艺品，泛称“博古”。北宋宋徽宗曾命大臣编绘宣和殿所藏古器，修成《宣和博古图》三十卷。

③执柯伐柯，其则不远：出自《诗经·豳风·伐柯》：“伐柯伐柯，其则不远。我觏之子，笾豆有践。”“柯”指斧柄，“伐柯”指伐木做斧柄。

译文

随身储物的器具中，大的叫作箱笼，小的叫作箧笥。制作这些器具的材料，无非是皮革、木材、竹子三种，上面的机关无非用铜或铁制成。前人制作这种东西的工艺已经很完备了。后来的匠人未尝不竭尽心思追求奇特和巧妙，然而总不能超出前人的范围，稍稍超出范围便会出现不实用的地方，使所制的器具沦为仅供把玩的装饰品。我对于各种箱笼箧笥的形体也没有什么改进，只是觉得它们连接部位的锁具太过平庸、生硬而不知道变通，我曾经自己进行过一些小的改进，也可以让它们变得好看些。改进的方法没有别的，只是让连接的痕迹看不出来最好。我在这里只准备了两种方法，因为虽然设想过许多种，但是都没有经过尝试，不敢用没有经过验证的方法误导别人。

我游历广东东部的时候，看到市场上所陈列的箱笼一类的器具多半是花梨木和紫檀木所制作的，制作方法和工艺可以说极其精致巧妙，只可惜连接部位的镶铜裹锡清浊不一、不伦不类。且不说这些箱笼四周镶铜埋没了棱角，而且在加锁的地方一定会有一个铜枢，虽然铜枢的制法各异，但是毕竟感觉多出了这样东西。比如一个箱子，磨得像镜子一样光亮，可以让这个镜子被碎屑所污染吗？再比如一个小匣子，制作精美，摸上去像白玉一样，可以让这块白玉上有瑕疵吗？有人送给我一个箱子，名叫“七星箱”，因为里面分了七个格子，每个格子有一个抽屉，像繁星一样分布其中。箱子的外面自上而下有一个插盖。我喜欢这个箱子上面没有铜枢，正如镜子上没有碎屑、白玉上没有瑕疵，就考虑如何给它装一个锁。我把箱子拿给工匠，让他在中间安置一个铜制的暗闩，藏在箱壁中让人不能察觉，从后向前直到箱盖为止。在箱盖上凿一个小孔，但不要凿透，只让暗闩可以插进来一点，达到抽不动的效果就可以了。然后再用一寸大小的金锁，锁在箱子后面。这样把箱子放在桌子上，就有如浑金粹玉一样，浑身上下光滑明亮，没有任何多余的东西，看不到连接的开关和锁具，当想看里面的东西时却找不到门路，这才想到要用钥匙。这是一种情况。

后来我游历三山，见到那里的器皿都是雕漆所制，工艺细致巧妙精美绝伦，色彩光怪陆离十分可爱，但仍然觉得设置锁具的地方显得累赘，于是就告诉工匠，让他们做些改动。工匠说："我们这里有许多能工巧匠，如果能够改动的话早就改动了，不会等到今天。想要消除锁的痕迹，除非要把锁去掉才行。"我说："话是这么说，但真的是这样吗？"因为暖椅制作成功，我就想在上面放一个匣子用来取代几案，所以就让人去做。匣子的上下和四周，都听凭工匠自己雕漆，等到他做成以后，再根据所雕的景物来规划。前面有抽屉的地方，雕的是"博古图"，就是樽罍钟磬之类的东西，后面平坦没有抽屉的地方，雕的是折枝花卉、兰菊竹石之类的。这些雕漆都是五颜六色，看上去光怪陆离。但是抽屉太大，开闭的时候常常对不上缝，不是偏左就是偏右。我看了看想了想，觉得有一个方法可以一举两得，既消除了锁的痕迹，又解决了抽屉开合时的毛病，使实用和美观二者兼得。于是我让工匠制作了一条铜闩，贯穿在抽屉的正中间，再用薄板盖上，这块薄板就是从中间分开的界限。一个抽屉被分成了两个格子，这是表面上的道理，然而却不知道里面有个东西贯穿其中，从整体上控制着匣子。有这个铜闩贯穿匣子，抽屉的出入就像射出的箭一样笔直，永远不会向两边偏移。正面所雕的“博古图”，中间是一个三足鼎，两边是一个箸瓶和一个香炉。我拍手大笑，说道：“‘执柯伐柯，其则不远。’就以其人之道还治其人之身便可以了。”于是嘱咐铜匠，让他按照这三种东西的样子各制作了一个铜模型，钉在了图案上面，鼎和炉瓶本身就是铜器，图案本来就在形状与颜色上模仿实物，何况真的用铜去做成图案？不用说真是像极了。鼎的中间打一个小孔，两旁安置两个小钮，让抽屉完全关闭的时候，铜闩能够从里面露出来，和小钮持平。闩和钮上面都有小眼，把一寸大小的金锁安装在上面，好像鼎上面本来就有的东西一样，虽然增加了东西，实际上却没有增加。锁的时候不用说了，但抽开的时候手里没有东西可抓怎么办？这不是容易关而不容易开吗？其实不是的。箸瓶和香炉上面本来就应该有耳，就加两个铜圈在上面当作手柄，抽的时候也容易了。这就是设计正面的方法。铜闩既然从里面伸出来，后面一定要有根基，而根基一定会透到匣子的外面，这样的话后面的一块铜皮和补缀的痕迹就很难掩盖了。殊不知还有一个方法，也是机缘巧合的天意，而不是人力所能争取！匣子后面所雕的各种花卉中有菊花，菊花和铜一样是黄色，那么就用几层铜皮剪成一朵千叶菊花，用透出来的那段暗闩穿入这朵菊花，用胶粘牢固，这样便根深蒂固，谁还能够动摇呢？我在这件器物上，借用的都是自然的天意，没有用一点人工的雕琢，好像有鬼物藏在里面，赐予我灵感，赋予匣子这种别开生面的效果。

匣子制成的时候，工匠告诉我说："福建制作雕漆已经有数百年的历史了，四面八方来购买的人也不计其数，然而从没有创意设计这么巧妙的，请允许我推行这种方法，好让它流传更广。"我说："先不要急，等我新书写成的时候再流传也不晚。"我害怕世人先看到做好的东西，后看到我的书，这样就不知道是谁首创了这种方法，反而说我抄袭先有的方法并据为己有，那岂不是让我遭受了不白之冤？制作匣子的工匠是谁呢？一个姓魏，字兰如，另一个姓王，字孟明。福建省的雕漆技艺，这两人是最好的。他们自己不动手却善于指挥别人，轻视钱财却喜欢交朋友，都可以算得上风雅的人了。

骨　董

是编于骨董一项，缺而不备，盖有说焉。崇高古器之风，自汉魏晋唐以来，至今日而极矣。百金贸一卮，数百金购一鼎，犹有病其价廉工俭而不足用者。常有为一渺小之物，而费盈千累万之金钱，或弃整陌连阡之美产，皆不惜也。夫今人之重古物，非重其物，重其年久不坏；见古人所制与古人所用者，如对古人之足乐也。若是，则人与物之相去，又有间矣。设使制用此物之古人至今犹在，肯以盈千累万之金钱与整陌连阡之美产，易之而归，与之坐谈往事乎？吾知其必不为也。予尝谓人曰：物之最古者莫过于书，以其合古人之心思面貌而传者也。其书出自三代，读之如见三代之人；其书本乎黄虞，对之如生黄虞之世；舍此则皆物矣。物不能代古人言，况能揭出心思而现其面貌乎？古物原有可嗜，但宜崇尚于富贵之家，以其金银太多，藏之无具，不得不为长房缩地之法[①]，敛丈为尺，敛尺为寸，如“藏银不如藏金，藏金不如藏珠”之说，愈轻愈小，而愈便收藏故也。矧金银太多，则慢藏诲盗[②]，贸为骨董，非特穿窬不取，即误攫入手，犹将掷而去之。迹是而观，则骨董、金银为价之低昂，宜其倍蓰而无算也[③]。乃近世贫贱之家，往往效颦于富贵，见富贵者偶尚绮罗，则耻布帛为贱，必觅绮罗以肖之；见富贵者单崇珠翠，则鄙金玉为常，而假珠翠以代之。事事皆然，习以成性，故因其崇旧而黜新，亦不觉生今而反古。有八口晨炊不继，犹舍旦夕而问商周；一身活计茫然，宁遗妻孥而不卖骨董者。人心矫异，讵非世道之忧乎？予辑是编，事事皆崇俭朴，不敢侈谈珍玩，以为末俗扬波。且予窭人也，所置物价，自百文以及千文而止，购新犹患无力，况买旧乎？《诗》云："惟其有之，是以似之[④]。"生平不识骨董，亦借口维风，以藏其拙。

注释

① 长房缩地：出自晋葛洪《神仙传·壶公》，东汉方士费长房，汝南人，传说他会缩地术，能用神术缩短地上距离，使千里之外如在眼前。

② 慢藏诲盗：出自《易·系辞上》："慢藏诲盗，冶容诲淫。"意思是收藏财物如果不慎，等于诱人偷窃。

③ 倍蓰 xǐ：即是数倍的意思。倍，一倍。蓰，五倍。

④ 惟其有之，是以似之：语出《诗经·小雅·裳裳者华》。意思是因为他有能力，才有后人去学习他。似，通"嗣"，继承。

译文

这本书对于古董没有什么介绍，这是有原因的。自从汉魏晋唐以来就有崇尚古器的风尚，到今天更是发展到极致。一百两银子买一个卮，好几百两买一个鼎，即便这样还有人嫌弃这些古代器具价格低廉、工艺简陋、不足为用。常常有人为了一个很小的古董费尽千万金钱，或者放弃大片良田，而丝毫也不觉得可惜。当今世人看重古董，并不是看重这个物品本身，而是看重它能够经年累月却不损坏；看着古人所制作和使用的东西，仿佛面对着古人一样感到快乐。如果这样的话，那么人和物之间还是有距离的。假使制作这件器物的古人现在还在世，他肯用千万金钱和大片良田美产把这个东西换回去，并和它一起坐谈往事吗？我知道他肯定不会这样做的。

我曾经对人说，最古老的东西莫过于书，因为它符合了古人的心思面貌而得以流传。一本书如果出自夏商周三代，那么读这本书就仿佛见到了三代时期的古人；一本书如果来自黄帝、虞舜时期，那么面对它就像重新生活在那个时代。除此之外就都是普通的器物了。器物并不能代替古人来说话，更不要说揭示古人的心思，展现古人的面貌了。

古代的器物原本也有值得喜好的地方，但只适合那些富贵人家去崇尚，因为这些人金银太多，没有地方藏，于是不得不用缩地法这种法术，变丈为尺，缩尺为寸，正如“藏银不如藏金，藏金不如藏珠”这种说法一样，越是轻小，越便于收藏。何况金银太多还容易招来盗贼，买成古董，不但翻墙爬壁的小偷不会拿，即便误拿了，也会把它丢掉。从这点来看，古董和金银价值高低的对比就算翻好几倍也无法计算了。而近来贫寒的人家往往也效仿富贵人家，见到富贵的人一时间崇尚绫罗绸缎，就觉得用布帛做衣服很低贱，一定要找绸缎来模仿；见到富贵的人只崇尚珍珠翡翠，就觉得黄金白玉太过普通，而用珍珠翡翠来代替。任何事上都是这样，渐渐成为习惯，因为富人们崇尚古董而看不上现代器物，所以就也不知不觉想要返回古代。一家人吃饭都成问题，还不顾眼前生计地到处打听古董的事，生存前景茫然一片的时候，还宁可抛妻弃子也不卖古董。人心这么怪异，难道不是世道的危机吗？

我编写这本书，事事都崇尚俭朴，不敢奢谈珍宝古玩来给这末世的庸俗风气推波助澜。况且我是一个贫寒的人，我所置办的物品，从一百文到一千文就到顶了，买新东西还怕没有能力，何况买旧的古玩？《诗经》上说："惟其有之，是以似之。"我一辈子不懂古董，这也是借口维护世道风气来掩饰自己的缺点吧。

炉瓶

炉瓶之制，其法备于古人，后世无容蛇足。但护持衬贴之具，不妨意为增减。如香炉既设，则锹箸随之，锹以拨灰，箸以举火，二物均不可少。箸之长短，视炉之高卑，欲其相称，此理易明，人尽知之；若锹之方圆，须视炉之曲直，使勿相左，此理亦易明，而为世人所忽。入炭之后，炉灰高下不齐，故用锹作准以平之，锹方则灰方，锹圆则灰圆，若使近边之地炉直而锹曲，或炉曲而锹直，则两不相能，止平其中而不能平其外矣，须用相体裁衣之法，配而用之。然以铜锹压灰，究难齐截，且非一锹二锹可了。此非僮仆之事，皆必主人自为之者。

予性最懒，故每事必筹躲懒之法，尝制一木印印灰，一印可代数十锹之用。初不过为省繁惜劳计耳，讵料制成之后，非止省力，且极美观，同志相传，遂以为一定不移之法。譬如炉体属圆，则仿其尺寸，镟一圆板为印，与炉相若，不爽纤毫，上置一柄，以便手持。但宜稍虚其中，以作内昂外低之势，若食物之馒首然。方者亦如是法。加炭之后，先以箸平其灰，后用此板一压，则居中与四面皆平，非止同于刀削，且能与镜比光，共油争滑，是自有香灰以来，未尝现此娇面者也。既光且滑，可谓极精，予顾而思之，犹曰尽美矣，未尽善也，乃命梓人镂之。凡于着灰一面，或作老梅数茎，或为菊花一朵，或刻五言一绝，或雕八卦全形，只须举手一按，现出无数离奇，使人巧天工，两擅其绝，是自有香炉以来，未尝开此生面者也。湖上笠翁实有裨于风雅，非僭词也。请名此物为“笠翁香印”。方之眉公诸制[1]，物以人名者，孰高孰下，谁实谁虚，海内自有定评，非予所敢饶舌。用此物者，最宜神速，随按随起，勿迟瞬息，稍一逗留，则气闭火息矣。雕成之后，必加油漆，始不沾灰。焚香必需之物，香锹香箸之外，复有贮香之盒，与插锹箸之瓶之数物者，皆香与炉之股肱手足，不可或无者也。

然此外更有一物，势在必需，人或知之而多不设，当为补入清供。夫以箸拨灰，不能免于狼藉，炉肩鼎耳之上，往往蒙尘，必得一物扫除之。此物不须特制，竟用蓬头小笔一枝，但精其管，使与濡墨者有别，与锹箸二物同插一瓶，以便次第取用，名曰“香帚”。

至于炉有底盖，旧制皆然，其所以用此者，亦非无故。盖以覆灰，使风起不致飞扬；底即座也，用以隔手，使移动之时，执此为柄，以防手汗沾炉，使之有迹，皆有为而设者也。然用底时多，用盖时少。何也？香炉闭之一室，刻刻焚香，无时可闭；无风则灰不自扬，即使有风，亦有窗帘所隔，未有闭熄有用之火，而防未必果至之风者也。是炉盖实为赘瘤，尽可不设。而予则又有说焉：炉盖有时而需，但前人制法未善，遂觉有用为无用耳。盖以御风，固也。独不思炉不贮火，则非特盖可不用，并炉亦可不设；如其必欲置火，则盖之火熄，用盖何为？予尝于花晨月夕及暑夜纳凉，或登最高之台，或居极敞之地，往往携炉自随，风起灰扬，御之无策，始觉前人呆笨，制物而不善区画之，遂使贻患及今也。同是一盖，何不于顶上穴一大孔，使之通气，无风置之高阁，一见风起，则取而覆之，风不得入，灰不致扬，而香气自下而升，未尝少阻，其制不亦善乎？止将原有之物，加以举手之劳，即可变无益为有裨。昔人点铁成金，所点者不必是铁，所成者亦未必皆金，但能使不值钱者变而值钱，即是神仙妙术矣。此炉制也。

瓶以磁者为佳，养花之水清而难浊，且无铜腥气也。然铜者有时而贵，以冬月生冰，磁者易裂，偶尔失防，遂成弃物，故当以铜者代之。然磁瓶置胆，即可保无是患。胆用锡，切忌用铜，铜一沾水即发铜青，有铜青而再贮以水，较之未有铜青时，其腥十倍，故宜用锡。且锡柔易制，铜劲难为，价亦稍有低昂，其便不一而足也。磁瓶用胆，人皆知之，胆中着撒，人则未之行也。插花于瓶，必令中窾，其枝梗之有画意者随手插入，自然合宜，不则挪移布置之力不可少矣。有一种倔强花枝，不肯听人指使，我欲置左，彼偏向右，我欲使仰，彼偏好垂，须用一物制之。所谓撒也，以坚木为之，大小其形，勿拘一格，其中则或扁或方，或为三角，但须圆形其外，以便合瓶。此物多备数十，以俟相机取用。总之不费一钱，与桌撒一同拾取，弃于彼者，复收于此。斯编一出，世间宁复有弃物乎？

注释

① 眉公：明代文学家和书画家陈继儒（1558—1639），字仲醇，号眉公。

译文

香炉和花瓶的设计古人已经发展得十分完备了，容不得后人来画蛇添足。但是起到护持衬贴作用的东西却不妨做一些改动。如果有了香炉，那么就要有锹和箸，锹用来拨灰，箸用来生火，这两个东西都必不可少。箸的长短应该视香炉的高低来决定，两者要相称，这个道理很简单，人们都知道；而锹是方形的还是圆形的，要看香炉四周的曲直来决定，不要让两者不相配，这个道理也很简单，但是却被世人所忽视。香炉里面加炭以后，炉灰高低不齐，就需要用锹来压平，锹是方形的就把灰也压成方形，锹是圆形的就把灰也压成圆形，如果压到香炉的四周时锹是圆的而炉壁是方的，或者炉壁是圆的而锹是方的，那么两者不相配，就只能压平中间的，不能压平外面的，这就要用相体裁衣的方法，搭配好了再使用。然而用铜锹压灰，终究难以压平，而且不是一锹两锹能压好的。而且这不是仆人的事，全都是主人自己来做。

我生性最为懒惰，所以每件事都要想一个偷懒的办法。我曾经做了一个木印来印灰，印一下可以抵得上用锹压几十下。刚开始只不过是为了省去麻烦，不料做成之后不仅省力，而且非常美观，朋友间流传开来，成了一个固定的压灰方法。比如香炉是圆形的，就仿照它的尺寸镟一块圆形的木板来做印，和香炉相配，不差丝毫，再在上面安置一个手柄，以便手持。不过中间最好空出一些，做成内高外低，好像馒头的样子。方形的香炉也用这个方法做印。加炭以后，先用箸把灰弄平，然后用这个印板一压，中间和四周就都平了，不仅平得如同刀削一样，而且能和镜子一样明亮，和油一样光滑，自从有香灰以来都没有被弄出过这么漂亮可爱的样子。既明亮又光滑，可以说非常精致，我看了之后又想了想，觉得已经非常美妙了，但是还不够完善，于是就让木工把印板进行镂刻。在印板着灰的一面，或刻出几支梅花，或刻成一朵菊花，或刻上一首五言绝句，或雕出完整的八卦图，这样只须举手一按，就出现无数奇妙的图案，让人工和天然相结合，互相都能发挥到极致，真是自从有香炉以来都没有过的崭新面目。看来我李笠翁确实为风雅之事做出了贡献，这绝没有言过其实。请允许我把这个东西起名叫作“笠翁香印”。和眉公制作的各种以人名命名的东西相比，孰高孰下，谁实谁虚，天下自有定论，不是我敢随便乱说的。我这个印板用的时候最好动作要快，随按随起，不要迟疑，稍微逗留就会因为闭气而把火熄灭。雕成之后一定要刷上油漆，这样才能不沾灰。焚香所必需的物品除了香锹和香箸之外，还有用来存香的盒子和用来插锹和箸的瓶子等物品，这些都是香和香炉的左膀右臂，是不可或缺的。

然而此外还有一件东西是一定要有的，人们也许知道，但很多人都没有置办，应该补充进来。用香箸拨灰，不免一片狼藉，香炉的两肩往往蒙上灰尘，一定要有一个东西来扫除。这个东西不需要特别制作，用一枝蓬头小笔，只要笔杆比写字的笔硬一些就可以，把笔和锹箸这两样东西一起插在箸瓶里，便于依次取用，这个笔的名字就叫作“香帚”。

香炉有底也有盖，这是以前的设计都有的，之所以有底和盖也是有原因的。盖可以覆盖香灰，使起风的时候香灰不至于飞扬起来；底就是底座，可以用来隔手，移动香炉的时候可以当作手柄，以防手上的汗沾到炉上出现痕迹。这些东西都是有用处才设置的。然而用到底座的时候多，用到炉盖的时候少，为什么？香炉一般都放在屋子里，经常焚香，很少有需要盖炉盖的时候；没有风就不会扬灰，即便有风，也有窗帘隔着，没有必要为了不一定能吹进来的风而熄灭正在使用中的香火。所以炉盖实际上是一个累赘，完全可以不要。然而我却又有新的说法：炉盖有时候是需要的，但是因为前人的设计不够完善，所以才会觉得没有用。炉盖确实是用来挡风的。然而如果香炉不用来生火，不仅炉盖可以不用，炉子本身也可以不要了；如果一定要香炉来生火，那么炉盖一盖火就熄灭了，要炉盖干什么呢？我曾经在清晨赏花、夜晚赏月以及暑夜纳凉的时候登上极高的楼台，或来到极其开阔的地方，并常常随身带着香炉，有时候风起灰扬，让人束手无策，这时就觉得前人十分呆笨，制作器物却不善于设计，把麻烦一直留到了今天。同样是一个炉盖，为何不在上面打一个大孔，让它通气，没有风的时候便收起来不用，一看见起风，就取出来盖在香炉上，这样风吹不进去，灰又扬不起来，而且香气从下面往上升的时候也不会受到阻碍，这个设计不是很好吗？只是将原来的器物加以举手之劳，就可以把没用的东西变得有用。以前的人点铁成金，所点的不必一定是铁，点成的也未必都是金，只要能让不值钱的东西变得值钱，就是神仙妙术。这是香炉的设计。

花瓶以瓷质的最好，用瓷质花瓶养花水会很清，不容易变浑浊，而且没有铜腥气。然而铜花瓶有时候也有可贵的地方，因为冬天的时候水会上冻，瓷瓶容易开裂，稍有不慎，便变成了废物，所以应该用铜瓶来代替。然而瓷瓶如果设置一个内胆的话，也可以保证没有这种隐患。内胆用锡来制作，切记不能用铜，因为铜一沾水就会产生铜绿，有铜绿的时候再盛水，就会比没有铜绿的时候腥十倍，所以最好用锡。而且锡质地柔软，容易制作，铜就偏硬，不易加工，锡的价钱也比铜略低。总之，用锡的各种好处不一而足。

瓷瓶加胆是人人都知道的，然而很少有人会在胆里加“撒”。在瓶子里面插花，瓶子一定要中空，具有诗情画意的花梗，随手插入花瓶便自然合适，否则挪移布置就会花费很大功夫。但是有一种花枝很倔强，不肯听人指使，我想把它放在左边，它偏偏向右，我想让它仰起来，它偏偏喜欢垂下去，这就需要一种东西来限制它，这种东西就是撒。撒用坚硬的木头制成，形状和大小没有定式，中间可以是方的也可以是扁的，还可以是三角形的，但外面必须是圆形的，以便和花瓶相吻合。撒这种东西要多准备几十个，以应付各种情况。总之不用花费一文钱，和上面提到的桌撒一起来做就可以，其他地方废弃的东西在这里回收起来利用。这本书一出，世间难道还会有废弃的东西吗？

屏　轴

十年之前，凡作围屏及书画卷轴者，止有巾条、斗方及横批三式。近年幻为合锦，使大小长短以至零星小幅，皆可配合用之，亦可谓善变者矣。然此制一出，天下争趋，所见皆然，转盼又觉陈腐，反不若巾条、斗方诸式，以多时不见为新矣，故体制更宜稍变。变用何法？曰：莫妙于冰裂碎纹，如前云所载糊房之式，最与屏轴相宜，施之墙壁犹觉精材粗用，未免亵视牛刀耳。法于未书未画之先，画冰裂碎纹于全幅纸上，照纹裂开，各自成幅，征诗索画既毕，然后合而成之。须于画成未裂之先，暗书小号于纸背，使知某属第一，某居第二，某横某直，某角与某角相连，其后照号配成，始无攒凑不来之患。其相间之零星细块必不可少，若憎其琐屑而不画，则有宽无窄，不成其为冰裂纹矣。但最小者，勿用书画，止以素描间之，若尽有书画，则纹理模糊不清，反为全幅之累。此为先画纸绢，后征诗画者而言，盖立法之初，不得不为其简且易者。迨裱之既熟，随取现成书画，皆可裂作冰纹，亦犹裱合锦之法，不过变四方平正之角，为曲直纵横之角耳。此裱匠之事，我授意而使彼为之者耳。

更有书画合一之法，则其权在我，授意于作书作画之人，裱匠则行其无事者也。“诗中有画，画中有诗”，此古来成语；作画者取诗意命题，题诗者就画意作诗，此亦从来成格。然究意诗自诗而画自画，未见有混而一之者也。混而一之，请自今始。法于画大幅山水时，每于笔墨可停之际，即留余地以待诗，如峭壁悬崖之下，长松古木之旁，亭阁之中，墙垣之隙，皆可留题作字者也。凡遇名流，即索新句，视其地之宽窄，以为字之大小，或为鹅帖行书[①]，或作蝇头小楷。即以题画之诗，饰其所题之画，谓当日之原迹可，谓后来之题咏亦可，是“诗中有画，画中有诗”二语，昔作虚文，今成实事，亦游戏笔墨之小神通也。请质高明，定其可否。

注释

①鹅帖：即《鹅群帖》，相传为东晋王献之所作的行

草书法作品。

译文

十年以前，凡是制作围屏和书画卷轴的，只有巾条、斗方及横批三种样式。近年来则变化成了合锦，使大小长短以及零星小幅都可以搭配起来使用，可以说是善于变化了。然而这种设计出来之后，天下竞相效仿，目及之处，所见皆是如此，转眼间又让人觉得陈腐，反而不如巾条、斗方等样式，因为长时间看不到老样式便觉得新鲜了，所以现在的样式仍然需要稍加改变。怎么改变呢？最好的方法就是用冰裂碎纹。前面所说的糊房子的样式和屏轴最相配，不过这种方法用在墙壁上会感觉是大材小用、杀鸡用牛刀了。方法是在还未书画之前，先在全幅纸上画出冰裂碎纹，照着纹路来裁开，各自成幅，在每一幅上题诗作画之后，再合而为一。一定要在画好纹路但还没裁开的时候，在纸背面写下小号，这样就知道哪个是第一，哪个是第二，哪个角跟哪个角相连，最后照着小号来拼接，这样才能免去拼接时的麻烦。冰裂纹路中间的零星小块必不可少，如果觉得它们太琐碎而不在上面作画，那么整幅画上有宽无窄，也不能成为冰裂纹了。但是最小的碎片上不要书画，只用素描来间隔就可以，如果全都有书画，就会变得纹理模糊不清，反而影响全幅的效果。这是针对先在纸绢上画纹路，再加上诗画而言的，因为刚开始制定方法，要从简单容易的开始。等到装裱得非常熟练之后，随时取用现成的书画，都可以做成冰裂碎纹，就像装裱合锦的方法一样，不过是把四方平整的角变成曲直纵横的角罢了。这都是装裱匠的事，我只是告诉他怎么做就可以了。

还有一种书画合一的方法，决定权在我，我授意给作书作画的人，和装裱匠就没太大关系了。“诗中有画，画中有诗”，这是自古以来的成语；作画者根据诗的意境来定画的主题，题诗者就画的意境来作诗，这也是固定的方法。然而毕竟诗是诗、画是画，没有合而为一，那么请从现在开始合而为一吧。方法是在画大幅山水画的时候，每次笔墨可以停顿的时候，就留出一点空白的地方给以后题诗用，比如在峭壁悬崖下面，在长松古木旁边，在亭阁里面，在墙垣的间隙，都可以留出空来题诗作字。遇到名士，便向他们索诗，根据画面上地方的宽窄决定字的大小，或写成鹅帖行书，或作成蝇头小楷。这样用题画的诗来装饰所题的画，说是当初的原迹可以，说是后来的题咏也可以，“诗中有画，画中有诗”这两句话，以前只是句空话，现在则成为了事实，也算是玩弄笔墨所施展的小神通了。请问一问高明的人，让他们评论一下这样可以不可以。

茶具

茗注莫妙于砂壶，砂壶之精者，又莫过于阳羡[①]，是人而知之矣。然宝之过情，使与金银比值，无乃仲尼不为之已甚乎[②]？置物但取其适用，何必幽渺其说，必至理穷义尽而后止哉！凡制茗壶，其嘴务直，购者亦然，一曲便可忧，再曲则称弃物矣。盖贮茶之物与贮酒不同，酒无渣滓，一斟即出，其嘴之曲直可以不论；茶则有体之物也，星星之叶，入水即成大片，斟泻之时，纤毫入嘴，则塞而不流。啜茗快事，斟之不出，大觉闷人。直则保无是患矣，即有时闭塞，亦可疏通，不似武夷九曲之难力导也[③]。

贮茗之瓶，止宜用锡。无论磁铜等器，性不相能，即以金银作供，宝之适以祟之耳。但以锡作瓶者，取其气味不泄；而制之不善，其无用更甚于磁瓶。询其所以然之故，则有二焉。一则以制成未试，漏孔繁多。凡锡工制酒壶茶注等物，于其既成，必以水试，稍有渗漏，即加补苴，以其为贮茶贮酒而设，漏即无所用之矣；一到收藏干物之器，即忽视之，犹木工造盆造桶则防漏，置斗置斛则不防漏，其情一也。乌知锡瓶有眼，其发潮泄气反倍于磁瓶，故制成之后，必加亲试，大者贮之以水，小者吹之以气，有纤毫漏隙，立督补成。试之又必须二次，一在将成未镟之时，一在已成既镟之后。何也？常有初时不漏，迨镟去锡时，打磨光滑之后，忽然露出细孔，此非屡验谛视者不知。此为浅人道也。一则以封盖不固，气味难藏。凡收藏香美之物，其加严处全在封口，封口不密，与露处同。吾笑世上茶瓶之盖必用双层，此制始于何人？可谓七窍俱蒙者矣。单层之盖，可于盖内塞纸，使刚柔互效其力，一用夹层，则止靠刚者为力，无所用其柔矣。塞满细缝，使之一线无遗，岂刚而不善屈曲者所能为乎？即靠外面糊纸，而受纸之处又在崎岖凹凸之场，势必剪碎纸条，作蓑衣样式，始能贴服。试问以蓑衣覆物，能使内外不通风乎？故锡瓶之盖，止宜厚不宜双。藏茗之家，凡收藏不即开者，开瓶口向上处，先用绵纸二三层，实褙封固，俟其既干，然后覆之以盖，则刚柔并用，永无泄气之时矣。其时开时闭者，则于盖内塞纸一二层，使香气闭而不泄。此贮茗之善策也。若盖用夹层，则向外者宜作两截，用纸束腰，其法稍便。然封外不如封内，究竟以前说为长。

注释

①阳羡：江苏宜兴秦汉时称阳羡。

②仲尼不为之已甚：语出《孟子·离娄下》："仲尼不为已甚者。"意思是说孔子做事情有分寸。

③武夷九曲：武夷山九曲溪，是武夷山的著名景点，以溪水多曲闻名天下。

译文

泡茶最好的就是用砂壶，砂壶中最好的莫过于宜兴砂壶，这是人人都知道的。然而太珍视这种东西，拿它和金银比价，岂不是有些过分了吗？置办器物为的是实用，何必说得玄乎其玄，非要穷尽义理才罢休呢？凡是制作茶壶的，壶嘴一定要直，购买茶壶的人也要注意这一点，壶嘴一弯曲便不好了，再弯曲一点就成了废物。因为茶壶和酒壶不同，酒里面没有渣滓，倒一下就出来了，因此酒壶嘴弯不弯曲无所谓；茶却是用茶叶泡出来的，星星点点的茶叶一到水里就变成一大片，倒茶的时候，只要进入壶嘴中一点，就会堵塞壶嘴。啜茗这样愉快的事情，如果倒不出茶来，就大煞风景了。壶嘴直的话就能保证没有这种苦恼了，即便偶尔堵塞了也容易疏通，不像弯曲的壶嘴那么难以疏导。

存放茶叶的瓶子，只适合用锡制的。不管是瓷瓶还是铜瓶，都不能和茶叶的性质相配，即便用金瓶银瓶来存放茶叶，本想把它当宝贝，实际上却害了它。用锡来做瓶子，是因为能保证茶叶的气味不外泄，然而如果制作不善的话，还不如瓷瓶有用。为什么这么说？有两个原因。一是制成之后没有测试，结果有许多漏孔。凡是锡工制作的酒壶茶壶等东西，制成的时候一定会注水试验一下，只要稍有渗漏，就要及时修补。因为这东西是用来存茶贮酒的，一旦有漏洞便没有任何作用了。然而如果是储藏干货的锡器，锡工就会忽视这一点，就好像木工造盆和桶的时候很注意防漏，而做斗和斛的时候就不注意了，这两种情况是一样的。殊不知锡瓶一旦有漏洞，受潮泄气的时候反而比瓷瓶要严重得多。所以制成锡瓶以后一定要亲自试验一下，大瓶注水小瓶吹气，只要有丝毫泄露，就立即让锡匠修补。试验的时候要试两次，一次在做成但未打磨的时候，一次在打磨过以后。为何这样做？有的锡瓶刚开始时不漏，等到打磨光滑之后忽然露出细孔，除非多次检查仔细观看才能发现。这是针对粗心的人而言的。另外一个原因是封盖不够坚固导致茶叶的气味难以保持。凡是收藏气味香美的物品，密封的地方全在封口，封口不够严密，就和有漏洞是一样的。我感到可笑的是世上的茶瓶盖都要用双层，这个设计是什么人创始的呢？设计双层盖子的人可以说对保存茶叶是一窍不通啊。单层的瓶盖里可以塞纸，这样就会刚柔相济，如果再加一个夹层，那么就只能靠坚硬的地方用力，柔软的地方就用不上了。对于塞满细缝不留缝隙来说，坚硬的东西不容易弯曲，怎么能胜任呢？即便在外面糊纸，因为受纸的地方凹凸不平，一定要把纸剪成碎条，做成蓑衣的样子，这样才能贴紧瓶子。但是请问用蓑衣来盖东西，能做到内外不通风吗？所以锡瓶的盖子只适合加厚而不适合用双层。收藏茶叶的人家，凡是准备保存起来不马上打开的，应该在开瓶口向上的地方，先用绵纸糊上二三层，粘紧封牢，等到干了之后再盖上盖子，这样刚柔并济，永远也不会泄气。如果经常开闭茶瓶，就在盖子里面塞一两层纸，让香气不会外泄。这是保存茶叶的好办法。如果盖子里面夹层，就把外面的盖子做成两截，用纸从中间缠上，这种方法也比较方便。然而封外面不如封里面，所以还是前一种方法更好。

酒　具

酒具用金银，犹妆奁之用珠翠，皆不得已而为之，非宴集时所应有也。富贵之家，犀则不妨常设，以其在珍宝之列，而无炫耀之形，犹仕宦之不饰观瞻者。象与犀同类，则有光芒太露之嫌矣。且美酒入犀杯，另是一种香气。唐句云："玉碗盛来琥珀光[①]。"玉能显色，犀能助香，二物之于酒，皆功臣也。至尚雅素之风，则磁杯当首重已。旧磁可爱，人尽知之，无如价值之昂，日甚一日，尽为大力者所有，吾侪贫士，欲见为难。然即有此物，但可作骨董收藏，难充饮器。何也？酒后擎杯，不能保无坠落，十损其一，则如雁行中断，不复成群。备而不用，与不备同。贫家得以自慰者，幸有此耳。然近日冶人，工巧百出，所制新磁，不出成、宣二窑下[②]，至于体式之精异，又复过之。其不得与旧窑争值者，多寡之分耳。吾怪近时陶冶，何不自爱其力，使日作一杯，月制一盏，世人需之不得，必待善价而沽，其利与多制滥售等也，何计不出此？曰：不然。我高其技，人贱其能，徒让垄断于捷足之人耳。

注释

①玉碗盛来琥珀光：出自李白七绝《客中作》："兰陵美酒郁金香，玉碗盛来琥珀光。但使主人能醉客，不知何处是他乡。"

②成、宣二窑：明代宣德、成化年间于江西景德镇所设的官窑，是明代官窑最盛时期的代表。

译文

酒具用金银就像梳妆盒用珍珠翡翠一样，都是不得已的事，不是宴会的时候所应有的。富贵的人家可以常设犀角制成的酒具，因为犀角虽属于珍宝，却并不炫耀，就像官员不讲究排场一样。象牙虽然和犀角属于一类，却有光芒太露的问题。而且美酒倒入犀角杯中，另有一种香气。唐诗中有一句：“玉碗盛来琥珀光。”玉能够让美酒色泽动人，犀角则有助于酒香，这两者都是酒的功臣。如果崇尚素雅的风气，那么瓷器做的酒杯就最应被推崇。人人都知道古时的瓷器值得珍爱，然而价钱却一天比一天贵，只有大富大贵的人才能拥有，像我这样的贫士想要看一眼都很困难。然而即便有了这样的瓷器，也只能当作古董来收藏，难以充当饮酒的器具。为什么这么说？酒后手握酒杯，不能保证没有拿不稳的时候，如果十个里损坏了一个，那么就像成行的大雁被打断，不能再成完整的一群。而把这些酒具收藏起来不用，就和没有是一样的。贫寒的人幸而可以这样来自我安慰了。然而近来的陶瓷工匠们技艺精湛，他们所制作的新瓷不亚于明代的成、宣二窑，而且在体式的精美上面，还有过之而无不及。这些新瓷之所以没有旧瓷那么值钱，是因为数量多寡的原因。

我很奇怪近来的陶瓷匠人为何不知道为自己节省体力，如果他每天只烧制一个酒杯，世人需要却得不到，必然会等到高价时才出售，这样的利润和多制多卖是一样的，为什么不这么做呢？其实不是这样的。我提高了技术，人们却认为我没有能力，就会白白把垄断市场的机会让给捷足先登的人。

碗　碟

碗莫精于建窑[①]，而苦于太厚。江右所制者，虽窃建窑之名，而美观实出其上，可谓青出于蓝者矣。其次则论花纹，然花纹太繁，亦近鄙俗，取其笔法生动，颜色鲜艳而已。碗碟中最忌用者，是有字一种，如写《前赤壁赋》《后赤壁赋》之类。此陶人造孽之事，购而用之者，获罪于天地神明不浅。请述其故。“惜字一千，延寿一纪。”此文昌垂训之词[②]。虽云未必果验，然字画出于圣贤，苍颉造字而鬼夜哭，其关乎气数，为天地神明所宝惜可知也。用有字之器，不为损福，但用之不久而损坏，势必倾委作践，有不与造孽陶人中分其咎者乎？陶人但司其成，未见其败，似彼罪犹可原耳。字纸委地，遇惜福之人，则收付祝融，因其可焚而焚之也。至于有字之废碗，坚不可焚，一似入火不烬入水不濡之神物。因其坏而不坏，遂至倾而又倾，道旁见者，虽有惜福之念，亦无所施，有时抛入街衢，遭千万人之践踏，有时倾入溷厕，受千百载之欺凌，文字之罹祸，未有甚于此者。吾愿天下之人，尽以惜福为念，凡见有字之碗，即生造孽之虑。买者相戒不取，则卖者计穷；卖者计穷，则陶人视为畏途而弗造矣。文字之祸，其日消乎？此犹救弊之末着。倘有惜福缙绅，当路于江右者，出严檄一纸，遍谕陶人，使不得于碗上作字，无论《赤壁》等赋不许书磁，即成化、宣德年造，及某斋某居等字，尽皆削去。试问有此数字，果得与成窑、宣窑比值乎？无此数字，较之常值增减半文乎？有此无此，其利相同，多此数笔，徒造千百年无穷之孽耳。制抚藩臬[3]，以及守令诸公，尽是斯文宗主，宦豫章者[4]，急行是令，此千百年未造之福，留之以待一人。时哉时哉，乘之勿失！

注释

① 建窑：宋代名窑之一。亦称“建安窑”“乌泥窑”。窑址在福建建阳市水吉镇。以烧黑釉瓷闻名于世，小碗最多，胎骨为乌泥色。

②文昌：即文昌帝君，民间和道教尊奉的掌管士人功名禄位之神。

③制抚藩臬：制，制台，即总督，明清时期省一级的军政长官。抚，抚台，即巡抚，明清时期省一级的军政长官。藩臬，藩台和臬台，明清两代的布政使和按察使的并称。

④豫章：江西的旧称。

译文

建窑制作的碗最为精致，但问题在于太厚。江西所制作的碗虽然盗用建窑的名义，却比建窑的还要美观，可以说是青出于蓝而胜于蓝。下面讨论的是花纹，然而花纹太复杂，而且容易俗气，可取的地方仅仅是笔法生动、颜色鲜艳而已。碗碟中最忌讳使用的就是上面有字的那种，比如上面写有《前赤壁赋》《后赤壁赋》之类的。这种都是陶瓷匠人造孽的事，买来用的人也会得罪天地神明。请让我说明原因。“惜字一千，延寿一纪。”这是文昌帝君的垂训之词。虽然说未必一定灵验，然而字画都是圣贤所作，苍颉造字时鬼神都在夜间恸哭，说明文字关乎气数，是天地神明所珍视的东西。使用上面有字的器物，不算是有损福分，但是用了不久后便会损坏，然后势必会轻视作践，这不就和造孽的陶匠们一样分担了罪孽吗？陶匠只负责把碗做成，并没有看着它衰败，他的罪孽似乎还可以原谅。写有字的纸掉在了地上，如果有惜福的人看到，就会把它付之一炬，因为纸是可以焚烧的。而写有字的废碗却不容易焚烧，就像水火不侵的神物一样。因为瓷器虽然坏了却很难销毁，所以便一再被遗弃，在路边看到它的人，虽然有珍惜福分的念头，却无计可施。这些瓷器有时候会被抛在街道上被千万人践踏，有时候又被倾倒在厕所，受到千百年的欺凌，文字所遭受的灾祸，从没有比这还过分的。我希望天下的人，都有珍惜福分的信念，凡是看到有字的碗，就要有造孽的担心。买的人都互相告诫，卖的人就没有办法卖；卖的人没办法卖，制作陶瓷的人就不会去生产。文字所遭受的灾祸，不就渐渐减少了吗？这还只是改正这一错误的下策。如果有珍惜福分的官员正好在江西做官，那么就出一纸檄文，告诉所有的陶匠以后不许在碗上写字，不仅《赤壁赋》这些不能写，即便是“成化、宣德年造”以及某斋某居等落款，也要全部削去。试问有这几个字就能卖出成窑、宣窑瓷器的价钱了吗？没有这几个字，会影响平时的价钱吗？有没有这些字，陶匠的利润是相同的，多了这几笔只不过是多了千百年的无尽罪孽而已。各位总督、巡抚、布政使、按察使以及太守、县令，你们都是文化的管理者，在江西做官的诸位，请尽快发布上述命令，这是千百年来都没有人造的福，现在留给你一个人来完成。一定要抓住这个机会啊！

灯 烛

灯烛辉煌，宾筵之首事也。然每见衣冠盛集，列山珍海错，倾玉醴琼浆，几部鼓吹，频歌叠奏，事事皆称绝畅，而独于歌台色相，稍近模糊。令人快耳快心，而不能大快其目者，非主人吝惜兰膏[①]，不肯多设，只以灯煤作祟，非剔之不得其法，即司之不得其人耳。吾为六字诀以授人，曰："多点不如勤剪。"勤剪之五，明于不剪之十。原其不剪之故，或以观场念切，主仆相同，均注目于梨园，置晦明于不问；或以奔走太劳，职无专委，因顾彼以失此，致有炬而无光，所谓司之不得其人也。欲正其弊，不过专责一人，择其谨朴老成、不耽游戏者，则二患庶几可免。然司之得人，剔之不得其法，终为难事。大约场上之灯，高悬者多，卑立者少。剔卑灯易，剔高灯难。非以人就灯而升之使高，即以灯就人而降之使卑，剔一次必须升降一次，是人与灯皆不胜其劳，而座客观之亦觉代为烦苦，常有畏难不剪而听其昏黑者。

予创二法以节其劳，一则已试而可自信者，一则未敢遽信而待试于人者。已试维何？长三四尺之烛剪是已。以铁为之，务为极细，粗则重而难举；然举之有法，说在后幅。有此长剪，则人不必升，灯亦不必降，举手即是，与剔卑灯无异矣。未试维何？暗提线索，用傀儡登场之法是已。法于梁上暗作长缝一条，通于屋后，纳挂灯之绳索于中，而以小小轮盘仰承其下，然后悬灯。灯之内柱外幕，分而为二，外幕系定于梁间，不使上下，内柱之索上跨轮盘。欲剪灯煤，则放内柱之索，使之卑以就人，剪毕复上，自投外幕之中，是外幕高悬不移，俨然以静待动。同一灯也，而有劳逸之分，劳所当劳，逸所当逸，较之内外俱下，而且有碍手碍脚之繁者，先踞一筹之胜矣。其不明抽以索，而必暗投梁缝之中，且贯通于屋后者，其故何居？欲埋伏抽索之人于屋后，使不露形，但见轮盘一转，其灯自下，剪毕复上，总无抽拽之形，若有神物厕于梁间者。予创为是法，非有心炫巧，不过善藏其拙。盖场上多立一人，多生一人之障蔽。使以一人剪灯，一人抽索，了此及彼，数数往来，则座客止见人行，无复洗耳听歌之暇矣。故藏人屋后，撤去一半藩篱，耳目之前，何等清静。藏人屋后者，亦不必定在墙垣之外，厅堂必有退步，屏障以后，即其处也。或隔绛纱，或悬翠箔，但使内见外，而外不见内，则人工不露而天巧可施矣。每灯一盏，用索一条，以蜡磨光，欲其不涩。梁间一缝，可容数索，但须预编字号，系以小牌，使抽者便于识认。剪灯者将及某号，即预放某索以待之，此号方升，彼号即降，观其术者，如入山阴道中，明知是人非鬼，亦须诧异惊神，鼓掌而观，又是一番乐事。惜予囊悭无力，未及指使匠工，悬美法以待人，即谓自留余地亦可。梁上凿缝，势有不能，为悬灯细事而损伤巨料，无此理也。如置此法于造屋之先，则于梁成之后，另镶薄板二条，空洞其中而蒙蔽其下，然后升梁于柱，以俟灯索，此一法也。已成之屋，亦如此法，但先置绳索于中，而后周遭以板。此法之设，不止定为观场，即于元夕张灯，寻常宴客，皆可用之，但比长剪之法为稍费耳。

制长剪之法，礼屋之高卑以为长短，短者三尺，长者四五尺，直其身而曲其上，如鸟喙然，总以细巧坚劲为主。然用之有法，得其法则可行，不得其法则虽设而不适于用，犹弃物也。盖以铁为剪，又长数尺，是其体不能不重，只手高擎，势必摇动于上，剪动则灯亦动；灯剪俱动，则他东我西，虽欲剪之，不可得矣。法以右手持剪，左手托之，所托之处，高右手尺许。剪体虽重，不过一二斤，只手孤擎则不足，双手效力则有余；擎而剪之者一手，按之使不动摇者又有一手，其势虽高，何足虑乎？“孤掌难鸣，众擎易举。”天下事，类如是也。长剪虽佳，予终恶其体重，倘能以坚木为身，止于近灯煤处用铁，则尽美而又尽善矣。思而未制，存其说以俟解人。长剪难于概用，惟有烛无衣，与四围有衣而空洞其下者可以用之。若明角灯、珠灯，皆无隙可入，虽有长剪，何所用之？至于梁间放索，则是灯皆可。二事亦可并行，行之之法，又与前说相反：灯柱居中不动，而提起外幕以俟剪，剪毕复下。又合居重驭轻之法，听人所好而为之。

注释

① 兰膏：古人炼制的一种用于点灯的油脂。

译文

灯烛辉煌是宴请宾客的前提。然而每次见到人们衣冠楚楚地聚集在一起，桌子上摆放着山珍海味，美酒琼浆，两旁鼓瑟齐鸣，歌舞升平，每件事都堪称完美，然而只有歌台上的光线有些模糊。整个场景让人身心愉悦，然而唯独眼睛却没有得到享受。这并不是主人吝惜灯油，不肯多用，而是灯芯在作祟，不是剪灯芯的时候没有掌握好方法，就是负责剪灯芯的人不够尽责。我想出了一个六字口诀来教给别人，那就是“多点不如勤剪”。勤剪的五盏灯要比不剪的十盏灯还要亮。追查不剪灯芯的原因，要么是主人和仆人都一心一意关注着舞台上的演戏，忘记了灯光的明暗；要么是因为奔走繁忙，没有委派专人来看管灯芯，因此顾此失彼，以至于有灯却无光，这就是所谓的负责的人不够尽责。要想改正这个错误，只需要挑选一个谨慎老成、不贪玩的人来专门负责这件事，就可以同时解决这两个问题。然而即便找到合适的人，剪灯芯的时候方法不当，仍然是一个难事。宴会场上的灯，大部分都是高悬在上，很少有放在下面的。给低处的灯剪灯芯容易，给高处的剪就麻烦了。不是人爬上去，就是把灯放下来，剪一次灯芯就要这样升降一次，人和灯都要忍受这种辛劳，连宾客看了也会替他感觉麻烦辛苦，常常有人因为太麻烦就干脆不剪而任其光线昏暗。

我独创了两个方法来减轻这种辛劳。一个是我已经验证过并可以相信的，另一个还不敢急于相信，有待别人来验证。已经验证过的是什么方法？就是一把长三四尺的烛剪。烛剪用铁制成，一定要做得非常细，粗的话就会很重，难以举起来；然而举起烛剪时也有方法，后面还会讲到。有了这个长剪，人就不用爬上去，也不用把灯降下来，只需举手就可以，和剪低处的灯芯一样。没有验证过的那个方法是什么？暗中设置一个绳索，用表演傀儡的方法就可以了。方法是在房梁上设置一条隐蔽的长缝，通到屋子后面，把挂灯的绳索放在这条缝里，再用小小的轮盘安在下面，最后挂上灯烛。灯的内柱和灯罩是分开的，灯罩固定在房梁之间，不让它上下移动，内柱则系在绳索上跨在轮盘上面。想要剪灯芯的时候，就把内柱的绳索放下来，降到人能够到的地方，剪完再吊上去，回到灯罩里面，这样灯罩高悬不移，以静待动。同样一个灯，有移动操劳的部分也有安逸不动的部分，该动的动，该静的静，比起把内柱和灯罩全都弄下来碍手碍脚，可以说先胜一筹了。之所以不用明索，而一定要用暗线放在梁缝里面，并且要贯穿到屋子后面，这是为什么呢？因为要把抽索拉绳的人埋伏在屋后，让他不当众拉绳，只看见轮盘一转，灯自己就下来了，剪完之后又自己上去，没有抽拽的痕迹，就像有神物藏在房梁之间一样。我发明这个方法，不是为了故意炫耀巧智。因为宴会场上多站一个人，就多一份障蔽。让一个人剪灯芯，另一个人抽索拉绳，这边拉完那边剪，来来回回好几次，在座的宾客光顾着看他们，都没有欣赏音乐的功夫了。所以把人藏在屋后就等于减少了一半的藩篱，耳目之前也清净了许多。把人藏在屋后，也不一定非要在屋墙的外面，厅堂后面一定有空余的地方，藏在屏风后面就可以了。或者隔一个绛色的纱，或者悬一个绿色的帘，只要能在里面看到外面，外面却看不到里面，这样就可以不露人工的痕迹，尽显天然的机巧。每一盏灯用一条绳索，绳索用蜡磨光，这样拉动时就不会生涩。房梁间的缝隙可以容纳好几条绳索，但是需要编上序号、系上小牌，让抽索拉绳的人便于分辨。剪灯的人准备剪到几号，就把几号绳索放下来，这个升上去，那个降下来，观看的人好像置身山阴道中，明知道是人不是鬼，却也诧异惊神，不由鼓掌观看，这又是一件乐事。只可惜我财力不足，没有指使匠人验证这个方法，只好搁置起来等待别人验证，也可以说是给自己留有余地吧。在房梁上凿出一条缝是很难的，为了升降灯烛这样的小事而损坏房梁是没有道理的。如果在建造房屋之前就准备这种方法，就在大梁完成之后，另外在梁下面镶两条薄板，薄板中间是空的，然后把大梁升起来，等将来挂上灯绳，这是一个方法。已经建好的房屋，也和这个方法一样，但是要先把绳索放在里面，然后再用薄板包起来。这种悬灯的方法不仅在看戏的时候可以使用，在元宵节张灯结彩，以及平时宴请宾客时，都可以使用，只是比用长剪来剪灯芯花费要多一些而已。

制作长剪的时候，应该按照屋子的高低来定长短，短的三尺就可以，长的要四五尺。剪刀的柄要直，上面要弯曲，像鸟嘴一样，总之既要细巧又要坚硬有力。用的时候也要讲究方法，掌握了方法便很好用，没掌握方法就变得很不实用，像废物一样。因为用铁来做剪刀，又有好几尺长，重量一定会很大，一只手高高举起，势必会摇摇晃晃，剪刀一动就把灯也带动，两者一起摇动的时候，一个往东一个往西，想剪也剪不到了。方法应该是右手握着剪刀，同时再用左手托住，所托的地方要比右手握的地方高一尺左右。这样剪刀虽然重，也不过一两斤而已，一只手拿着力量不够，两只手就绰绰有余了。一只手握着剪刀去剪灯芯，另一只手按着让它不能摇晃，灯芯再高也不用担心了。“孤掌难鸣，众擎易举。”天下的其他事也和这个类似。长剪虽然好，我还是觉得它太重，如果剪柄能用坚硬的木头代替，只在靠近灯芯的地方用铁，这样就尽善尽美了。这个想法还没有去实现，只是提出来等聪明人来做吧。

长剪很难应付所有的情况，只有在有灯烛却没有灯罩，或者有灯罩但四下空洞的时候可以使用。如果是明角灯、珠灯这样四周没有缝隙的灯，即便有长剪却也派不上用场。而用梁间放置绳索的方法，则可以应付所有的灯烛。也可以这两种方法一起使用，但做法又和前面说的相反：灯柱在中间不动，吊起灯罩等着剪灯芯，剪完之后再把灯罩放下来。这符合居重驭轻的原则，可以根据个人喜好来选择。

笺 简

笺简之制，由古及今，不知几千万变。自人物器玩，以迨花鸟昆虫，无一不肖其形，无日不新其式；人心之巧，技艺之工，至此极矣。予谓巧则诚巧，工则至工，但其构思落笔之初，未免驰高骛远，舍最近者不思，而遍索于九天之上、八极之内，遂使光灿陆离者总成赘物，与书牍之本事无干。予所谓至近者非他，即其手中所制之笺简是也。

既名笺简，则笺简二字中便有无穷本义。鱼书雁帛而外[①]，不有竹刺之式可为乎？书本之形可肖乎？卷册便面，锦屏绣轴之上，非染翰挥毫之地乎？石壁可以留题，蕉叶曾经代纸，岂竟未之前闻，而为予之臆说乎？至于苏蕙娘所织之锦[②]，又后人思之慕之，欲书一字于其上而不可复得者也。我能肖诸物之形似为笺，则笺上所列，皆题诗作字之料也。还其固有，绝其本无，悉是眼前韵事，何用他求？已命奚奴逐款制就，售之坊间，得钱付梓人[3]，仍备剞劂之用[4]，是此后生生不已，其新人见闻，快人挥洒之事，正未有艾。即呼予为薛涛幻身[5]，予亦未尝不受，盖须眉男子之不传，有愧于知名女子者正不少也。已经制就者，有韵事笺八种，织锦笺十种。韵事者何？题石、题轴、便面、书卷、剖竹、雪蕉、卷子、册子是也。锦纹十种，则尽仿回文织锦之义，满幅皆锦，止留縠纹缺处代人作书，书成之后，与织就之回文无异。十种锦纹各别，作书之地亦不雷同。惨淡经营，事难缕述，海内名贤欲得者，倩人向金陵购之。是集内种种新式，未能悉走寰中，借此一端，以陈大概。售笺之地即售书之地，凡予生平著作，皆萃于此。有嗜痂之癖者，贸此以去，如偕笠翁而归。千里神交，全赖乎此。只今知己遍天下，岂尽谋面之人哉？（金陵书铺廊坊间有“芥子园名笺”五字者，即其处也。）

是集中所载诸新式，听人效而行之；惟笺帖之体裁，则令奚奴自制自售，以代笔耕，不许他人翻梓。已经传札布告，诫之于初矣。倘仍有垄断之豪，或照式刊行，或增减一二，或稍变其形，即以他人之功冒为己有，食其利而抹煞其名者，此即中山狼之流亚也。当随所在之官司而控告焉，伏望主持公道。至于倚富恃强，翻刻湖上笠翁之书者，六合以内，不知凡几。我耕彼食，情何以堪？誓当决一死战，布告当事，即以是集为先声。总之天地生人，各赋以心，即宜各生其智，我未尝塞彼心胸，使之勿生智巧，彼焉能夺吾生计，使不得自食其力哉！

注释

①鱼书雁帛：泛指书信。

②苏蕙娘所织之锦：苏蕙，字若兰，南北朝时期著名才女，以创作回文诗《璇玑图》闻名，《璇玑图》是一幅用不同颜色的丝线绣制的织锦。

③梓人：木工。

④剞劂 jījué：雕琢刻镂。

⑤薛涛（768—832）：唐代女诗人，字洪度，长安（今陕西西安）人，曾居浣花溪上，制作桃红色小笺写诗，后人仿制，称“薛涛笺”。

译文

笺简的样式从古至今不知经历了多少变化。从人物器玩到花鸟鱼虫，没有一样不与原物相似的，也没有一天停止过样式上的创新，人心的巧智和技艺的精妙在这里发展到了极点。我认为这些样式确实是巧妙精致，但是在最初构思的时候未免有些好高骛远，放着眼前最近的不考虑，而非要到九天之上、寰宇之间去寻找，这样便有了各种光怪陆离的东西，这些东西与书牍本来的样子毫不相干，未免成了一种累赘。我所说的最近的不是别的，正是手中要制作的笺简。

既然叫笺简，那么笺简两个字里便有无穷的意义。除了鱼书雁帛以外，不是还有竹子和书本的样式可以模仿吗？卷册扇面、屏风卷轴上面不都可以挥毫泼墨吗？石壁上可以题字，蕉叶也曾经代替纸，难道以前都没有听说过，而是我自己瞎编的吗？至于苏蕙娘所织的回文锦，又让后人思慕不已，想在上面加一个字也做不到。我能模仿各种事物的形状来做成笺，那么笺上的东西就都是题诗写字的陪衬了。还原本来就有的，断绝本来没有的，这都是眼前的极富韵雅之事，何必到别的地方找呢？我已经让仆人把这些款式一一做出来，拿到坊间去销售，得到的钱付给能工巧匠，仍然用作刻制笺简，于是就可以不断流传，让人耳目一新、快意挥洒的事情就会不停地出现。即便把我称为薛涛转世，我也未必不会接受。男子由于没什么名声而在著名女子面前感到惭愧的也有不少。现在已经制作好的笺简，有八种韵事笺，十种织锦笺。什么是韵事笺？题石、题轴、扇面、书卷、剖竹、雪蕉、卷子、册子这几种就是。而十种织锦笺都是模仿回文织锦的做法，满幅都是锦帛，只有皱纹的缺处留出来写字，写好之后就和织出来的回文没有区别了。十种锦纹都不一样，写字的地方也不相同。我惨淡经营，所经历的难以一一叙述，哪位贤士如果想要，可以托人来金陵购买。这本书里所提到的各种新样式，还没有流传到全国各地，因此借助这个机会给大家讲一个大概。卖笺的地方就是我卖书的地方，我生平的著作全都汇集在这里。有喜欢的读者可以买回去，就像带着我李笠翁回去一样。千里神交就靠我的这些作品了。现在我的知己遍布天下，难道都是见过面的人吗？（金陵承恩寺中有个署名叫“芥子园名笺”的店铺，就是卖我的书和笺的地方。）

这本书里所记载的各种新样式，任凭大家效仿，只有笺帖的设计是我拿来让仆人自制自售，用来维持生计的，不许其他人盗印。我已经贴出布告，一开始就进行告诫。如果还有人强行盗印，或只增减一点，或稍加变化，就把别人的劳动据为已有，盗取了别人的利益还要抹去别人的名字，那么他就是中山狼一般忘恩负义之人。我会在我所在的地方控告他，希望能够得到公道。至于有人仗着自己是富豪权贵，翻印我湖上笠翁的书，这样的人全国不知道有多少。我辛勤耕作的成果却被别人拿去食用，让我如何忍受？我一定和他决一死战，不妨就用这本书当作先声，把这一点告诉所有的当事人。总之天地生人，给了每个人不同的心思，应该各自发挥各自的才智，我不曾堵塞别人的心胸，让他们不能运用自己的智慧，他们又怎么能夺去我的生计，让我不能自食其力呢？

位置第二

器玩未得，则讲购求；及其既得，则讲位置。位置器玩与位置人才同一理也。设官授职者，期于人地相宜；安器置物者，务在纵横得当。设以刻刻需用者，而置之高阁，时时防坏者，而列于案头，是犹理繁治剧之材，处清静无为之地，黼黻皇猷之品[①]，作驱驰孔道之官。有才不善用，与空国无人等也。他如方圆曲直，齐整参差，皆有就地立局之方，因时制宜之法。能于此等处展其才略，使人入其户、登其堂，见物物皆非苟设，事事具有深情，非特泉石勋猷，于此足征全豹，即论庙堂经济，亦可微见一斑。未闻有颠倒其家，而能整齐其国者也。

注释

① 黼黻 fǔfú 皇猷：辅佐朝廷。黼黻，指礼服上所绣的华美花纹，后有辅佐之义。皇猷，帝王的谋略或教化。

译文

没有器玩的时候，说的是如何购买；得到了以后则要讲究位置的摆放。摆放器玩和安置人才是一样的道理。设置官职、授予官位的人都希望官员能够在治地发挥才能；安置器物追求的也是器物和环境纵横得当。把常常需要用的东西束之高阁，时时怕损坏的东西却放在桌边，这就像把善于处理复杂关系的人才放在清静无为的地方，让能够治国安邦的大臣去做传令一类的差事。有人才却不善用，这便和没有人才是一样的。如果一个人能够把器玩摆放得曲直得体，参差整齐，到处都能就地布局，因地制宜；能够在这种地方施展才略，让人进入他的家中，看到每一件物品的摆放都是用心良苦的结果，那么不仅能看出他在布置园林方面的建树，更能够从这些小的方面管中窥豹，看出他经世治国的才能。还没有听说过谁把家里弄得乱七八糟，但同时却能够治国安邦的。

忌排偶

“胪列古玩，切忌排偶。”此陈说也。予生平耻拾唾余，何必更蹈其辙。但排偶之中，亦有分别。有似排非排，非偶是偶；又有排偶其名，而不排偶其实者。皆当疏明其说，以备讲求。如天生一日，复生一月，似乎排矣，然二曜出不同时，且有极明微明之别，是同中有异，不得竟以排比目之矣。所忌乎排偶者，谓其有意使然，如左置一物，右无一物以配之，必求一色相俱同者与之相并，是则非偶而是偶，所当急忌者矣。若夫天生一对，地生一双，如雌雄二剑，鸳鸯二壶，本来原在一处者，而我必欲分之，以避排偶之迹，则亦矫揉执滞，大失物理人情之正矣。即避排偶之迹，亦不必强使分开，或比肩其形，或连环其势，使二物合成一物，即排偶其名，而不排偶其实矣。

大约摆列之法，忌作八字形，二物并列，不分前后、不爽分寸者是也；忌作四方形，每角一物，势如小菜碟者是也；忌作梅花体，中置一大物，周遭以小物是也；余可类推。当行之法，则与时变化，就地权宜，视形体为纵横曲直，非可预设规模者也。如必欲强拈一二，若三物相俱，宜作品字格，或一前二后，或一后二前，或左一右二，或右一左二，皆谓错综；若以三者并列，则犯排矣。四物相共，宜作心字及火字格，择一或高或长者为主，余前后左右列之，但宜疏密断连，不得均匀配合，是谓参差；若左右各二，不使单行，则犯偶矣。此其大略也，若夫润泽之，则在雅人君子。

译文

“胪列古玩，切忌排偶。”这是以前的说法。我生平以拾人牙慧为耻，为何还要去重复别人的做法。但是排偶的时候也有分别。有的看上去是排偶但实际却不是；有的看上去不是实际上却是；还有的虽有排偶之名却无排偶之实。这都应该交代清楚，以备有人讲究这个。就像天上有太阳又有月亮，似乎是排偶，然而两者出现的时间并不一样，而且一个极其明亮，另一个只是稍微明亮，这就是同中有异，不应完全视为排偶。应该忌讳的一种排偶是故意做出来的排偶，比如左边放一个东西，右边如果没有东西和它相配，就一定要找一个颜色形状一样的和它并列，这是把不排偶变为排偶，是最应该忌讳的。如果两个东西本来就是天生一对、地生一双，比如雌雄二剑，鸳鸯二壶，本来就在一个地方，而我却一定要把它们分开来避免排偶的嫌疑，那么也是矫揉造作，违背了人情事理。即使要避免排偶的嫌疑，也不要强迫它们分开，只要让它们并肩而立或者前后相连，使它们合二为一，这样虽然表面上排偶，实际上却没有排偶了。

总的来说，摆放东西的方法忌讳摆成八字形，就是两个东西并列，既不分前后，又不差分寸；还要忌摆四方形，就是每个角各摆一个，像小菜碟一样；还忌梅花体，就是中间放一件大器具，四周摆放小东西，其他的忌讳可以以此类推。正确的摆放方法应该是时时变化，因地制宜，视东西的形体纵横曲直来进行变化，不能预先设定某种模式。如果一定要说出几点的话，比如三个东西放在一起，可以摆成品字形，或者一前两后，或者一后两前，或者左一右二，或者右一左二，总之要错开摆放；如果三个东西并列，就会犯了并排罗列的毛病。四个东西在一起，可以摆成心字形或火字形，选一个高的或者长的，其他的摆在它的前后左右，但要注意疏密断连，不要均匀摆放，这就叫作参差；如果左右各放两个，就犯了排偶的毛病。这都是大概的情况，如果要进一步改良，就全靠君子雅士了。

贵活变

幽斋陈设，妙在日异月新。若使骨董生根，终年匏系一处，则因物多腐象，遂使人少生机，非善用古玩者也。居家所需之物，惟房舍不可动移，此外皆当活变。何也？眼界关乎心境，人欲活泼其心，先宜活泼其眼。即房舍不可动移，亦有起死回生之法。譬如造屋数进，取其高卑广隘之尺寸不甚相悬者，授意匠工，凡作窗棂门扇，皆同其宽窄而异其体裁，以便交相更替。同一房也，以彼处门窗挪入此处，便觉耳目一新，有如房舍皆迁者；再入彼屋，又换一番境界，是不特迁其一，且迁其二矣。房舍犹然，况器物乎？或卑者使高，或远者使近，或二物别之既久，而使一旦相亲，或数物混处多时，而使忽然隔绝，是无情之物变为有情，若有悲欢离合于其间者。但须左之右之，无不宜之，则造物在手，而臻化境矣。人谓朝东夕西，往来仆仆，何许子之不惮烦乎[①]？予曰：陶士行之运甓[②]，视此犹烦，未有笑其多事者；况古玩之可亲，犹胜于甓，乐此者不觉其疲，但不可为饱食终日无所用心者道。

古玩中香炉一物，其体极静，其用又妙在极动，是当一日数迁其位，片刻不容胶柱者也。人问其故，予以风帆喻之。舟行所挂之帆，视风之斜正为斜正，风从左而帆向右，则舟不进而且退矣。位置香炉之法亦然。当由风力起见，如一室之中有南北二牖，风从南来，则宜位置于正南，风从北入，则宜位置于正北；若风从东南或从西北，则又当位置稍偏，总以不离乎风者近是。若反风所向，则风去香随，而我不沾其味矣。又须启风来路，塞风去路，如风从南来而洞开北牖，风从北至而大辟南轩，皆以风为过客，而香亦传舍视我矣[3]。须知器玩之中，物物皆可使静，独香炉一物，势有不能。“爱之能勿劳乎？”待人之法也，吾于香炉亦云。

注释

①何许子之不惮烦乎：出自《孟子·滕文公上》。许子，即许行，战国时期农家代表人物之一，生平不详。

②陶士行：陶侃（259—334），字士行（或作士衡），东晋时期名将。相传陶侃在广州时总是早晨把一百块砖运到书房的外边，傍晚又把它们运回书房里，别人问他为何这样做，他回答说：“吾方致力中原，过尔优逸，恐不堪事。”

③传舍：旅馆、饭店。

译文

幽静的书斋中，摆放陈设的巧妙之处在于经常变化。如果让古董像生了根一样，终年累月放在一个地方，那么会因为器物缺乏变化而让人也缺少生机，这就是不善摆放古玩的人。居家所需要的东西中，除了房舍不能移动以外，其他的都应该经常移动。为什么？眼中所看到的会影响心境，人要是想让心情活泼愉悦，就应该先让眼睛活泼起来。即便是不能移动的房舍，也有办法让它起死回生。比如造几间大小高低差不多的房间，告诉工匠，做门窗的时候都要做成宽窄一样但样式不同的，以便将来交换更替。同样一个房间，把其他房间的门窗挪到这里，便让人耳目一新，好像换了一间房子一样；再到另一间屋子一看，也感到焕然一新，这样不仅一个房间改变了，另一个房间也跟着改变。房屋都可以这样，何况器具呢？或者把低处的挪到高处，或者把远处的移到近处，或者把两个分开很久的东西摆放在一起，或者把几个混在一起的东西隔绝开，这样就把无情的器玩变得有了感情，好像有悲欢离合在里面一样。只要能够做到无论摆放在哪里都能和环境相适宜，那么就像造物主一样达到了出神入化的境界。有人会说从早到晚搬来搬去，不是太麻烦了吗？我说：陶士行每天搬砖比这个要麻烦得多，但却没有人笑他多事，更何况古玩比砖头要可爱得多，喜欢的人就会感觉乐此不疲，但是这些话却没有必要给饱食终日并无所用心的人说了。

古玩当中的香炉最应该经常移动，因为它本身沉稳安静，但用的时候却有一种动态的美妙，所以一天应该挪动好几次，不能让它在一个地方固定片刻。有人问为什么要这样做，我就用风和帆的关系来打比方。船在航行的时候所挂的帆要根据风的方向来决定自己的方向，风从左吹而帆却向右摆，那么船就会不进反退。摆放香炉的方法也是这样。要看风从什么地方吹过来，如果一间屋子里有南北两扇窗户，风从南边吹来，那么香炉就摆放在正南边，如果风从北边吹来，那么香炉就摆放在正北边；如果风从东南或从西北来，那么香炉的位置就应该稍稍偏一点，总之不要离开风就可以了。如果和风的方向相反，那么香味随风而去，我就一点也闻不到了。而且还要开启风的来路，封闭风的去路，如果风从南边来的时候却打开北边的窗户，风从北边来的时候却打开南边的窗户，那么不仅风是过客，香味也会把我的屋子当作暂时的旅馆了。要知道器玩之中，什么东西都可以静止不动，唯独香炉不可以。“喜欢它，能不为它操劳吗？”这是对待人的方法，我也拿来形容香炉了。

颐养部

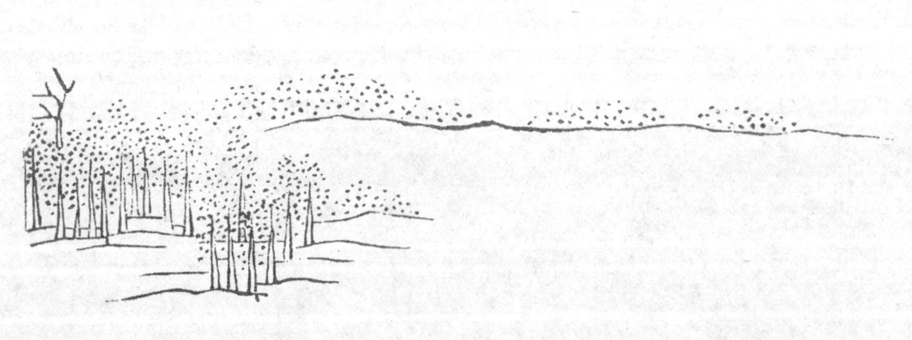

行乐第一

伤哉！造物生人一场，为时不满百岁。彼夭折之辈无论矣，姑就永年者道之[①]，即使三万六千日尽是追欢取乐时，亦非无限光阴，终有报罢之日。况此百年以内，有无数忧愁困苦、疾病颠连、名缰利锁、惊风骇浪，阻人燕游，使徒有百岁之虚名，并无一岁二岁享生人应有之福之实际乎！又况此百年以内，日日死亡相告，谓先我而生者死矣，后我而生者亦死矣，与我同庚比算、互称弟兄者又死矣。噫！死是何物，而可知凶不讳，日令不能无死者惊见于目，而怛闻于耳乎？是千古不仁，未有甚于造物者矣。虽然，殆有说焉。不仁者，仁之至也。知我不能无死，而日以死亡相告，是恐我也。恐我者，欲使及时为乐，当视此辈为前车也。康对山构一园亭[②]，其地在北邙山麓[③]，所见无非丘陇。客讯之曰："日对此景，令人何以为乐？"对山曰："日对此景，乃令人不敢不乐。"达哉斯言！予尝以铭座右。兹论养生之法，而以行乐先之；劝人行乐，而以死亡怵之，即祖是意。欲体天地至仁之心，不能不蹈造物不仁之迹。

养生家授受之方，外藉药石，内凭导引，其借口颐生而流为放辟邪侈者，则曰“比家”。三者无论邪正，皆术士之言也。予系儒生，并非术士。术士所言者术，儒家所凭者理。《鲁论·乡党》一篇，半属养生之法。予虽不敏，窃附于圣人之徒，不敢为诞妄不经之言以误世。有怪此卷以“颐养”命名，而觅一丹方不得者，予以空疏谢之。又有怪予著《饮馔》一篇，而未及烹饪之法，不知酱用几何，醋用几何，醝椒香辣用几何者。予曰：“果若是，是一庖人而已矣，乌足重哉！”人曰：“若是，则《食物志》《尊生笺》《卫生录》等书，何以备列此等？”予曰：“是诚庖人之书也。士各明志，人有弗为。”

注释

①永年：长寿，长久。

②康对山：名康海，字德涵，号对山，陕西武功人。明代的文学家、戏曲家。

③北邙山：即邙山，在河南省洛阳市的东北方，也称“北邙”，古人认为此地是殡葬的风水宝地。故自汉魏以来，此地多葬有王侯公卿。当地流传有“生在苏杭，葬在北邙”一说。

译文

伤心啊！造物主造人一场，却不能让人活到百岁。那些年少夭折的就不用说了，仅就长寿者来说，即使三万六千日都是追欢取乐的时间，也是有限的，终有结束的一天。何况在这百年之内，还有无数的忧愁困苦、疾病折磨、名利羁绊、惊风骇浪，阻止人们宴游，也使人徒有百岁之名，并没有一两年能真正地享受到人生应有的福啊！更何况在这百年之内，天天都有死亡的消息传来，比我大的有死的，比我小的也有死的，与我同龄的互称兄弟者也有死的。唉！死是什么东西，使人知道凶险而不能避讳，令人天天惊心触目，而惧怕听到这样的消息啊！像这样的千古不仁之事，没有比造物主更甚的了。虽然这样，还可以另有解释，那就是所谓的不仁正是仁的极致。知道我不可能不死，就天天以死相告，这是在恐吓我。恐吓我，是要让我能及时行乐，把那些没有来得及享乐的人当作前车之鉴。康对山在北邙山脚下建造了一个亭园，天天看见的无非都是墓堆。客人询问："天天面对这样的景色，怎么能令人快乐呢？"对山回答说："天天面对这样的景色，所以令人不敢不快乐。"这是多么豁达的说法啊！我把这作为座右铭。要问养生的方法，应以行乐为先；劝人们行乐，就用死亡来恐吓他，就是出于这样的考虑。要体察天地的至仁之心，就不能不像造物主那样也做一些不仁的事情了。

养生家们传授的养生方法，外借药石的治疗，内凭自身的导引，并以养生为借口而放纵自己，这样走入歧途的，被称为“比家”。以上三种情况，无论邪正，都是术士之言。我是一个儒生，并非术士。术士所说的都是术，儒家所凭的都是道理。《鲁论·乡党》一篇，一半讲的都是养生的方法。我虽不才，自以为还算是圣人的学生，不敢用荒诞不经的语言去误导世人。有人奇怪说此卷以“颐养”命名，却找不到一个养生的丹方，我为自己的才疏学浅而表示歉意。还有人怪我写《饮馔》一篇时，没有涉及烹饪的方法，因此不知道酱用多少，醋用多少，盐、胡椒、香料、辣椒用多少。我说，如果那样的话，我就只是一个厨师而已，有什么值得重视的！有人说，如果这样，那《食物志》《尊生笺》《卫生录》等书，为什么说得那么详细？我说，那才是真正的厨师用书啊。人各有志，不能勉强。

贵人行乐之法

人间至乐之境，惟帝王得以有之；下此则公卿将相，以及群辅百僚，皆可以行乐之人也。然有万几在念，百务萦心，一日之内，除视朝听政、放衙理事、治人事神、反躬修己之外，其为行乐之时有几？曰：不然。乐不在外而在心。心以为乐，则是境皆乐，心以为苦，则无境不苦。身为帝王，则当以帝王之境为乐境；身为公卿，则当以公卿之境为乐境。凡我分所当行，推诿不去者，即当摈弃一切悉视为苦，而专以此事为乐。谓我为帝王，日有万几之冗，其心则诚劳矣，然世之艳慕帝王者，求为片刻而不能，我之至劳，人之所谓至逸也。为公卿将相、群辅百僚者，居心亦复如是，则不必于视朝听政、放衙理事、治人事神、反躬修己之外，别寻乐境，即此得为之地，便是行乐之场。一举笔而安天下，一矢口而遂群生，以天下群生之乐为乐，何快如之？若于此外稍得清闲，再享一切应有之福，则人皇可比玉皇，俗吏竟成仙吏，何蓬莱三岛之足羡哉！此术非他，盖用吾家老子“退一步”法。以不如己者视己，则日见可乐；以胜于己者视己，则时觉可忧。从来人君之善行乐者，莫过于汉之文、景；其不善行乐者，莫过于武帝。以文、景于帝王应行之外，不多一事，故觉其逸；武帝则好大喜功，且薄帝王而慕神仙，是以徒见其劳。人臣之善行乐者，莫过于唐之郭子仪；而不善行乐者，则莫如李广。子仪既拜汾阳王，志愿已足，不复他求，故能极欲穷奢，备享人臣之福；李广则耻不如人，必欲封侯而后已，是以独当单于，卒致失道后期而自刭。故善行乐者，必先知足。二疏云①："知足不辱，知止不殆。"不辱不殆，至乐在其中矣。

注释

①二疏：指西汉时的疏广、疏受叔侄二人。疏广，字仲翁，西汉宣帝时的著名学者，博学多才，官至太傅。其侄子疏受，也是很有学识和才华的人，品行也受时人称道，官至太子少傅，和疏广共同辅佐太子，人称"二疏"。

译文

人间最快乐的境界只有帝王才能享有，再往下就是公卿将相以及群臣百官，都是可以行乐的人。然而他们要日理万机，百事缠心，一日之内除了上朝听政、处理衙内事务、治理百姓、敬奉鬼神、反躬自省、修身养性之外，还有几时能够行乐？我说，那不一定。乐不在外而在内心。心里觉得快乐，那么处在任何环境里也都是快乐的；心里觉得痛苦，那么处在任何环境里都是痛苦的。身为帝王，就要以帝王的处境为乐境；身为公卿，就要以公卿的处境为乐境。凡我分内应当做的事，推辞不掉的，就要把其他的一切事当作苦事而放弃，而专以此事为乐。假如我是帝王，要日理万机，那一定是非常劳神啊，可世人却为不能享受片刻的帝王之乐而羡慕帝王。我所操劳至极，人们却以为是闲逸至极啊。身为公卿将相、群臣百官的人，也应这样想，就是不用在上朝听政、处理衙内事务、治理百姓、敬奉鬼神、反躬自省、修身养性之外，另寻乐境，就在自己的职责之内，便是行乐的场所。一举笔就可以安定天下，一开口就可以随顺众生，以天下众生之乐为乐，什么样的快乐能与之相比呢？如果在这之外稍有清闲，再来享受一切应有的福分，那么皇帝可与玉皇大帝相比，人间的官吏也成了天上的仙界官吏，这样的话，蓬莱三岛的神仙也没有什么可羡慕的了！行乐的办法没有别的，就是用老子“退一步”的方法。以不如自己的人与自己相比，天天都可以快乐；以胜于自己的人与自己相比，就会时时感到忧愁。历来君王中善于行乐的人，莫过于汉朝的文帝、景帝；而不善行乐的人，莫过于汉朝的武帝了。文帝、景帝在帝王应做的事以外，不多做一事，所以觉得安逸；汉武帝则好大喜功，而且不满足于当帝王，反而去羡慕神仙，所以就只见他劳累。作为臣子而善于行乐者，莫过于唐朝的郭子仪；而不善于行乐者，则莫过于李广。郭子仪被封为汾阳王之后，志愿已满足，别无他求，所以能尽情享乐，享尽人臣之福；李广则自觉不如别人，一心想要封侯才满足，所以就单独去抵挡单于的进攻，最后导致失败而自刎。所以善于行乐的人，一定是先知道满足的人。疏广、疏受说："知足的人不受侮辱，知道适可而止的人不会有危险。"不受侮辱，没有危险，快乐也就在其中了。

富人行乐之法

劝贵人行乐易，劝富人行乐难。何也？财为行乐之资，然势不宜多，多则反为累人之具。华封人祝帝尧富寿多男[①]，尧曰："富则多事。"华封人曰："富而使人分之，何事之有？"由是观之，财多不分，即以唐尧之圣、帝王之尊，犹不能免多事之累，况德非圣人而位非帝王者乎？陶朱公屡致千金[②]，屡散千金，其致而必散，散而复致者，亦学帝尧之防多事也。兹欲劝富人行乐，必先劝之分财；劝富人分财，其势同于拔山超海[③]，此必不得之数也。财多则思运，不运则生息不繁。然不运则已，一运则经营惨淡，坐起不宁，其累有不可胜言者。财多必善防，不防则为盗贼所有，而且以身殉之。然不防则已，一防则惊魂四绕，风鹤皆兵，其恐惧觳觫之状[④]，有不堪目睹者。且财多必招忌。语云：“温饱之家，众怨所归。”以一身而为众射之的，方且忧伤虑死之不暇，尚可与言行乐乎哉？甚矣，财不可多，多之为累，亦至此也。

然则富人行乐，其终不可冀乎？曰：不然。多分则难，少敛则易。处比户可封之世，难于售恩；当民穷财尽之秋，易于见德。少课锱铢之利[⑤]，穷民即起颂扬；略蠲升斗之租[⑥]，贫佃即生歌舞。本偿而子息未偿，因其贫也而贳之，一券才焚，即噪冯驩之令誉[⑦]；赋足而国用不足，因其匮也而助之，急公偶试，即来卜式之美名[⑧]。果如是，则大异于今日之富民，而又无损于本来之故我。觊觎者息而仇怨者稀，是则可言行乐矣。其为乐也，亦同贵人，可不必于持筹握算之外，别寻乐境，即此宽租减息、仗义急公之日，听贫民之欢欣赞颂，即当两部鼓吹；受官司之奖励称扬，便是百年华衮[⑨]。荣莫荣于此，乐亦莫乐于此矣。至于悦色娱声、眠花藉柳、构堂建厦、啸月嘲风诸乐事，他人欲得，所患无资，业有其资，何求弗遂？是同一富也，昔为最难行乐之人，今为最易行乐之人。即使帝尧不死，陶朱现在，彼丈夫也，我丈夫也，吾何畏彼哉？去其一念之刻而已矣。

注释

①华：古时地名。封人：指华地守封疆的人。

②陶朱公：即春秋时人范蠡的别称，协助越王灭吴后，弃官远去，隐居于陶，称陶朱公，以经商致巨富。

③拔山超海：语出《孟子·梁惠王》："拔泰山以超北海，语人曰：'我不能。'是诚不能也。"

④觳觫 húsù：恐惧得发抖。

⑤锱铢：旧制锱为一两的四分之一，铢为一两的二十四分之一。比喻极其微小的数量。

⑥蠲 juān：免除。

⑦冯骥：战国时期孟尝君的门客。因替孟尝君收债时借口孟尝君有意免除大家的债务，而将债券烧掉，为孟尝君赢得了人心。

⑧卜式：汉代人，以畜牧业发家致富，汉武帝对匈奴作战时因国库不足而多次捐款。

⑨衮：古代君王等的礼服。这里应指荣华。

译文

劝贵人行乐容易，劝富人行乐困难。为什么呢？因为钱财是行乐的资本，不宜花费太多，多了反而成为人们的累赘。上古时，华地守封疆的人祝福帝尧富裕、长寿且多子多孙，尧说："富裕易生事端。"华封人说："东西多了可以分给大家，会有什么事呢？"由此看来，财产多了不分给大家，就像唐尧这样的圣人、帝王这样尊贵的人，也免不了受到多事的连累。何况德行不如圣人、地位也不如帝王的人呢？陶朱公多次赚得千金，又多次散尽千金，赚了一定会散给别人，散了再赚，这也是在学习帝尧，以免生出事端来。在这里劝富人行乐，一定要先劝他把赚得的财物分散给大家一些。劝富人分财物，如同挟着泰山跨越北海，那是不可能的事情。财产多了就会思考资金怎么运转，资金不运转就不能生利息赚更多的钱。然而，资金不运作就罢了，一运作就会令人劳力费神，坐卧不宁，其劳累程度是无法用语言来表达的。财产多了一定要善于防范，不防范就会被盗贼所盗，甚至丢掉性命。然而不防则已，一防就会处处心惊胆战，弄得风声鹤唳，草木皆兵，那种恐惧害怕的样子，让人不忍心看下去。而且财产多了必定招来嫉妒。俗话说："温饱之家，众怨所归。"如果一个人成为众矢之的，那么就会连忧愁悲伤、考虑死亡的时间都没有了，哪还有时间消遣行乐啊？所以说，财不可多，多了就会成为累赘，也就是这个道理。

那么富人是否就没有行乐的希望了吗？我说不是

的。钱财多了分给大家较难做到，而少敛些钱财就容易做到。处在大家都能得到封赏的时代，是难以显示出恩惠的；但如果处于穷困的年代，就容易彰显出德行来。减少一些利息，穷人就会称颂赞扬；减免一些租子，贫穷的佃户就会高兴得手舞足蹈。对于那些已经还本未还利息的人，因家庭贫困而免除他的利息并将债券焚烧掉，就会赢得像冯驩一样的名声；如果自己的田租充足而国家费用不足，在国家困难的时候给予资助，就会换来卜式的美名。如果这样做的话，那就与今天的富人大不相同，而且也损害不到自己。那些惦记着他的钱财的人没有了，有仇怨的人也少了，这也可以说是行乐了。这样行乐也同贵人一样，不必在经营运算之外再另寻快乐了，在减租减息、急公好义的时候，听到贫民百姓的欢欣赞颂，就像听到两支乐队在演奏音乐；受到官府的奖励称扬，那便是百年的荣耀。没有比这更荣耀、更快乐的事情了。至于那些美色娱乐、寻花问柳、构筑高堂大厦、吟风赏月等快乐之事，别人想得到而没有钱财，而你有了钱财，想得到还不容易吗？同一个富人，以前是觉得行乐最难的人，而今则觉得行乐是件很容易的事情了。即使帝尧没有死，陶朱公还在，他们是大丈夫，我也是大丈夫。我为什么要畏惧他们呢？也就是改变一下固有的观念而已。

贫贱行乐之法

穷人行乐之方，无他秘巧，亦止有退一步法。我以为贫，更有贫于我者；我以为贱，更有贱于我者；我以妻子为累，尚有鳏寡孤独之民，求为妻子之累而不能者；我以胼胝为劳，尚有身系狱廷，荒芜田地，求安耕凿之生而不可得者。以此居心，则苦海尽成乐地。如或向前一算，以胜己者相衡，则片刻难安，种种桎梏幽囚之境出矣。一显者旅宿邮亭，时方溽暑，帐内多蚊，驱之不出，因忆家居时堂宽似宇，簟冷如冰[①]，又有群姬握扇而挥，不复知其为夏，何遽困厄至此！因怀至乐，愈觉心烦，遂致终夕不寐。一亭长露宿阶下[②]，为众蚊所啮，几至露筋，不得已而奔走庭中，俾四体动而弗停，则啮人者无由厕足；乃形则往来仆仆，口则赞叹嚣嚣，一似苦中有乐者。显者不解，呼而讯之，谓："汝之受困，什佰于我，我以为苦，而汝以为乐，其故维何？"亭长曰："偶忆某年，为仇家所陷，身系狱中。维时亦当暑月，狱卒防予私逸，每夜拘挛手足，使不得动摇，时蚊蚋之繁，倍于今夕，听其自啮，欲稍稍规避而不能，以视今夕之奔走不息，四体得以自如者，奚啻仙凡人鬼之别乎！以昔较今，是以但见其乐，不知其苦。”显者听之，不觉爽然自失。此即穷人行乐之秘诀也。

不独居心为然，即铸体炼形，亦当如是。譬如夏月苦炎，明知为室庐卑小所致，偏向骄阳之下来往片时，然后步入室中，则觉暑气渐消，不似从前酷烈；若畏其湫隘而投宽处纳凉[③]，及至归来，炎蒸又加十倍矣。冬月苦冷，明知为墙垣单薄所致，故向风雪之中行走一次，然后归庐返舍，则觉寒威顿减，不复凛冽如初；若避此荒凉而向深居就燠，及其再入，战栗又作何状矣。由此类推，则所谓退步者，无地不有，无人不有，想至退步，乐境自生。予为两间第一困人，其能免死于忧，不枯槁于迍邅蹭蹬者[④]，皆用此法。又得管城一物[⑤]，相伴终身，以扫千军则不足，以除万虑则有余。然非善作退步，即楮墨亦能困人。想虞卿著书[⑥]，亦用此法，我能公世，彼特秘而未传耳。

由亭长之说推之，则凡行乐者，不必远引他人为退步，即此一身，谁无过来之逆境？大则灾凶祸患，小则疾病忧伤。“执柯伐柯，其则不远。”取而较之，更为亲切。凡人一生，奇祸大难非特不可遗忘，还宜大书特书，高悬座右。其裨益于身者有三：

孽由己作，则可知非痛改，视作前车；祸自天来，则可止怨释尤，以弭后患；至于忆苦追烦，引出无穷乐境，则又警心惕目之余事矣。如曰省躬罪己，原属隐情，难使他人共睹，若是则有包含韫藉之法；或止书罹患之年月，而不及其事；或别书隐射之数语，而不露其详；或撰作一联一诗，悬挂起居亲密之处，微寓己意，不使人知，亦淑慎其身之妙法也。此皆湖上笠翁瞒人独做之事，笔机所到，欲讳不能，俗语所谓“不打自招”者，非乎？

注释

①簟 diàn：竹席。

②亭长：秦汉时十里一亭，设亭长掌治安、诉讼事，兼管停留旅客。

③湫隘：低下狭小。

④迍邅 zhūnzhān：行走困难，也指困顿失意。

⑤管城：也称“管城子”，为笔的别称。

⑥虞卿：战国时的赵国上卿，主张“合纵抗秦”，失败后被困于梁，后在愁苦中著书。

译文

穷人行乐的方法，没有什么秘密和诀窍，也是用

“退一步”的方法。我觉得自己贫穷，还有比我更贫穷的人；我觉得自己卑贱，还有比我更卑贱的人；我觉得老婆孩子是累赘，还有那些鳏寡孤独的人，想受老婆孩子的拖累还得不到呢；我觉得自己辛苦劳累，有的人身陷囹圄，田地荒芜，想过上平平安安耕田种地的日子也难以做到。以这样的心态，就没有什么苦海，都成乐地了。假如我们往前算，与那些比自己过得好的人相比，心里就不会有片刻的安静，就会被各种烦恼、忧愁所困扰。有一个富贵之人夜宿驿站，正值潮湿炎热的夏天，帐内有很多蚊子，驱赶不出，就怀念在家时宽敞的厅堂，冰凉的竹席，还有许多姬妾手握扇子，不停地扇动，舒服得都感觉不到夏天已经到了，怎么现在就困顿在这里受苦呢！因怀念以前非常快乐的情景，愈加心烦，导致一夜未眠。有一个亭长露宿在台阶下，被许多蚊虫叮咬，几乎青筋直暴，没办法只得在庭院中奔走，使四肢不停地摆动，这样蚊子就不能落在身上；虽然身体来回奔走很辛苦，口中却大声地赞叹，好似一个苦中作乐的人。富贵人不理解，就把他叫过来问道：“你受的苦比我多十倍、百倍，我觉得很苦的事而你却以此为乐，为什么呢？”亭长答道：“我想起过去的某一年，被仇家陷害，关在狱中。那时也是夏天，狱卒怕我逃跑，每天晚上把我的手足捆住，使我不能动弹，那时的蚊虫之多，远远超过今天，任凭蚊虫叮咬，想稍微躲避一下也不能，这样看来，较之今天晚上能不停地奔走，四肢可以自由地活动，那可真是天上和地下、人和鬼的分别了！用过去的事和现在相比，所以就只知道快乐，不知道痛苦了。”富贵人听了，不觉感到失落。这就是穷人行乐的秘诀呀。

不只是遇事时要这样想，即使锻炼身体，也应当这样想。譬如夏天天气炎热，明知是因为房子狭小所引起的，偏偏要到骄阳下来回走一会儿，这时再到屋内就会觉得凉爽许多，不像以前那么酷热了；如果怕房子低凹狭小，而到宽敞处纳凉，等到回来的时候，就会感到暑热较前加重十倍。冬天天气寒冷，明知是因为墙壁单薄所引起的，却故意在风雪中行走一次，再回到房内，就会顿觉暖和了不少，不像刚才那么寒冷了；如果避开荒凉的房子，而到深宅大院取暖，等回来的时候，就会冷得浑身打战、不成样子了。以此类推，所谓退一步的方法，处处都存在，人人都会运用。退一步去想问题，快乐自然就会生出。我是天地间受困最多的人，能够免死于忧愁，没有在艰难困顿中憔悴，用的就是这种方法。又有毛笔终身相伴，虽然不能扫除千军万马，但除掉心中万种忧虑还是绰绰有余。如果不是善于退一步想，就是舞墨写作也能把人困住。

我想虞卿写书，也是用的这个方法。我可以把这一方法公之于世，而他却密而不传啊。

由亭长的说法推理得出，凡是善于行乐的人，不一定要引用别人退一步的故事，就自己来说，谁没有遭受过逆境？大的如灾难凶祸，小的如疾病忧伤。“执柯伐柯，其则不远。”用这句话来比较，就更觉得贴切了。但凡人的一生，奇祸大难不但不能忘记，还应该大书特书，当作座右铭来警醒自己。这样对自己有三个好处：孽是由自己作的，可以知错痛改，当作前车之鉴；祸是从天而降的，不去怨天尤人，可以消除后患；至于追忆过去的苦难烦恼，引出无穷的乐趣，这是警醒自己以外的事了。如果说躬身自省，检查自己的错误，原本属于隐情，不想让别人看到，那么就要有掩饰的方法：可以书写罹患灾难的年月，不写具体的事情；或另外写几句影射的话，而不透露详情；或撰作一副对联一首诗，悬挂在起居内室之处，略寄托自己的心意，不使别人知道，这也是和善谨慎地保护自己的妙法呀。以上都是我湖上笠翁瞒着别人独自做的事，顺笔写来，想避讳也不避讳了。俗话说的“不打自招”，不就是这样吗？

家庭行乐之法

世间第一乐地，无过家庭。“父母俱存，兄弟无故，一乐也。”是圣贤行乐之方，不过如此。而后世人情之好向，往往与圣贤相左。圣贤所乐者，彼则苦之；圣贤所苦者，彼反视为至乐而沉溺其中。如弃现在之天亲而拜他人为父，撇同胞之手足而与陌路结盟，避女色而就娈童[①]，舍家鸡而寻野鹜[②]，是皆情理之至悖，而举世习而安之。其故无他，总由一念之恶旧喜新，厌常趋异所致。若是，则生而所有之形骸，亦觉陈腐可厌，胡不并易而新之，使今日魂附一体，明日又附一体，觉愈变愈新之可爱乎？其不能变而新之者，以生定故也。然欲变而新之，亦自有法。时易冠裳，迭更帏座，而照之以镜，则似换一规模矣。即以此法而施之父母兄弟、骨肉妻孥，以结交滥费之资，而鲜其衣饰，美其供奉，则居移气，养移体，一岁而数变其形，岂不犹之谓他人父，谓他人母，而与同学少年互称兄弟，各家美丽共缔姻盟者哉？

有好游狭斜者，荡尽家资而不顾，其妻迫于饥寒而求去。临去之日，别换新衣而佐以美饰，居然绝世佳人。其夫抱而泣曰：“吾走尽章台[③]，未尝遇此娇丽。由是观之，匪人之美，衣饰美之也。倘能复留，当为勤俭克家，而置汝金屋。”妻善其言而止。后改荡从善，卒如所云。又有人子不孝而为亲所逐者，鞠于他人，越数年而复返，定省承欢，大异畴昔。其父讯之，则曰：“非予不爱其亲，习久而生厌也。兹复厌所习见，而以久不睹者为可亲矣。”众人笑之，而有识者怜之。何也？习久而厌其亲者，天下皆然，而不能自明其故。此人知之，又能直言无讳，盖可以为善之人也。此等罕譬曲喻，皆为劝导愚蒙。谁无至性，谁乏良知，而俟予为木铎？但观孺子离家，即生哭泣，岂无至乐之境十倍其家者哉？性在此而不在彼也。人能以孩提之乐境为乐境，则去圣人不远矣。

注释

①娈童：以色事人的美貌男孩。

②野鹜：野鸭。

③章台：泛指妓院聚集之地。

译文

人世间最快乐的地方，莫过于家庭。“父母健在，兄弟俱全，是一乐事啊。”圣贤行乐的方法，也不过就是这样。而后世人们情趣的取向，往往与圣贤不同。圣贤认为是快乐的事，后人则觉得是痛苦的事；圣贤认为是痛苦的事，后人则觉得是极其快乐的事，且沉溺其中。例如放弃自己的亲生父亲而拜他人为父，撇下自己的同胞兄弟而与陌路人结盟，避开女色而亲近娈童，不要家鸡而去寻找野鸭，这些都是极其有悖情理的事情，而大家则习以为常。没有其他原因，都是因为喜新厌旧，厌俗求异的观念所致。如果这样，生来就有的形体骨骸，也会觉得陈腐可厌，为什么不一并改变更新，使魂魄今日附一体，明日又附一体，觉得愈变愈新更加可爱呢？之所以不能变化更新，是因为生来就已经确定了。然而要想变化更新，也自有办法。经常更换衣服帽子，不断变化家居环境，再照照镜子，就像换了一个模样。把这样的方法用于父母兄弟、妻子儿女，用滥交朋友花掉的钱，给他们买漂亮的衣服和首饰、精美的食物和用品，这样就会随着环境的改变而改变气质，随着奉养的改善而改善体质，一年数次改变外形，岂不是就如同称别人的父亲为父、别人的母亲为母，与同学少年称兄道弟，跟各家漂亮的子女互结美满姻缘一样吗？

有个喜欢在花街柳巷游荡的人，花尽了全家的钱财也不顾惜，他的妻子迫于饥寒而要求离去。临走之日，特别换了一身新衣服并且佩戴上漂亮的首饰，居然变成了绝世佳人。丈夫抱着她痛哭着说："我走遍了青楼，没有遇到像你这样娇艳美丽的女子。如此看来，不是妓院里的人美，而是衣服首饰装扮得美。如果你还能留下来的话，我一定勤俭持家，给你置个金屋。"妻子被他的言语打动而留了下来。丈夫从此一改放荡的恶习而走上正路，正如他所说的那样。还有一个不孝的儿子被父母赶出家门，由他人收养。过了几年又回到父母身边，早晚问候侍奉父母，与以前大不一样。父母问他怎么回事，他说："不是我不爱父母，是因为相处的时间长了就会厌烦。现在又在那一家相处烦了，而长久不见父母又觉得父母可亲了。"众人觉得可笑，但有见识的人却同情他。为什么？因长时间相处而厌烦父母的人，天下都是这样，却不知道其中的原因。这个人知道真相，又能直言相告，是可以向善的人。这样少见的例子和婉转的比喻，都是为了劝导愚昧的人。谁没有天性，谁缺乏良知，要等我用木铎来警醒？但看小孩离开家就会哭泣，难道没有比自家快乐十倍的地方吗？这是因为人的天性是在家里而不是别的地方。人们如果能把孩提的快乐当作快乐，就离圣人不远了。

道途行乐之法

"逆旅"二字，足慨远行，旅境皆逆境也。然不受行路之苦，不知居家之乐，此等况味，正须一一尝之。予游绝塞而归，乡人讯曰："边陲之游乐乎？"予曰："乐。"有经其地而惮焉者曰："地则不毛，人皆异类，睹沙场而气索，闻钲鼓而魂摇，何乐之有？"予曰："向未离家，谬谓四方一致，其饮馔服饰皆同于我，及历四方，知有大谬不然者。然止游通邑大都，未至穷边极塞，又谓远近一理，不过稍变其制而已矣。及抵边陲，始知地狱即在人间，罗刹原非异物，而今而后，方知人之异于禽兽者几希，而近地之民，其去绝塞之民者，反有霄壤幽明之大异也。不入其地，不睹其情，乌知生于东南，游于都会，衣轻席暖，饭稻羹鱼之足乐哉！"此言出路之人，视居家之乐为乐也；然未至还家，则终觉其苦。

又有视家为苦，借道途行乐之法，可以暂娱目前，不为风霜车马所困者，又一方便法门也。向平欲俟婚嫁既毕[①]，遨游五岳；李固与弟书[②]，谓周观天下，独未见益州，似有遗憾；太史公因游名山大川，得以史笔妙千古。是游也者，男子生而欲得，不得即以为恨者也。有道之士，尚欲挟资裹粮，专行其志，而我以糊口资生之便，为益闻广见之资，过一地，即览一地之人情，经一方，则睹一方之胜概，而且食所未食，尝所欲尝，蓄所余者而归遗细君[③]，似得五侯之鲭[④]，以果一家之腹，是人生最乐之事也，奚事哭泣阮途[⑤]，而为乘槎驭骏者所窃笑哉[⑥]？

注释

① 向平：东汉人，名长，字子平。向子平在儿女的婚事完毕后就与朋友遨游五岳名山，不知所终。

② 李固：东汉人，字子坚。博学耿直，冲帝时任太尉，后遭诬陷被害。

③ 细君：妻子的代称。

④ 五侯之鲭 zhēng：西汉成帝时，娄护曾把王氏五侯所馈赠的珍贵膳食合制为鲭，世称“五侯鲭”。鲭鱼和肉合在一起做的菜。

⑤ 阮途：出自《晋书》卷四十九《阮籍列传》，阮籍“时率意独驾，不由径路，车迹所穷，辄恸哭而返”。后遂以“阮籍途”比喻令人悲哀的末路。也省作“阮途”。

⑥ 乘槎驭骏者：指行程万里之士。

译文

“逆旅”二字，完全是对远行的感慨，远行的旅途处处充满艰难困苦。然而不经受旅途的艰苦，就不知道在家的快乐。这境况和滋味，真该一一品尝。我从塞北游历回来，同乡人问我：“边陲之旅快乐吗？”我说：“快乐。”有去过那个地方而且感到畏惧的人说：“那里是个不毛之地，人都和我们长得不一样，看到沙漠就让人丧气，听到出征的鼓声就令人心魂不定，有什么快乐？”我说：“从没有离开过家的人，一直错误地认为四方都是一样的，饮食服饰也都和我们一样，等到游历了四方后才知道大错特错，不是我们想象的那样。然而，如果只游历到交通方便的大都市，未到过偏远的边塞，就会认为远近是一样的，不过是大小形式稍有变化而已。等到了边陲，方才知道地狱就在人间，罗刹也不是稀罕物了。从今以后，才知道人与禽兽差不多，而内地的人与边塞的人，则有天壤幽明之别。不去那个地方，不看那里的情况，就不知道生在内地、长在都市、穿着轻衣、睡着暖床、吃着丰盛的饭稻羹鱼是多么快乐啊！”这是说出门在外远行的人，把在家的快乐当成乐事；而没有回到家之前，则终究还是觉得辛苦。

还有的人在家觉得辛苦，借出门远游行乐之法暂时娱乐。如果不被风霜车马所困，这也是一个方便的办法。向平想等到儿女的婚嫁事完毕，就去遨游五岳；李固给弟弟写信说：我游遍天下，唯独没有到过益州，似乎有些遗憾；太史公因游遍名山大川，才得以用妙笔传千古。所以游历是男子生来就想做的事，做不到就会感到遗憾。有这个志向的人，就想带上钱粮，专门去实现这个愿望。而我是以糊口谋生的便利，作为广闻多见的资本，路过一个地方就浏览一个地方的风土人情，经过一个地方，就目睹一个地方的名胜古迹，而且可以吃到没有吃过的食物，尝到没有尝过的东西。把用不完的东西积存下来带回家送给妻子，就像得到了五侯之鲭，让一家人享享口福，是人生最快乐的事了。为什么要像阮籍那样在路途上哭泣，让那些远行的人耻笑呢？

春季行乐之法

人有喜怒哀乐，天有春夏秋冬。春之为令，即天地交欢之候，阴阳肆乐之时也。人心至此，不求畅而自畅，犹父母相亲相爱，则儿女嬉笑自如，睹满堂之欢欣，即欲向隅而泣，泣不出也。然当春行

乐，每易过情，必留一线之余春，以度将来之酷夏。盖一岁难过之关，惟有三伏，精神之耗，疾病之生，死亡之至，皆由于此。故俗话云：“过得七月半，便是铁罗汉”，非虚语也。思患预防，当在三春行乐之时，不得纵欲过度，而先埋伏病根。花可熟观，鸟可倾听，山川云物之胜可以纵游，而独于房欲之事略存余地。盖人当此际，满体皆春。春者，泄尽无遗之谓也。草木之春，泄尽无遗而不坏者，以三时皆蓄，而止候泄于一春，过此一春，又皆蓄精养神之候矣。人之一身，能保一时尽泄而三时皆不泄乎？尽泄于春，而又不能不泄于夏，虽草木不能不枯，况人身之浮脆者乎？欲留枕席之余欢，当使游观之尽致。何也？分心花鸟，便觉体有余闲；并力闺帏，易致身无宁刻。然予所言，皆防已甚之词也。若使杜情而绝欲，是天地皆春而我独秋，焉用此不情之物，而作人中灾异乎？

译文

人有喜怒哀乐，天有春夏秋冬。春天这个时节，正是天地交汇、阴阳交合的时候。人们的心情在这个时候，不求舒畅也会自然舒畅，就像父母相亲相爱，那么儿女就喜笑颜开。看着满堂的欢乐景象，就是想到墙角去哭，也哭不出来。然而，每当春天行乐之时，往往容易忘乎所以，必须要保留一些体力，以度过将要来临的酷夏。因为一年最难过的关口就是“三伏天”。精神的损耗，疾病的产生，死亡的到来，都是在这时候发生的。所以俗话说：“过得七月半，便是铁罗汉。”这不是假话。防患于未然，应当在春天行乐的时候，不要纵欲过度，以致埋下病根。花可以尽情地看，鸟鸣可以尽情地听，山川云物的美景可以纵情游览，而唯独房欲之事要留有余地。因为人在这个时候，精力正旺盛。春是泄尽无遗的意思。草木之春能够泄尽无遗而对自己无损害，因其他三个季节都是积蓄，而只等候泄于春天，过了春天就又到蓄精养神的时候了。人之一身精气，怎能保证一时泄尽而其他三个季节都不泄了？春天泄尽，而到夏天又不能不泄，就是草木也不能不枯，何况人身之脆弱呢？要想留得枕席之欢，就应当使自己尽情地游览观赏。为什么呢？把心思分散在花鸟上，便会觉得身上有余力；如果把精力用在房事上，容易导致身体没有安宁的时候。然而我这里所说的，都是防止过度纵欲的话。如果为了杜绝情欲而完全绝欲的话，那就像天地都是春天而独我一人是秋天一样，哪能用这种无情的东西，来做人中的灾星异类呢？

夏季行乐之法

酷夏之可畏，前幅虽露其端，然未尽暑毒之什一也。使天只有三时而无夏，则人之死也必稀，巫医僧道之流皆苦饥寒而莫救矣。止因多此一时，遂觉人身叵测，常有朝人而夕鬼者。《戴记》云："是月也，阴阳争，死生分。"危哉斯言！令人不寒而栗矣。凡人身处此候，皆当时时防病，日日忧死。防病忧死，则当刻刻偷闲以行乐。从来行乐之事，人皆选暇于三春，予独息机于九夏。以三春神旺，即使不乐，无损于身；九夏则神耗气索，力难支体，如其不乐，则劳神役形，如火益热，是与性命为仇矣。

《月令》以仲冬为闭藏；予谓天地之气闭藏于冬，人身之气当令闭藏于夏。试观隆冬之月，人之精神愈寒愈健，较之暑气铄人，有不可同年而语。凡人苟非民社系身，饥寒迫体，稍堪自逸者，则当以三时行事，一夏养生。过此危关，然后出而应酬世故，未为晚也。追忆明朝失政以后，大清革命之先，予绝意浮名，不干寸禄，山居避乱，反以无事为荣。夏不谒客，亦无客至，匪止头巾不设，并衫履而废之。或裸处乱荷之中，妻孥觅之不得；或偃卧长松之下，猿鹤过而不知。洗砚石于飞泉，试茗奴以积雪；欲食瓜而瓜生户外，思啖果而果落树头，可谓极人世之奇闻，擅有生之至乐者矣。后此则徙居城市，酬应日纷，虽无利欲熏人，亦觉浮名致累。计我一生，得享列仙之福者，仅有三年。今欲续之，求为闰余而不可得矣。伤哉！人非铁石，奚堪磨杵作针；寿岂泥沙，不禁委尘入土。予以劝人行乐，而深悔自役其形。噫，天何惜于一闲，以补富贵荣朊之不足哉！

译文

酷夏的可怕，前面虽然有所涉及，但还未涉及暑热之害的十分之一。假如天气只有三个季节而没有夏天，那么死的人必然会少，巫师、医生、和尚、道士就都会苦于饥寒而无法挽救了。只因为多了一个夏天，便觉得人生叵测，常常有早晨还是人，晚上就成鬼的事情发生。《戴记》上说：“这个月，阴阳相争，生死相分。”这话有点危言耸听！令人不寒而栗。但凡人在这时候，就应当时时预防疾病，日日担心死亡。防病忧死之时，应时时刻刻偷闲行乐。从来人们行乐的事，都选在春天的空闲时间，我却独自选在夏天。因为春天精神旺盛，即使不行乐，对身体也没有什么损害；夏天则会使人精神消耗，体力不支，如果不行乐，就会使精神和体力都疲惫不堪，如火上浇油，这是与自己的生命作对呀。

《月令》认为冬天是闭藏的季节；我认为天地之气闭藏于冬季，人身之气应当闭藏于夏季。试看寒冬季节，越寒冷人的精神状态就越旺盛，较之夏天暑热消耗人们的精力体力，真是不可同日而语。但凡人们不是被民众社稷的事所缠身，或被饥寒所迫，稍微可以清闲安逸的，就应当在春、秋、冬三季做事，夏季养生。过了夏天这一险关，然后再出面应酬，也不为晚。回想起明朝灭亡之后，大清革命之前，我已无意功名、仕途，隐居山中避乱，反以无事为荣。夏天不出门拜见客人，也没有客人来访，何止不带头巾，连衣衫鞋子也不穿了。有时赤身裸体在乱荷之中，妻子孩子都找不到我；有时仰卧在松树之下，猿鹤经过也不知道。在飞泉下洗砚，用积雪水煮茶；想吃瓜，瓜就生在门外，想吃果，果就落自枝头，这可真是人世间奇闻的极致，享受了人生的最大快乐啊。后来移居到城市，应酬繁多，虽然没有利欲熏心，但也觉得浮名累人。算来我的一生，能享受神仙之福的时间仅有三年。现在还想过那样的生活，哪怕只是几天的时间也不可能了。伤心啊！人不是铁石，哪经得起磨杵作针那样的磨砺；寿命不是泥沙，可以轻易地抛入尘土。我这里劝人行乐，也深悔自己把自己搞得那么辛苦劳累。唉！天为何那么吝啬清闲，让我用它来弥补我富贵荣华的缺憾吧！

秋季行乐之法

过夏徂秋[①]，此身无恙，是当与妻孥庆贺重生，交相为寿者矣。又值炎蒸初退，秋爽媚人，四体得以自如，衣衫不为桎梏，此时不乐，将待何时？况有阻人行乐之二物，非久即至。二物维何？霜也，雪也。霜雪一至，则诸物变形，非特无花，亦且少叶；亦时有月，难保无风。若谓“春宵一刻值千金”，则秋价之昂，宜增十倍。有山水之胜者，乘此时蜡屐而游[②]，不则当面错过。何也？前此欲登而不可，后此欲眺而不能，则是又有一年之别矣。有金石之交者，及此时朝夕过从，不则交臂而失。何也？褦襶阻人于前[③]，咫尺有同千里；风雪欺人于后，访戴何异登天[④]？则是又负一年之约矣。至于姬妾之在家，一到此时，有如久别乍逢，为欢特异。何也？暑月汗流，求为盛妆而不得，十分娇艳，惟四五之仅存；此则全副精神，皆可用于青鬟翠黛之上。久不睹而今忽睹，有不与远归新娶同其燕好者哉？为欢即欲，视其精力短长，总留一线之余地。能行百里者，至九十而思休；善登浮屠者，至六级而即下。此房中秘术，请为少年场授之。

注释

① 徂 cú：开始。

② 蜡屐：以蜡涂木屐。后指悠闲、无所作为的生活。

③ 褦襶 nàidài：天气炎热，戴着凉笠。这里表示天气炎热。

④ 访戴：南朝宋刘义庆《世说新语·任诞》：王子猷居山阴，夜大雪……忽亿戴安道。时戴在剡，即便夜乘小船就之。经宿方至，造门不前而返。人问其故，王曰："吾本乘兴而行，兴尽而返，何必见戴。"后称访友为"访戴"。

译文

夏往秋来，身体还算康健，是应当与妻子儿女庆贺一下重生，相互祝寿了。正值暑热初退，秋爽宜人，四肢可以自由舒展，不被衣衫所束缚，这时不行乐，还等什么时候？况且还有阻挡行乐的两种东西，不久就会到来。哪两种东西呢？霜和雪。霜雪一到，一切都会改变，不但无花可赏，连树叶也很少。有时有明月可赏，也难保无风。如果说"春宵一刻值千金"，那么秋天的价值之高，应增十倍。如果有风景秀美的山水，乘此秋爽宜人的时机整装出游，不要当面错过。为什么呢？在这之前想登高，因炎热而不能；在这之后想眺望，因霜雪也不能，就又得等上一年了。友情深厚的老友，在这个季节应朝夕相处，不然就失之交臂。为什么呢？因为之前天气炎热，虽近在咫尺却如同千里；之后有风雪袭人，访友如同登天，不是又负了一年的约定吗？至于在家的妻室，一到这个时候，如同久别重逢，求欢的欲望特别强。为什么呢？因为暑热天汗流浃背，想盛装打扮也不能，装扮得十分娇艳也只剩四五分了；这个时候，则可以把全部的精神用于梳妆打扮上。长时间不见盛装娇容，今天忽然看见，能不像远道归来、和新婚燕尔一样吗？行欢作乐是人的欲望，但要视个人的精力而为，总要留一些余力。能行百里者，到九十里的时候就要考虑休息；喜欢登佛塔的到六级即可返回。这是房中秘术，请让我传授给年轻人。

冬季行乐之法

冬天行乐，必须设身处地，幻为路上行人，备受风雪之苦，然后回想在家，则无论寒燠晦明，皆有胜人百倍之乐矣。尝有画雪景山水，人持破伞，或策蹇驴，独行古道之中，经过悬崖之下，石作狰狞之状，人有颠蹶之形者。此等险画，隆冬之月，正宜悬挂中堂。主人对之，即是御风障雪之屏，暖胃和衷之药。若杨国忠之肉阵[①]，党太尉之羊羔美酒[②]，初试或温，稍停则奇寒至矣。善行乐者，必先作如是观，而后继之以乐，则一分乐境，可抵二三分，五七分乐境，便可抵十分十二分矣。然一到乐极忘忧之际，其乐自能渐减，十分乐境，只作得五七分，二三分乐境，又只作得一分矣。须将一切苦境，又复从头想起，其乐之渐增不减，又复如初。此善讨便宜之第一法也。譬之行路之人，计程共有百里，行过七八十里，所剩无多，然无奈望到心坚，急切难待，种种畏难怨苦之心出矣。但一回头，计其行过之路数，则七八十里之远者可到，况其少而近者乎？譬如此际止行二三十里，尚余七八十里，则苦多乐少，其境又当何如？此种想念，非但可为行乐之方，凡居官者之理繁治剧，学道者之读书穷理，农工商贾之任劳即勤，无一不可倚之为法。噫，人之行乐，何与于我，而我为之嗓敝舌焦，手腕几脱。是殆有媚人之癖，而以楮墨代脂韦者乎[③]？

注释

①杨国忠之肉阵：唐玄宗时，外戚杨国忠冬月选体肥婢妾列于身前遮风，号“肉阵”。

②党太尉之羊羔美酒：宋人无名氏《湘江近录》记载，北宋太尉党进，常在大雪日，于“销金暖帐下，浅酌低唱，饮羊羔美酒”。

③脂韦：阿谀奉承。

译文

冬天行乐，必须设身处地，把自己想象成一个路上的行人，受尽风霜之苦，然后回想到家里后，无论冷暖阴晴，都会有超过别人百倍的快乐。试想有一幅雪景山水画，画中的人打着一把破伞，或者赶着一头瘸驴，独自在古道上行走，经过悬崖之下，山石狰狞可怖，行人也是深一脚、浅一脚的。画中这样的险境，在隆冬季节，挂在中堂正合时宜。主人面对这样的画，就像拥有了抵御风雪的屏障和暖胃和衷的药物。像杨国忠的肉阵，党太尉的羊羔美酒，一开始可能感觉温暖，但时间稍长便会觉得更加寒冷。善于行乐的人，必须先像上面所说的那样想，然后再去行乐，这样就会把一分的乐境，变为二三分的快乐，把五七分的乐境，变为十分十二分的快乐。当行乐达到忘乎所以的极致时，快乐感就会逐渐地降低，十分美好的乐境，只能行得五七分的快乐，二三分的乐境，也只能行得一分的快乐了。这时候就要将一切苦境再重新想起，其中的快乐感就会逐渐增加，不再减少，又恢复如初了。这是善于行乐的最佳方法。譬如行路的人，总共有百里的路程，走了七八十里，所剩路程不多时，由于一心盼望到达目的地，急不可待，会产生种种畏难怨苦之心。但回过头来，计算一下走过的路程，则七八十里这么远的路程都走过来了，何况前面没有多少路程了呢？假如这时候只走了二三十里，还有七八十里的路途，那才是苦多乐少，又该怎么办呢？这样想问题，不但是行乐的方法，就连为官者处理繁杂事务，做学问的人读书研究理论，农工商贾辛勤劳作，都可以用这种方法。唉！人们行乐，与我何干？而我却说得这样口干舌燥，写得手腕快要脱臼了。大概是我有媚人的癖好，因而以笔墨来媚于世人吧？

随时即景就事行乐之法

行乐之事多端，未可执一而论。如睡有睡之乐，坐有坐之乐，行有行之乐，立有立之乐，饮食有饮食之乐，盥栉有盥栉之乐，即袒裼裸裎、如厕便溺，种种秽亵之事，处之得宜，亦各有其乐。苟能见景生情，逢场作戏，即可悲可涕之事，亦变欢娱。如其应事寡才，养生无术，即征歌选舞之场，亦生悲戚。兹以家常受用，起居安乐之事，因便制宜，各存其说于左。

译文

行乐的方法有很多种，不可一概而论。比如睡有睡的乐趣，行有行的乐趣，立有立的乐趣，饮食有饮食的乐趣，梳洗有梳洗的乐趣，即使袒身露体、如厕便溺等等不雅的事，如果处理得当，也会各有其乐。如果触景生情，遇到合适的机会及时行乐，即使可悲可泣的事情，也会变得欢乐愉快。如果遇事不会随机应变，又不懂养生的方法，即使在歌舞升平的场所，也会生出悲伤之情。现在把家庭日常生活中常用到的起居安乐之事，根据不同的情况分别叙述如下。

睡

有专言法术之人，遍授养生之诀，欲予北面事之[①]。予讯益寿之功，何物称最？颐生之地，谁处居多？如其不谋而合，则奉为师，不则友之可耳。其人曰："益寿之方，全凭导引[②]；安生之计，惟赖坐功。"予曰："若是，则汝法最苦，惟修苦行者能之。

予懒而好动，且事事求乐，未可以语此也。”其人曰：“然则汝意云何？试言之，不妨互为印政。”予曰：“天地生人以时，动之者半，息之者半。动则旦，而息则暮也。苟劳之以日，而不息之以夜，则旦旦而伐之，其死也，可立而待矣。吾人养生亦以时，扰之以半，静之以半，扰则行起坐立，而静则睡也。如其劳我以经营，而不逸我以寝处，则岌岌乎殆哉！其年也，不堪指屈矣。若是，则养生之诀，当以善睡居先。睡能还精，睡能养气，睡能健脾益胃，睡能坚骨壮筋。如其不信，试以无疾之人与有疾之人，合而验之。人本无疾，而劳之以夜，使累夕不得安眠，则眼眶渐落而精气日颓，虽未即病，而病之情形出矣。患疾之人，久而不寐，则病势日增；偶一沉酣，则其醒也，必有油然勃然之势。是睡，非睡也，药也；非疗一疾之药，乃治百病，救万民，无试不验之神药也。兹欲从事导引，并力坐功，势必先遣睡魔，使无倦态而后可。予忍弃生平最效之药，而试未必果验之方哉？”其人艴然而去，以予不足教也。

予诚不足教哉！但自陈所得，实为有见而然，与强辩饰非者稍别。前人睡诗云：“花竹幽窗午梦长，此中与世暂相忘。华山处士如容见[③]，不觅仙方觅睡方。”近人睡诀云：“先睡心，后睡眼。”此皆书本唾余，请置弗道，道其未经发明者而已。睡有睡之时，睡有睡之地，睡又有可睡可不睡之人，请条晰言之。由戌至卯，睡之时也。未戌而睡，谓之先时，先时者不祥，谓与疾作思卧者无异也；过卯而睡，谓之后时，后时者犯忌，谓与长夜不醒者无异也。且人生百年，夜居其半，穷日行乐，犹苦不多，况以睡梦之有余，而损宴游之不足乎？有一名士善睡，起必过午，先时而访，未有能晤之者。予每过其居，必俟良久而后见。一日闷坐无聊，笔墨具在，乃取旧诗一首，更易数字而嘲之曰：“吾在此静睡，起来常过午；便活七十年，止当三十五。”同人见之，无不绝倒④。此虽谑浪，颇关至理。是当睡之时，止有黑夜，舍此皆非其候矣。然而午睡之乐，倍于黄昏，三时皆所不宜，而独宜于长夏。非私之也，长夏之一日，可抵残冬之二日；长夏之一夜，不敌残冬之半夜，使止息于夜，而不息于昼，是以一分之逸，敌四分之劳，精力几何，其能堪此？况暑气铄金，当之未有不倦者。倦极而眠，犹饥之得食，渴之得饮，养生之计，未有善于此者。午餐之后，略逾寸晷，俟所食既消，而后徘徊近榻。又勿有心觅睡，觅睡得睡，其为睡也不甜。必先处于有事，事未毕而忽倦，睡乡之民自来招我。桃源、天台诸妙境，原非有意造之，皆莫知其然而然者。予最爱旧诗中有“手倦抛书午梦长”一句⑤。手书而眠，意不在睡；抛书而寝，则又意不在书，所谓莫知其然而然也。睡中三昧，惟此得之。此论睡之时也。

睡又必先择地。地之善者有二：曰静，曰凉。不静之地，止能睡目，不能睡耳，耳目两岐，岂安身之善策乎？不凉之地，止能睡魂，不能睡身，身魂不附，乃养生之至忌也。至于可睡可不睡之人，则分别于“忙闲”二字。就常理而论之，则忙人宜睡，闲人可以不必睡。然使忙人假寐，止能睡眼，不能睡心，心不睡而眼睡，犹之未尝睡也。其最不受用者，在将觉未觉之一时，忽然想起某事未行，某人未见，皆万万不可已者，睡此一觉，未免失事妨时，想到此处，便觉魂趋梦绕，胆怯心惊，较之未睡之前，更加烦躁，此忙人之不宜睡也。闲则眼未阖而心先阖，心已开而眼未开；已睡较未睡为乐，已醒较未醒更乐，此闲人之宜睡也。然天地之间，能有几个闲人？必欲闲而始睡，是无可睡之时矣。有暂逸其心以妥梦魂之法：凡一日之中，急切当行之事，俱当于上半日告竣，有未竣者，则分遣家人代之，使事事皆有着落，然后寻床觅枕以赴黑甜，则与闲人无别矣。此言可睡之人也。而尤有吃紧一关未经道破者，则在莫行歹事。“半夜敲门不吃惊”，始可于日间睡觉，不则一闻剥啄[6]，即是逻倅到门矣。

注释

①北面事之：古礼，臣拜君，卑幼拜尊长，皆面向北行礼，因而居臣下和晚辈之位为“北面”。这里指拜人为师，行弟子敬师之礼。

②导引：古代的一种养生术，后被道教承袭作为修炼方法之一。

③华山处士：即陈抟（?—989），字图南，号扶摇子，五代宋初著名道教学者、隐士，隐居于武当山九室岩，后移华山云台观，相传后来得道升仙，人称“陈抟老祖”、“睡仙”、希夷祖师等。

④绝倒：指前仰后合地大笑。

⑤手倦抛书午梦长：语出北宋蔡确《夏日登车盖亭》一诗。全诗为：“纸屏石枕竹方床，手倦抛书午梦长。睡起莞然成独笑，数声渔笛在沧浪。”

⑥剥啄：象声词，敲门声或下棋声。

译文

有个专门研究法术的人，到处传授养生的秘诀，想让我拜他为师。我问他延年益寿的方法哪个最好？适合生存的地方哪里最适宜？如果二人看法相同，就奉他为师，否则就只能做朋友了。他说："延年益寿的方法，全凭导引；安身养性的话，全靠打坐的功夫。"我说："如果这样的话，你的养生方法最苦，只有修苦行的人才能做到。我懒且好动，还要事事寻求快乐，我们之间无话可说。"那人说："那你是什么意思？说说看。我们不妨可以相互比较一下。"我说："天地给人的时间是：活动的时间占一半，休息的时间占一半。活动的时间在白天，休息的时间在夜晚。如果白日劳作，夜里不休息，天天这样劳累辛苦，那么很快就会累死的。我们养生也依照时间，动则一半，静则一半，动的时候行起坐立，静的时候就是睡眠。如果只让我经营劳累，而不让我就寝休息，那就岌岌可危了！寿命也就屈指可数了。这样的话，养生的秘诀，应当以睡好为首要。睡能使人恢复精力，睡能使人蓄养气力，睡能健脾益胃，睡能强筋健骨。如果你不信的话，就用有病的人和没病的人做个试验。人本来没病，你让他昼夜劳作，累得他夜夜不得睡眠，那么他的眼眶会逐渐凹陷，精气也日渐颓废，虽没有病，也表现出一个病人的样子。患病的人，如果长时间睡不好觉，病情就会加重；偶尔酣睡一觉，睡醒之后必然有精神焕发的态势。这样的睡眠就不单是睡眠，而是药了。睡眠不是治疗一种病的药，而是治百病、救万民、屡试不爽的神药。你要想用导引的方法、打坐的功夫，那就要先赶走睡魔，让人没有倦态才可以做。我忍心放弃自己人生最有效的药，而去试验你那未必有效的方法吗？”那个人生气地走了，认为我不可教导。

我真的是不可教啊！但说的是自己的心得，确实是从自己的体验中得来的，与那些强词夺理、掩饰错误的人不同。古人睡诗中说：“花竹幽窗午梦长，此中与世暂相忘。华山处士如容见，不觅仙方觅睡方。”近来人的睡诀说：“先睡心，后睡眼。”这些都是书本上说过的话，请先放一边，就说一些没有人说过的话吧。

睡有睡的时间，睡有睡的地方，睡又有可睡可不睡的人，让我一条条分析说来。从晚上七八点到早晨五六点是睡觉的时间，不到晚上七点就睡，称为先时，先时并不好，这与有病总想卧床休息一样；过了早晨七点还在睡的，称为后时，后时也是犯忌，这与长眠不醒的人没有什么区别。而且人生百年，夜晚就占据一半，就是整日地行乐，也觉得时间不多。何况让过多的睡眠占用本来就不够用的宴游之乐呢？有一位名士喜欢睡觉，一定要过了中午才起床，中午以前去拜访的人，没有能见到他的。我每次到府上拜访，都要等很久才能见到。有一天在那里闷坐无聊，桌子上笔墨都有，就用旧诗一首，更改几个字来嘲弄他：“吾在此静睡，起来常过午，便活七十年，止当三十五。”朋友们见了无不笑得前仰后合。这虽然是玩笑，也是很有道理的。这就是说当睡的时间，只有在夜晚，除此以外，都不是睡觉的时间。然而，午睡要比黄昏时睡觉舒服得多。春秋冬三季都不适合午睡，只有长夏适合午睡。不是喜爱长夏，是因为长夏的白天可抵残冬的两个白天；长夏的一夜，不抵残冬的半夜，如果只在夜间休息，白天不休息的话，是用一分的休息抵挡四分的劳作，人有多大的精力？能受得了吗？况且夏天气温高得能熔化金属，这样的暑热天气没有不觉得困乏的。困倦极了就睡觉，犹如饥了吃饭，渴了饮水。养生的方法，没有比这更好的了。午餐之后，略等片刻，待食物稍消化，再慢慢走到床前。这时候不要特意去睡，如果刻意去睡，即便睡着也不会甜美。先在床上找点事做，事没做完就感到疲倦了，自然把我招进梦乡。桃花源和天台山的殊胜妙境本不是有意去想的，也都不知不觉地进入妙境。我最喜欢旧诗中的“手倦抛书午梦长”一句。手拿着书睡觉，心不在睡觉上；抛下书睡觉，心又不在书上，在所谓不知不觉中就睡着了。睡觉的奥妙只有这样才能得到。以上讲的是睡觉的时间。

睡觉还必定要选择地点。好的睡觉地点有两个条件：一是安静；二是清凉。不安静的地方，只能眼睛闭上，但耳朵不能清静，眼睛耳朵不能同步休息，这岂能是安身休养的好办法？不凉快的地方，只能让精神放松，不能让身体好好休息，身体精神不能合一，是养生的大忌。至于可睡可不睡的人，可从“忙”和“闲”两个字来分别。就常理来说，忙的人应该睡觉，闲人可以不必睡觉。可是让忙人稍睡一会儿，也只能使眼睛休息而不能使心休息。心不休息，只有眼睛休息，这等于没睡。其中最难受的是，在将睡未睡的时候，忽然想起来某件事还没有办，某个人还没有见，那都是万万不行的，这一觉睡下来，可能就会错过办事的时机。想到这里，便会觉得心神不定，胆怯心悸，比未睡觉前更加烦躁，这就是忙人不适宜睡觉的原因。闲人睡觉没闭上眼睛心就先休息了，醒来时心已经动了，眼睛还没睁开；睡着了比未睡时快乐，睡醒了比未醒时快乐，这就是闲人适宜睡觉的原因。然而，天地之间能有几个闲人呢？如果一定要等到闲下来再去睡觉，那就没有睡觉的时间了。有一个可以暂时放松精神安心睡眠的方法：凡是亟须办的事情，都在上午办好，没有办完的事情，可分别派家人代为办理，使所有的事情都有着落，然后再上床进入甜蜜的梦乡，这就与闲人一样了。这说的是可以睡觉的人。

然而，还有一句关键的话没有说，就是别干坏事。“半夜敲门不吃惊。”这才可以白日睡觉，否则，一听到敲门声，就以为是官兵上门了。

坐

从来善养生者，莫过于孔子。何以知之？知之于“寝不尸，居不容”二语①。使其好饰观瞻，务修边幅，时时求肖君子，处处欲为圣人，则其寝也，居也，不求尸而自尸，不求容而自容；则五官四体，不复有舒展之刻。岂有泥塑木雕其形，而能久长于世者哉？“不尸不容”四字，绘出一幅时哉圣人，宜乎崇祀千秋，而为风雅斯文之鼻祖也。吾人燕居坐法，当以孔子为师，勿务端庄而必正襟危坐，勿同束缚而为胶柱难移。抱膝长吟，虽坐也，而不妨同于箕踞②；支颐丧我③，行乐也，而何必名为坐忘④？但见面与身齐，久而不动者，其人必死。此图画真容之先兆也。

注释

① 寝不尸，居不容：语出《论语·乡党》。意思是睡觉不要躺得僵直，平时居家不要那么严肃。

② 箕踞 jījù：两脚张开，两膝微曲地坐着，形状像箕。

这是一种轻慢、不拘礼节的坐姿。

③ 支颐：以手托下巴。

④ 坐忘：道家谓“物我两忘、与道合一”的精神境界。

译文

自古以来，善于养生的人，就数孔子了。怎么知道呢？从“寝不尸，居不容”这二句知道的。如果孔子喜欢修饰外表，特别讲究穿着，时时把自己打扮成君子的模样，处处想以圣人示人，那么在入寝时、居家时，不想像尸体那样躺着，也会像尸体一样僵硬，不想严肃，也会非常严肃；那样的话，五官四肢就不会有舒展的时候。哪有身体像泥塑木雕一样的人，却还能长活于世呢？“不尸不容”四字绘出了一幅圣人善于因时而变的图画，这说明孔子不愧为几千年来被人们崇拜祭祀的风雅文人的鼻祖。我们在家闲坐时，应以孔子为师，不要为求端庄就一定要正襟危坐，不要束缚得像胶柱一样一动不动。抱膝吟诗，虽然也是坐着，但也不妨将两脚分开随意地坐着；或双手托腮忘神地坐在那里，是多么自在啊，何必非要像道家打坐那样物我两忘呢？如果看到一个人直挺挺地躺在那里长时间不动，那一定是要死的人，这是要留遗像的先兆了。

行

贵人之出，必乘车马。逸则逸矣，然于造物赋形之义，略欠周全。有足而不用，与无足等耳，反不若安步当车之人，五官四体皆能适用。此贫士骄人语。乘车策马，曳履搴裳，一般同是行人，止有动静之别。使乘车策马之人，能以步趋为乐，或经山水之胜，或逢花柳之妍，或遇戴笠之贫交，或见负薪之高士，欣然止驭，徒步为欢，有时安车而待步，有时安步以当车，其能用足也，又胜贫士一筹矣。至于贫士骄人，不在有足能行，而在缓急出门之可恃。事属可缓，则以安步当车；如其急也，则以疾行当马。有人亦出，无人亦出；结伴可行，无伴亦可行。不似富贵者假足于人，人或不来，则我不能即出，此则有足若无，大悖谬于造物赋形之义耳。兴言及此，行殊可乐！

译文

贵人出行，必定是乘车骑马。轻松是轻松了，但对于上天赋予人类形体的本义，就显得不当了。有足不用，等于无足，反而不如安步当车用脚行走的人，五官四肢都能发挥作用。这是穷书生傲慢的说法。坐着车、赶着马与拖着鞋、提着衣走路，同是出行的人，只有动与静的差别。假如让乘车策马的人，能把步行当成乐趣，或经过山水名胜，或逢花柳美景，或遇带着斗笠的贫友，或见背负柴草的隐士，欣然停车下马，以徒步行走为乐，有时以车代步，有时以步当车，这样用脚的话，又比穷书生高出一筹了。至于穷书生傲慢自大，不在于他有足能行，而是因为他无论缓急都能随时出门。事情如果不急的话可以缓慢步行，像坐车一样；事情如果紧急的话，则可以疾步快走如同骑马。有人陪伴可以出行，无人陪伴也可以出行；结伴可以走，不结伴也可以走。不像富贵的人那样，还要依赖别人出行，仆人如果不来的话，就不能马上出行，这样的话有脚也和无脚一样，有悖于上天赋予人的形体。一时兴起，谈了这些，因为行走确实是件非常快乐的事情！

立

立分久暂，暂可无依，久当思傍。亭亭独立之事，但可偶一为之，旦旦如是，则筋骨皆悬，而脚跟如砥，有血脉胶凝之患矣。或倚长松，或凭怪石，或靠危栏作轼，或扶瘦竹为筇[①]；既作羲皇上人，又作画图中物，何乐如之！但不可以美人作柱，虑其础石太纤，而致栋梁皆仆也。

注释

① 筇 qióng：古书上说的一种竹子，可以做手杖。

译文

站立要分时间长短，时间短的话，可以不要依靠；时间长的话，就想找个依靠。直挺挺地站立，只可偶尔做一次，如果天天如此，筋骨都会悬起来的，脚跟也会硬得像石头，血脉也有凝固的危险啊。站立时可以依靠高大的松树，也可以靠在嶙峋的石头上，还可以扶着细长的竹竿做拐杖。既可以做上古之人，又可做画中之物，什么快乐能比得上呢？但是不能依靠在美人的身上，因为担心她的小脚那么纤弱，会使依靠的人和被依靠的人都跌倒的。

饮

宴集之事，其可贵者有五：饮量无论宽窄，贵在能好；饮伴无论多寡，贵在善谈；饮具无论丰啬，贵在可继；饮政无论宽猛，贵在可行；饮候无论短长，贵在能止。备此五贵，始可与言饮酒之乐；不则曲糵宾朋，皆凿性斧身之具也。予生平有五好，又有五不好，事则相反，乃其势又可并行而不悖。五好、五不好维何？不好酒而好客；不好食而好谈；不好长夜之欢，而好与明月相随而不忍别；不好为苛刻之令，而好受罚者欲辩无辞；不好使酒骂坐之人，而好其于酒后尽露肝膈。坐此五好、五不好，是以饮量不胜蕉叶，而日与酒人为徒。近日又增一种癖好、癖恶：癖好音乐，每听必至忘归；而又癖恶座客多言，与竹肉之音相乱。饮酒之乐，备于五贵、五好之中，此皆为宴集宾朋而设。若夫家庭小饮与燕闲独酌，其为乐也，全在天机逗露之中，形迹消忘之内。有饮宴之实事，无酬酢之虚文。睹儿女笑啼，认作班斓之舞；听妻孥劝诫，若闻金缕之歌。苟能作如是观，则虽谓朝朝岁旦，夜夜元宵可也。又何必座客常满，樽酒不空，日借豪举以为乐哉？

译文

宴宾聚会的事情有五个好处：饮酒量不论大小，贵在能喝好；饮酒的同伴不论多少，贵在善于交谈；下酒菜不论丰盛与否，贵在接续不断；行酒令不论宽严，贵在能执行；喝酒的时间不论长短，贵在能停下来。具备这“五贵”，才可以谈饮酒的快乐；否则酒和朋友都成戕害身心的工具了。我生平有五个喜好，又有五个不喜好，喜好与不喜好，虽然相反，但方向相同并不相悖。五好、五不好是什么？不好酒而好客；不好吃而好谈；

不好彻夜寻欢，而好与明月相随不忍离别；不好行苛刻酒令，而好让受罚者无言争辩；不好借酒撒泼的人，而好酒后吐真言的人。因有这五好、五不好，即使酒量不大，也整日与酒徒在一起。最近又增加一种癖好：喜好音乐，每次一听到音乐就忘了回家；而厌恶座上客人的话多，扰乱了优美的音乐。饮酒的快乐，都记录到了五贵、五好之中，这都是针对宴请宾朋而讲的。如果在家中自饮或闲居独酌，其中的快乐全在天机显露之中，纵情忘形之内。虽有饮宴的事实，却没有应酬的客套。看着儿女们啼笑，当作斑斓的舞蹈；听着妻儿的劝诫，如闻金缕曲声。如果这样看的话，就可以说天天是新年，夜夜是元宵了，又何必宾朋满座，樽酒不空，每天借着豪饮来取乐呢？

谈

读书，最乐之事，而懒人常以为苦；清闲，最乐之事，而有人病其寂寞。就乐去苦，避寂寞而享安闲，莫若与高士盘桓，文人讲论。何也？“与君一夕话，胜读十年书。”既受一夕之乐，又省十年之苦，便宜不亦多乎？“因过竹院逢僧话，又得浮生半日闲[①]。”既得半日之闲，又免多时之寂，快乐可胜道乎？善养生者，不可不交有道之士；而有道之士，多有不善谈者。有道而善谈者，人生希觏，是当时就日招，以备开聋启聩之用者也。即云我能挥麈[②]，无假于人，亦须借朋侪起发[③]，岂能若西域之钟簴[④]，不叩自鸣者哉？

注释

① 因过竹院逢僧话，又得浮生半日闲：出自唐代诗人李涉的《题鹤林诗壁》，前两句为“终日昏昏醉梦间，忽闻春尽强登山”。《千家诗》中把原标题简化为《登山》。

② 挥麈：晋人清谈时，常挥动麈尾以为谈兴。后称谈论为“挥麈”。

③ 朋侪 chái：朋友，同伴。

④ 钟簴 jù：指钟或钟声。

译文

读书是快乐的事情，而懒人常常把它当成苦事；清闲是最快乐的事情，而有的人则不以为然，觉得寂寞。避苦趋乐，避寂寞而享清闲，都不如与品行高尚的人交往，与有文化的人谈论。为什么呢？“与君一夕话，胜读十年书。”这句话是说用很短的时间享受了汲取知识的快乐，又节省了十年的寒窗苦读时光，这便宜不是很大吗？“因过竹院逢僧话，又得浮生半日闲。”既得到了半天的清闲，又避免了长时间的寂寞，这样的快乐说得完吗？善于养生的人，不可不结交一些有道德修养的人；而有道德修养的人大多都是不善言谈的人。有道德修养而又善谈的人平生很少遇到，如果遇到就不要错过与他们交往的机会，他们可以使我们增长见识，开阔视听。即使我自己善谈，不用别人帮助，却也需要借助朋友的启发，哪能像西域的钟，不敲自己就会响呢？

沐　浴

盛暑之月，求乐事于黑甜之外，其惟沐浴乎！潮垢非此不除，浊污非此不净，炎蒸暑毒之气亦非此不解。此事非独宜于盛夏，自严冬避冷，不宜频浴外，凡遇春温秋爽，皆可借此为乐。而养生之家则往往忌之，谓其损耗元神也。吾谓沐浴既能损身，则雨露亦当损物，岂人与草木有二性乎？然沐浴损身之说，亦非无据而云然。予尝试之。试于初下浴盆时，以未经浇灌之身，忽遇澎湃奔腾之势，以热投冷，以湿犯燥，几类水攻。此一激也，实足以冲散元神，耗除精气。而我有法以处之：虑其太激，则势在尚缓；避其太热，则利于用温。解衣磅礴之秋，先调水性，使之略带温和，由腹及胸，由胸及背。惟其温而缓也，则有水似乎无水，已浴同于未浴。俟与水性相习之后，始以热者投之，频浴频投，频投频搅，使水乳交融而不觉，渐入佳境而莫知，然后纵横其势，反侧其身，逆灌顺浇，必至痛快其身而后已。此盆中取乐之法也。至于富室大家，扩盆为屋，注水于池者，冷则加薪，热则去火，自有以逸待劳之法，想无俟贫人置喙也。

译文

在盛夏的季节里，寻求快乐的事情，除了夜晚酣睡以外，恐怕就只有沐浴了吧？只有沐浴，才能除去湿垢、污浊；只有沐浴，夏日的炎热暑毒之气才能解除。沐浴不仅适宜于盛夏，除了冬天太冷不适宜经常沐浴外，凡遇春暖秋爽的季节，都可以通过沐浴而得到快乐。然而养生家们则往往忌讳沐浴，说沐浴损耗元气。我说如果沐浴能伤害身体的话，那么雨露也会损坏万物，难道人和草木性质上有什么不同吗？不过沐浴对身体有害的说法，也不是没有根据的。我尝试过，在刚下浴盆的时候，以没经过热水浇灌的身体，忽然进入热气腾腾的浴盆，把冷身体投入到热水中，让湿气侵入干燥的身体，就像遭遇水攻一样。身体经这么一个刺激，是会冲散元气、损耗精气的。然而，我有办法解决这个问题：考虑到水温的刺激，要慢慢地进入水中；避免水温太热，就要调节好温度。在解衣宽带的时候，先调水温，使水比较温和，然后由腹到胸，由胸到背，只有温和而缓慢地入水沐浴，才能有水似无水，已浴同未浴。等到身体适应了水的温度以后，再投放些热水，一边洗浴，一边不断地加热水，一边加热水，一边不断地搅动，使人和水交融而没有感觉，不知不觉便渐入佳境，然后随意地纵横姿势，反转侧身，逆灌顺浇，一定要洗到身体痛快为止。这是盆中沐浴取乐的方法。至于富有的大户人家，可以把浴盆扩大为浴室，把水注入池子中，冷了就加柴火，热了就把柴火去掉，自有以逸待劳的方法，想来无需我们穷人多嘴了。

听琴观棋

弈棋尽可消闲，似难借以行乐；弹琴实堪养性，未易执此求欢。以琴必正襟危坐而弹，棋必整槊横戈以待[①]。百骸尽放之时，何必再期整肃？万念俱忘之际，岂宜复较输赢？常有贵禄荣名付之一掷，而与人围棋赌胜，不肯以一着相饶者，是与让千乘之国，而争箪食豆羹者何异哉[②]？故喜弹不若喜听，善弈不如善观。人胜而我为之喜，人败而我不必为之忧，则是常居胜地也；人弹和缓之音而我为之吉，人弹噍杀之音而我不必为之凶[3]，则是长为吉人也。或观听之余，不无技痒，何妨偶一为之，但不寝食其中而莫之或出，则为善弹善弈者耳。

注释

①槊 shuò：长矛，古代的一种兵器。

②箪 dān：古代盛饭的圆形竹器。

③噍 jiāo 杀：声音急促，不舒缓。

译文

下棋尽管可以消闲，但似乎难以借此行乐；弹琴确实可以养性，也不容易靠此寻欢。因为弹琴时必须正襟危坐，下棋时一定要严阵以待。身体完全放松的时候，何必再端正严肃？万念放下的时候，岂会计较输赢？常常有人把富贵、荣禄、名利抛到脑后而与他人赌棋博弈，不肯相让一着一棋，这与为了争一碗豆羹而让出千乘之国有什么区别呢？所以喜欢弹琴不如喜欢听琴，喜欢下棋不如喜欢观棋。别人胜了我为他高兴，别人败了我不必为他担忧，这样就常处在胜利之中了。别人弹舒缓的音乐，我认为吉祥，别人弹急促的音乐我也不认为凶险，这样就永远吉祥快乐。在观棋听琴之余，不免有点手痒，不妨也偶尔下下棋，弹弹琴。但不要废寝忘食，沉溺其中，这才称得上是善于弹琴下棋的人。

看花听鸟

花鸟二物，造物生之以媚人者也。既产娇花嫩蕊以代美人，又病其不能解语，复生群鸟以佐之。此段心机，竟与购觅红妆，习成歌舞，饮之食之，教之诲之以媚人者，同一周旋之至也。而世人不知，目为蠢然一物，常有奇花过目而莫之睹，鸣禽悦耳而莫之闻者。至其捐资所购之姬妾，色不及花之万一，声仅窃鸟之绪余，然而睹貌即惊，闻歌辄喜，为其貌似花而声似鸟也。噫，贵似贱真，与叶公之好龙何异？予则不然。每值花柳争妍之日，飞鸣斗巧之时，必致谢洪钧[①]，归功造物，无饮不奠，有食必陈，若善士信妪之佞佛者。夜则后花而眠，朝则先鸟而起，惟恐一声一色之偶遗也。及至莺老花残，辄怏怏有所失。是我之一生，可谓不负花鸟；而花鸟得予，亦所称“一人知己，死可无恨”者乎！

注释

① 洪钧：指上天。

译文

上天造就花和鸟这两种东西，就是为了讨人喜欢的。既然造出了美丽娇嫩的花朵来代替美人，又嫌它不能说话，就再生出各种各样的鸟类来辅佐它。这样的心机，与购买美女，让她们学习歌舞，抚养调教她们取媚于人同出一辙。然而很多人不懂，他们把花鸟看成蠢物，常有人遇到奇花却熟视无睹，听到悦耳的鸟声却无动于衷。至于花钱买来的姬妾，美色不及花色的万分之一，声音只是模仿鸟声的余音，然而人们看到她的容貌即惊叹，听到她的歌声就喜欢，赞她的容貌像花一样漂亮，声音像鸟一样悦耳。唉，模仿的为贵，真实的为贱，这与叶公好龙有什么区别？我就不是这样。每到花柳争妍、飞鸟争鸣的时候，一定会感谢上天，归功于上天的造化，每次喝酒吃饭的时候一定会摆出祭祀，像虔诚的善男信女拜佛一样。夜里比花睡得晚，早晨比鸟起得早，唯恐遗漏一花一鸟。等到莺老花凋的时候，就会怏怏不乐，若有所失。我这一生，可是没辜负花鸟；而花鸟有我，也可以说是“有一知己，死而无憾”了吧！

蓄养禽鱼

鸟之悦人以声者，画眉、鹦鹉二种。而鹦鹉之声价，高出画眉上，人多癖之，以其能作人言耳。

予则大违是论，谓鹦鹉所长，止在羽毛，其声则一无可取。鸟声之可听者，以其异于人声也。鸟声异于人声之可听者，以出于人者为人籁，出于鸟者为天籁也。使我欲听人言，则盈耳皆是，何必假口笼中？况最善说话之鹦鹉，其舌本之强，犹甚于不善说话之人，而所言者，又不过口头数语。是鹦鹉之见重于人，与人之所以重鹦鹉者，皆不可诠解之事。至于画眉之巧，以一口而代众舌，每效一种，无不酷似，而复纤婉过之，诚鸟中慧物也。予好与此物作缘，而独怪其易死。既善病而复招尤，非殁于己，即伤于物，总无三年不坏者。殆亦多技多能所致欤？

鹤、鹿二种之当蓄，以其有仙风道骨也。然所耗不赀，而所居必广，无其资与地者，皆不能蓄。且种鱼养鹤，二事不可兼行，利此则害彼也。然鹤之善唳善舞，与鹿之难扰易驯，皆品之极高贵者，麟凤龟龙而外，不得不推二物居先矣。乃世人好此二物，又分轻重于其间，二者不可得兼，必将舍鹿而求鹤矣。显贵之家，匪特深藏苑囿，近置衙斋，即倩人写真绘像，必以此物相随。予尝推原其故，皆自一人始之，赵清献公是也[①]。琴之与鹤，声价倍增，讵非贤相提携之力欤？

家常所蓄之物，鸡犬而外，又复有猫。鸡司晨，犬守夜，猫捕鼠，皆有功于人而自食其力者也。乃猫为主人所亲昵，每食与俱，尚有听其搴帷入室，伴寝随眠者。鸡栖于埘[②]，犬宿于外，居处饮食皆不及焉。而从来叙禽兽之功，谈治平之象者，则止言鸡犬而并不及猫。亲之者是，则略之者非；亲之者非，则略之者是；不能不惑于二者之间矣。曰：有说焉。昵猫而贱鸡犬者，犹癖谐臣媚子[③]，以其不呼能来，闻叱不去；因其亲而亲之，非有可亲之道也。鸡犬二物，则以职业为心，一到司晨守夜之时，则各司其事，虽豢以美食，处以曲房，使不即彼而就此，二物亦守死弗至；人之处此，亦因其远而远之，非有可远之道也。即其司晨守夜之功，与捕鼠之功亦有间焉。鸡之司晨，犬之守夜，忍饥寒而尽瘁，无所利而为之，纯公无私者也；猫之捕鼠，因去害而得食，有所利而为之，公私相半者也。清勤自处，不屑媚人者，远身之道；假公自为，密迩其君者，固宠之方。是三物之亲疏，皆自取之也。然以我司职业于人间，亦必效鸡犬之行，而以猫之举动为戒。噫，亲疏可言也，祸福不可言也。猫得自终其天年，而鸡犬之死，皆不免于刀锯鼎镬之罚。观于三者之得失，而悟居官守职之难。其不冠进贤[④]，而脱然于宦海浮沉之累者，幸也。

注释

① 赵清献：北宋大臣赵抃，字阅道，景祐元年进士，任殿中侍御史，弹劾不避权势，时称“铁面御史”。平时以一琴一鹤自随。卒后谥清献。

② 埘 shí：在墙上凿的鸡窝。

③ 谐臣：指乐工。

④ 冠进贤：古时朝见皇帝时戴的一种礼帽。也叫进贤冠。原为儒者所戴。

译文

鸟中以声音取悦于人的有画眉和鹦鹉这两种。而鹦鹉的价格高于画眉，人们大多喜欢它，是因为它能学人说话。我不赞成这个说法，我觉得鹦鹉的长处在于羽毛，而声音则没有什么可取之处。鸟声之所以好听，是因为它与人声不一样。鸟声不同于人声而更好听，是因为人发出的声音为人籁，而鸟发出的声音则是天籁。如果我想听人的声音则满耳皆是，何必还借助笼中之鸟呢？何况最善于说话的鹦鹉，其舌头比不善于说话的人还要僵硬，而它所说的也不过是人们口头常说的几句话。鹦鹉为什么这样受人喜爱，人为什么那么喜欢鹦鹉，都是不可理解的事情。至于画眉的巧舌，用一张口代替很多种鸟叫，每学一种声音都惟妙惟肖，而且更加悦耳委婉，真是最聪慧的一种鸟了。我喜欢与画眉做伴，唯独遗憾它容易死掉。画眉既容易生病又容易出现意外，不是自己病死就是遭到什么东西伤害，总之很少有养过三年的。这大概也是它多才多能所导致的吧？

鹤与鹿这两种动物应当畜养，因为它们有仙风道骨。但是养它们的花费不小，而且占地面积也要很大，没有钱和土地的人是不能养的。鱼和鹤是不可以同时养的，因为它们有利害冲突。然而，鹤的善鸣善舞，与鹿的安静温顺，都是非常高贵的品性，除了麟、凤、龟、龙外，就要首推这两种动物了。可是世人喜欢这两种动物又有轻重之分别，如果二者不能同时养，一定会舍弃鹿而养鹤了。显贵的人家，不仅把鹤深藏在园囿中，养在官府内，即使请人写真、画像，也必定用鹤来做伴。我曾经研究过其中的原因，这都是从赵清献先生那里开始的。琴与鹤的身价倍增，岂不是这位御史提携的功劳吗？

家中常养的动物，除鸡狗之外，还有猫。鸡司晨、狗守夜、猫捕鼠，都因为对人有功而自食其力。可是唯独猫却被主人宠爱，每次都和主人一起吃饭，有的还任其进入室内掀开帷帐，与主人一起睡觉。鸡栖息于墙洞内，狗住宿在屋门外，住的吃的都不如猫。然而自古以来，说起禽兽的功劳，谈起居家安宁的景象时，都只说鸡狗，并不说猫。如果说你喜欢猫是对的话，那么你忽略它的功劳就不对了；如果说你喜欢猫是错的话，那么你忽略它的功劳就理所当然了。这二者之间让人不能不感到迷惑。不过我觉得还是有一定的道理。宠爱猫而轻贱鸡狗的人，就像君主喜欢谄媚的臣子，不用呼唤就会围着你转，而且遭到呵斥也不会离你而去；因为猫亲近人，人才会亲近它，而不是因为它有什么值得亲近的地方。鸡和狗则忠于职守，一到司晨守夜的时候就各司其职，即使给它们喂好的食物，住好的房子，让它们放弃职责来享用，它们也会宁死不从的；人们在这种情况下，会因为它们的疏远而疏远它们，并没有什么特殊的理由。司晨、守夜的功劳与捕鼠的功劳也是有区别的。鸡司晨、狗守夜是在忍饥受寒的情况下尽心尽力，不为个人利益所做的，纯粹是大公无私的行为；而猫捕鼠，既为人除了害，也得到了食物，是为自己的利益而做的，是半公半私的行为。以清苦勤勉自居的人，不屑献媚于别人，这是疏远他人的原因；假公济私，靠近君主，是巩固自己受宠的方法。鸡狗猫这三种动物与人的亲疏关系，都是由自己的习性所决定的。然而我在供职时，一定会效仿鸡狗的行为，而以猫的举动为戒。唉！亲近与疏远是可以说清楚的，而祸福是说不清楚的。猫能够活到老死，而鸡狗的死都免不了刀砍锅煮的惩罚。看这三种动物的得失，悟出了为官者尽职守责的艰难。我不做官，反而摆脱了宦海沉浮的拖累，真是幸事啊。

浇灌竹木

“筑成小圃近方塘，果易生成菜易长。抱瓮太痴机太巧，从中酌取灌园方。”此予山居行乐之诗也。能以草木之生死为生死，始可与言灌园之乐，不则一灌再灌之后，无不畏途视之矣。殊不知草木欣欣向荣，非止耳目堪娱，亦可为艺草植木之家，助祥光而生瑞气。不见生财之地万物皆荣，退运之家，群生不遂？气之旺与不旺，皆于动植验之。若是，则汲水浇花，与听信堪舆、修门改向者无异也。不视为苦，则乐在其中。督率家人灌溉，而以身任微勤，节其劳逸，亦颐养性情之一助也。

译文

“筑成小圃近方塘，果易生成菜易长。抱瓮太痴机太巧，从中酌取灌园方。”这是一首描写我在山中居住行乐的诗。只有把草木的生死当成自己生死的人，才可以和他谈论浇灌田园的快乐。不然浇灌一两次之后，就会把它当成苦事了。殊不知随着草木的欣欣向荣，不但愉悦耳目，还可以为种植草木的家庭带来祥光瑞气。我们不是看到凡是生财的地方都是一片欣欣向荣，时运衰退的人家养什么都长不好吗？气运的旺与不旺，都可以通过生长在那里的动植物来验证。如果是这样的话，那么汲水浇花就与听信风水先生的话而修门改向是一样的。不把汲水浇花看成是辛苦的事，就会乐在其中。督促率领家人浇灌花草树木，既活动了身体，又调节了劳逸，也有助于颐养性情啊。

止忧第二

忧可忘乎？不可忘乎？曰：可忘者非忧，忧实不可忘也。然则忧之未忘，其何能乐？曰：忧不可忘而可止，止即所以忘之也。如人忧贫而劝之使忘，彼非不欲忘也，啼饥号寒者迫于内，课赋索逋者攻于外，忧能忘乎？欲使贫者忘忧，必先使饥者忘啼，寒者忘号，征且索者忘其逋赋而后可，此必不得之数也。若是，则“忘忧”二字徒虚语耳。犹慰下第者以来科必发，慰老而无嗣者以日后必生，迨其不发不生，亦止听之而已，能归咎慰我者而责之使偿乎？语云：“临渊羡鱼，不如退而结网。”慰人忧贫者，必当授以生财之法；慰人下第者，必先予以必售之方；慰人老而无嗣者，当令蓄姬买妾，止妒息争，以为多男从出之地。若是，则为有裨之言，不负一番劝谕。止忧之法，亦若是也。忧之途径虽繁，总不出可备、难防之二种，姑为汗竹，以代树萱[①]。

注释

① 树萱：种植萱草，后引申为消愁的意思。萱，萱草，俗名忘忧草。

译文

忧愁可不可以被遗忘呢？回答是，如果可以被遗忘的话就不是忧愁了，忧愁是不会被遗忘的。然而，如果忧愁不会被忘记，那么如何才能快乐呢？回答是，忧愁虽不会被忘记，却可以被停止，停止了也就被忘记了。比如一个人正发愁贫困，我要想劝他忘记这种忧愁，但不是他不想忘，而是饥寒交迫的家人在家里哭号，收税催债的人等在门外，怎么能忘记忧愁呢？要想让贫困的人忘记忧愁，除非先让饿着肚子的人忘记喊饿，冻得发抖的人忘记喊冷，讨债的人忘记追讨，但这些都是不可能的。如果是这样，那么“忘忧”两个字就是空话了，这就像安慰落榜的考生下次一定高中，安慰老年无子的人将来一定会生儿子一样，等到他们最后没有上榜也没有生子，就知道这些话也只是听听而已，难道还能追究安慰的人的责任并让他们补偿吗？有句话叫作“临渊羡鱼，不如退而结网”。安慰正在为贫穷发愁的人，应该教给他生财的方法；安慰落榜的人，应该教给他考试得中的方法；安慰没有子嗣的老年人，应该让他蓄买姬妾，并制止姬妾间的嫉妒和纷争，让她们为生孩子做好准备。这样才算得上是有益的言论，不辜负自己的一番劝谕。止忧的方法也应该是这样的。忧愁虽然有很多种，但无外乎可以防备的和难以防备的两种，我姑且把止忧的方法写下来，来替大家消除忧愁吧。

止眼前可备之忧

拂意之境，无人不有，但问其易处不易处，可防不可防。如易处而可防，则于未至之先，筹一计以待之。此计一得，即委其事于度外，不必再筹，再筹则惑我者至矣。贼攻于外而民扰于中，其可防乎？俟其既至，则以前画之策，取而予之，切勿自动声色。声色动于外，则气馁于中。此以静待动之法，易知亦易行也。

译文

不如意的情况人人都会碰到，只是要看一看它容易不容易处理，是否可以预防。如果容易处理并可以预防，那么就在它还没有发生的时候便想出一个办法来应对它。这个办法想好以后，就可以把这件事放在一边不考虑了，再考虑的话就会产生烦恼了。敌人在城外攻打，民众在城内一片混乱，这有办法预防吗？等到它将要发生的时候，就用之前谋划好的计策来应付，一定要不动声色，千万不要露出胆怯的神情，一旦露怯，心中就会气馁。这是以静制动的方法，容易理解也容易实施。

止身外不测之忧

不测之忧，其未发也，必先有兆。现乎蓍龟[①]，动乎四体者，犹未必果验。其必验之兆，不在凶信之频来，而反在吉祥之事之太过。乐极悲生，否伏于泰，此一定不移之数也。命薄之人，有奇福，便有奇祸；即厚德载福之人，极祥之内，亦必酿出小灾。盖天道好还，不敢尽私其人，微示公道于一线耳。达者处此，无不思患预防，谓此非善境，乃造化必忌之数，而鬼神必瞯之秋也。萧墙之变[②]，其在是乎？止忧之法有五：一曰谦以省过，二曰勤以砺身，三曰俭以储费，四曰恕以息争，五曰宽以弥谤。率此而行，则忧之大者可小，小者可无；非循环之数，可以窃逃而幸免也。只因造物予夺之权，不肯为人所测识，料其如此，彼反未必如此，亦造物者颠倒英雄之惯技耳。

注释

① 蓍 shī 龟：蓍草和龟甲。二者皆为占卜所用的材料。

② 萧墙之变：产生于家中的祸乱，比喻由内部原因所致的灾祸、变乱。萧墙，古代宫室内当门的小墙。

译文

不可预料的忧愁在没有发生之前一定会先有预兆。而在占卜中出现的和身体上出现的征兆也不一定都会应验。凡是一定会应验的征兆，不会发生在不好的消息频繁出现之后，反而会发生在吉祥的事情太多以后。乐极生悲，坏事隐藏在好事中，这是永远不变的真理。命不好的人，有奇福就一定会有奇祸；即便是厚德有福的人，在太多吉祥的事情中也会出现一些小的灾祸。因为上天的善恶报应不会完全把好事集中在一个人身上，一定会在他身上降些小灾祸来体现公道。聪明的人这时候都会考虑预防的办法，觉得连续发生好事并不是好情况，造化和鬼神这时一定会有所觊觎。内部的灾祸大概就是从这里发生的吧！止忧的方法有五种：一是通过谦虚来反省自身的过错；二是通过勤勉来磨砺自身；三是通过节俭来积累财富；四是通过宽恕来平息纷争；五是通过和气来消弭诽谤。根据这些原则来生活，可以把忧愁大者化小，小者化无，只要不是天道循环的定数，都可以逃脱和幸免。这么做只因为造物主掌握生杀予夺的大权，但不肯被人预测和识破，猜它会这样，却不一定是这样，这是造物主戏弄英雄惯用的伎俩啊。

图书在版编目（CIP）数据

闲情偶寄译注 /（清）李渔著；辛雅敏译注．
—北京：北京联合出版公司，2015.7（2023.8重印）
ISBN 978-7-5502-3947-0

Ⅰ．①闲… Ⅱ．①李… ②辛… Ⅲ．①杂文集－中国－清代②《闲情偶寄》－译文③《闲情偶寄》－注释
Ⅳ．①I264.9

中国版本图书馆CIP数据核字（2015）第143130号

闲情偶寄译注

作　　者：（清）李渔
译　　注：辛雅敏
出 品 人：赵红仕
选题策划：梁明德　邵鹏军
责任编辑：王　巍
特约编辑：刘文硕
封面设计：格林文化
版式设计：格林文化

北京联合出版公司出版
（北京市西城区德外大街83号楼9层　100088）
三河市华润印刷有限公司　新华书店经销
字数152千字　960毫米×640毫米　1/16　印张22.25
2015年9月第1版　2023年8月第3次印刷
ISBN 978-7-5502-3947-0
定价：52.00元